国家社科基金青年项目结项成果

（项目编号：11CZW005）

肖 锋 著

"《春秋》笔法"的修辞学研究

中国社会科学出版社

图书在版编目（CIP）数据

"《春秋》笔法"的修辞学研究／肖锋著.—北京：中国社会科学出版社，
2020.11

ISBN 978-7-5203-6021-0

Ⅰ.①春…　Ⅱ.①肖…　Ⅲ.①中国文学—古典文学—修辞学—研究—
春秋时代　Ⅳ.①1206.2

中国版本图书馆 CIP 数据核字（2020）第 028347 号

出 版 人	赵剑英	
责任编辑	杨　康	
责任校对	郝阳洋	
责任印制	戴　宽	

出　　版	中国社会科学出版社
社　　址	北京鼓楼西大街甲 158 号
邮　　编	100720
网　　址	http：//www.csspw.cn
发 行 部	010-84083685
门 市 部	010-84029450
经　　销	新华书店及其他书店

印　　刷	北京明恒达印务有限公司
装　　订	廊坊市广阳区广增装订厂
版　　次	2020 年 11 月第 1 版
印　　次	2020 年 11 月第 1 次印刷

开　　本	710×1000　1/16
印　　张	19.25
插　　页	2
字　　数	260 千字
定　　价	116.00 元

凡购买中国社会科学出版社图书，如有质量问题请与本社营销中心联系调换
电话：010-84083683

序 言 一

党圣元

肖锋的专著《"〈春秋〉笔法"的修辞学研究》即将由中国社会科学出版社刊行，在年初，他将书稿传我，嘱我写序。肖锋是我于 2003 年至 2006 年间在中国社会科学院研究生院文学系指导的博士研究生，毕业之后他去中国传媒大学文学院从教，在繁重的教学之余，继续研读原先做博士学位论文时来不及读或不能精读细读的大量相关古代典籍，在博士学位论文的基础上继续进行拓展和深化研究，并且就这一题目申报到了国家社科基金项目，这便促使他更加重视这项研究工作，越发不敢掉以轻心而精益求精。就这样，经过逾十年的刻苦努力，终于术业专攻、学术有成，精心研究结撰多年的这部专门从修辞学角度和层面探讨阐释"《春秋》笔法"的专著不但顺利通过了国家社科基金的结项，而且即将正式出版发行。这自然令我非常高兴，于是欣然应之，以期通过写此序而对他多年来孜孜不倦地追求学业进步的精神和该著之面世表示嘉许和庆贺之情。只是，当初答应了写序，然而日常工作头绪繁多，一直拖延至今才写，以致让肖锋和责编等待许久，为此心里着实过意不去。

肖锋的这部研究"《春秋》笔法"的专著，是在他的博士学位论文基础上拓展和修改而成的。清晰地记得，当年他初入读之时，将古代文论中的哪一段、哪一专题领域作为学位论文的选题范围，曾颇有踟蹰，在这种情况下，我建议他先不急于确定选题，无妨在第一个学年之内扩展古籍研读范围，进一步夯实传统文史知识基础，增强理论思辨和话语建构方面的学术能力，在这一过程中发现自己的学术兴趣点，然后再确定具体的选题范围，并且在更进一步细读精研的前提下确定论文题目。肖锋在硕士研究生学习阶段打下了比较坚实的中西文论史知识基础，学术专题论文写作也颇为入道，因此在博士研究生第一学年的强化阅读中，他的收获是实实在在的，这为其后撰写博士学位论文奠定了坚实的基础，因此他的博士学位论文撰写自始至终比较从容。

至于他最后选择"《春秋》笔法"研究作为博士学位论文选题，应该与我让他认真阅读先师敏泽先生于1987年在河北教育出版社出版的古代文论论文集《形象 意象 情感》一书有关。记得我当时曾经告诉过他，阅读该书时需要认真细读书中几篇重要论文，该书中所收的敏泽先生原先发表在《社会科学战线》1985年第3期的《试论"春秋笔法"对于后世文学理论的影响》便是其中的一篇。除此之外，敏泽先生的《中国文学理论批评史》（吉林教育出版社1993年版）和《中国美学思想史》，肖锋研读得也非常认真细致，这对他的学术成长更是至为关键的。说到这里，顺便想再多讲几句题外的话。业师敏泽先生在20世纪80年代初发表的一系列古代文论研究的论文，如《中国古典意象论》（初刊于《文艺研究》1983年第4期）、《论魏晋至唐关于艺术形象的认识——兼论佛教输入对于艺术形象理论的影响》（初刊于《文学评论》1980年第1期）、《叶燮及其〈原诗〉》（初刊于《文学评论》1978年第6期）、《我国古文论中的情感论》（初刊于《古代文学理论研究》第四辑）、《刘熙载及其〈艺概〉》（原载《古代文学理论研究》1979年第1期）、《论桐城派》（初刊于《江淮论坛》1983年第3期），以及前面提到的《试论"春秋笔法"对于后世文学理论的影响》一文，等等，对于新时期以来古代文论研究从批评史模式向概念、范畴、理论谱系的梳理整合与阐释的深度理论研究模式转

向，实有引领风气和学术开辟之功，在当时确实影响甚大，在
20 世纪 80 年代初期研习和进入古代文论研究领域的一批学人可
以证实这一点。肖锋正是在细读敏泽先生论析"《春秋》笔法"
的文章以及先生的其他文章时得到启发，产生了在其基础上作
进一步的拓展性研究的想法，提出以"《春秋》笔法"研究这
一极具学术难度、极具挑战性的题目来撰写博士学位论文，而
我当时是积极支持甚至是有些怂恿他的，因为我认为这是一个
可持续性研究的题目，尤其是这个题目与经学、文学、史学结
合得非常紧密，而通过对这个题目的研究，可以在文学理论、
批评学、经学、文献学、史学等方面得到强化性的学术训练，
从而为以后的研究和学术提升打下良好的基础，而如果研究成
果可观，撰写成一本专著，则很可能成为构筑自己学术屋宇的
一块奠基石。从 2003 年冬季到 2004 年秋季，敏泽先生虽然已
经罹患不治之症，但是仍在坚持自己的研究工作，在此期间，
我记得曾经两次带当时来文学所跟我访学的绍兴文理学院的叶
岗、2003 年录取为我博士研究生的夏静和肖锋等几人去敏泽先
生府上拜访他，请他传授治学经验，肖锋最终选定"《春秋》笔
法"研究作为学位论文题目，应该说就与我的建议和敏泽先生
的具体指点有关。关于这段往事，肖锋在书的"后记"中有较
为详细的叙述，所言都是实情，这里不赘述。而今，肖锋受敏
泽先生启迪和具体指点，在先生开辟的"《春秋》笔法"研究
的基础上继续扩展、深入而为之，是对先生当年研究的赓续，
这确实是一件让我感到欣喜不已之事。唯一感到遗憾的是当年
我曾经与敏泽先生约定，肖锋和夏静的博士学位论文答辩时，
请他来主持，但是天不遂人愿，先生竟于 2004 年冬季弃世而
去，是为憾事。

从 2003 年冬天至今，肖锋对于"《春秋》笔法"进行研究，
已经有十五年之久了，这次即将正式出版的该著，只是他多年
研究"《春秋》笔法"所得之一部分内容，其余部分的结撰成

书，将是他的另一部专著了。因此可以说，他的这部著作是一部精心结撰之作，这并非溢美之词。正如书名所示，该书对于"《春秋》笔法"的研究，主要着眼点在修辞学层面。该书分七章，首章对既有研究进行了较为细致的学术史梳理和评析。从第二章对"《春秋》书法""《春秋》笔法"进行名称考索与辨析，借以对"《春秋》笔法"的渊源流变及其内涵特质等做出分梳和把握，这样既有学术史研究的意义，又有利于后面的一系列论析。第三章则对从修辞学角度解析"《春秋》笔法"的学术意义和所采用的具体研究方法进行了阐述。第四章对属辞比事与《春秋》笔法进行了分析。第五章从清华简《系年》与《春秋》经传记录的国君死亡事件看"《春秋》笔法"的特点。第六章专门对钱锺书先生所提出的"《春秋》书法实即文章之修词"这个判断进行体认和阐述。第七章是对杜预《春秋经传集解》总结和构建的"三体五例"所展现的"《春秋》笔法"的修辞手段及其特点进行了分析。该著在末尾所附的三个"附录"，也颇有学术价值，尤其是"张高评所举144则《春秋》经传研究选题"和"'《春秋》笔法'研究资料汇编"这两个附录，可以为今后的研究提供诸多的参考作用，这也无不体现了肖锋从容、严谨的治学态度。肖锋该著的内容结构大抵如上所述，我在这里仅仅做个粗浅条的介绍，他在每一个问题域之下，都对所涉及的具体问题进行了分析阐释，并且大量列举《春秋》经传中的材料进行例证。因此可以说，肖锋在书中对于"《春秋》笔法"所作修辞学层面的诠释、例析相当细致而充实，而这一工作对于推进、深化"《春秋》笔法"研究是非常有价值的。我还清晰地记得，当初与肖锋讨论这个选题的研究意义和价值、如何确定研究领域、如何谋篇布局等问题时，我认为除了将重点放在从修辞学的层面和角度阐述"《春秋》笔法"，还应该围绕"《春秋》笔法"与传统中国的政治修辞、经学诠释、文学理论批评体性、文学创作修辞文脉等问题进行系统的研究，只有这样才可以达到对"《春秋》笔法"全面、系统、透彻的研究与析解。当然，这是一个大的学术工程，需要逐步拓展、层层推进，而非一篇在较短时间内需要完成的学位论文所能承担得起的。因此，该书仅仅是其多年研究"《春秋》笔法"所得的一个侧面的呈现，而并非全部呈现。这样其实也很好，先将已经成熟的、可以相对独立成篇的成果拿出来出版，接受学界的检视，而尚未完成或有待进一步加工完善的则继续为之，这样的治学心态正是我非常赞赏的。

《春秋》作为"五经之管钥"，其中体现了中国文化的精髓要义，系统而深入地研究以《春秋》经传文本为载体所形成的"《春秋》笔法"，对于考察中国传统经学的经典阐释学和传统中国的政治修辞学，具有无可替代的作用。此外，"《春秋》笔法"的影响广泛而深远，渗透到了中国传统文化中的诸多领域，涉及史学、哲学、文学、政治学、伦理学等诸多领域，对传统中国意识形态话语系统的方方面面所产生的影响广泛而深远，并且有迹可循，是一个值得不断开掘和深耕的研究领域，由此亦能延伸出众多研究选题。因此，我期待着肖锋在该著出版之后，不要停止对"《春秋》笔法"的研究工作，继续开拓前行，将自己未囊括进而已经成文了的那些研究所得，以及已经长期思考和研修的那些与从修辞学层面研究"《春秋》笔法"同样重要的其他研究内容，抓紧时间撰写成书，只有如此，才可以说不负敏泽先生当年的点拨与期许。我对肖锋下一部关于"《春秋》笔法"研究著作的结撰，充满期望和信心，我相信他有毅力、有能力圆满地完成这一任务。

以上所言，非常零散，而关于该著在学术方面的优长与不足，未曾多言之，这个还是留给学界同人来评说吧。是为序。

2019 年 10 月 5 日　于京西北寓所

序 言 二

杨星映

阳春三月春花发，喜见青出于蓝而胜于蓝。

阳春三月收到了肖锋发来的《"〈春秋〉笔法"的修辞学研究》书稿，十分欣喜。肖锋终于把他的博士学位论文修订成书了！他请我为之作序，考虑到少有涉猎经文，本着知之为知之、不知为不知的原则，我婉拒之。比起初出茅庐时跟我学习，肖锋跟随党圣元先生读博后有了长足的进步，这序，理当由他的党师圣元先生来作。但是，肖锋却坚持请我也作一序，不忍拂其情，只好勉为其难，就当作读后感吧。

感想之一，是肖锋对从古至今，特别是对百年以来关于"《春秋》笔法"的研究与争议的梳理，不仅为他的研究奠定了坚实的基础，更使阅读其著述的人由此而获得了对这一领域深厚的学术视野，取得了入门的钥匙。我以为，研究每个学术问题的前提，首先是厘清其研究的来龙去脉与现状，以求发现已有的成就与不足，在此基础上发掘新的研究、新的问题。这是学术研究应具备的必然出发点。一般而言，学术研究就是这样向前推进的。但是，有些著述只是概略地介绍其研究领域的现状，而肖锋的特点在于翔实地梳理了自古以来，特别是百年以来"《春秋》笔法"研究的历程和争议，使得我这个不甚了解的人也有了较为清晰的认知。

感想之二，是肖锋力求突破传统经学注经解经的局限，打破学科分界，通过文本分析、历史考据、语言修辞等研究方法的综合运用，深入经文肌理。特别是对经文大量例证的缜密的文本解读，通过细致的经传文本比较、解析，从字法、句法、段落、篇章等诸多方面展示了"《春秋》笔法"的修辞特点，是国内首次从修辞学角度深入研究"《春秋》笔法"的学术成果。而且肖锋及其团体还准备从"《春秋》笔法"与古代文论、小说序跋、诗话词话、历史书写、传统思维方式等多方面开拓研究，从大文化的角度考察阐释，这是对传统经学的拓展和开掘，我期待他们的成果不断涌现。

感想之三，是肖锋收集整理并附录于后的详细资料。有张高评先生《〈春秋〉经传研究选题举例》中列举的诸多选题，以备读者研究者选择比较开掘；有关于"《春秋》笔法"研究的详细资料，有助于研究者备查待考；有古今经传研究的众多著述和值得参考的重要论文。在本书之后附录这么多资料，是众多学术著述中少见的，它不仅帮助读者了解本领域研究的前期成果和现状以及本论题的意义、价值，而且指示了今后的研究方向。

有以上三方面的特色，我以为，这是一本值得研读和参考的学术著作，祝贺其出版。为肖锋的进步而感到高兴，祝愿他不断有新著问世。

2019 年 5 月 28 日于重庆师范大学

目　　录

导论 "《春秋》笔法"研究之范围

吾国经学，源远流长，以六艺为滥觞，遂有十三经之恢宏著述，然围绕它们所展开之研究，更可谓汗牛充栋，指不胜屈，于其中，《春秋》更获"五经之管钥"美名，康有为云："六经粲然深美，浩然繁博，将何统乎？统一于《春秋》。《诗》《书》《礼》《易》《乐》并立学官，统于《春秋》有据乎？据于孟子。孟子述禹、汤、文、武、周公而及孔子，不及其他；书惟尊《春秋》。"①《四库全书总目提要·春秋类序》亦云："盖六经之中，惟《易》包众理，事事可通。《春秋》具列事实，亦人可解。一知半见，议论易生；著录之繁，二经为最，故取之不敢不慎也。"②《春秋》能博"五经之管钥"美名，固与今文学家大力推崇有关，然《春秋》于群经中之地位亦可见一斑。

《春秋》本为春秋时期鲁国的编年体史书，它记载了从隐公元年（前722）至哀公十四年（前481）③间鲁国十二公、二百四十二年的历史，在这其中：

一、隐公在位十一年，从周平王四十九年（前722）至周桓王八年（前712）；

二、桓公在位十八年，从周桓王九年（前711）至周庄王三年（前694）；

---

① 康有为：《春秋董氏学·自序》，《春秋董氏学》，中华书局1990年版。

② （清）永瑢、纪昀主编：《四库全书总目提要·春秋类序》，文渊阁《四库全书》本。本书《四库全书总目提要》皆出自文渊阁《四库全书》。

③ 本文所涉及的鲁国十二公，在行文中均省略国别。

三、庄公在位三十二年，从周庄王四年（前693）至周惠王十五年（前662）；

四、闵公在位两年，从周惠王十六年（前661）至周惠王十七年（前660）；

五、僖公在位三十三年，从周惠王十八年（前659）至周襄王二十五年（前627）；

六、文公在位十八年，从周襄王二十六年（前626）至周匡王四年（前609）；

七、宣公在位十八年，从周匡王五年（前608）至周定王十六年（前591）；

八、成公在位十八年，从周定王十七年（前590）至周简王十三年（前573）；

九、襄公在位三十一年，从周简王十四年（前572）至周景王三年（前542）；

十、昭公在位三十二年，从周景王四年（前541）至周敬王十年（前510）；

十一、定公在位十五年，从周敬王十一年（前509）至周敬王二十五年（前495）；

十二、哀公在位十四年，从周敬王二十六年（前494）至周敬王三十九年（前481）。

《公羊传》《穀梁传》两传的经文皆记事到哀公十四年"西狩获麟"终，但《左传》的经文则记事到哀公十六年（前479）"孔丘卒"，而传文则记事到哀公二十七年（前468）。

公元前484年，即哀公十一年、周敬王三十六年。是年春天，齐国征伐鲁国，孔子的弟子冉有被季氏任命为帅，他率鲁师与齐师在鲁国近郊作战并取得了胜利。季康子向冉有询问他的指挥才能是从什么地方学来的，冉有回答说是向孔子学来的，于是季康子派公华、公宾、公林以币（钱财）把孔子从卫国迎接回来，自此周游列国十四年的孔子结束了在外漂泊的生涯，回到了鲁国，这一年孔子六十八岁。季康子欲实行"田赋"，即按照土地的多少进行征税，孔子明确表示了反对，他说："君子之行也，度于礼：施取其厚，事举其中，敛从其薄。如是，则以丘亦足矣。若不度于礼，而贪冒无厌，则虽以田赋，将又不足。"① 季氏并没有听从孔子的意见，孔子求取仕途的愿望最终落空。于是孔子只好于次年转而从事教育和古代文献的修订工作，这其中就包括《春秋》的修订。②

自孔子笔削③《春秋》一书以来④，《春秋》就同《诗》《书》《礼》《乐》《易》并称为"六艺"，后来还被尊称为"六经"，被儒家奉为经典，关于《春秋》的研究著作可以说汗牛充栋，围绕《春秋》也展开了持续两千年的论争。

---

① 《左传·哀公十一年》，见杨伯峻《春秋左传注》，中华书局 1990 年版，第 1668 页。本文所引《左传》之文皆采用此本，除特殊情况外，不再注出。

② 关于孔子的生平可以参见钱穆《孔子传》，生活·读书·新知三联书店 2002 年版；匡亚明《孔子评传》，南京大学出版社 1990 年版；曹尧德、宋均平、杨佐仁《孔子传》，花山文艺出版社 1992 年版。

③ 顾颉刚在《春秋三传及国语之综合研究》（顾颉刚讲授，刘起釪笔记：《春秋三传及国语之综合研究》，巴蜀书社 1988 年版）中对"笔削"二字的解释是这样的："笔者，修改也；削者，删除也。笔削鲁史成《春秋》，此儒家所传，言孔子修改其不合微言大义、删其无关治道人伦者，而成正式之史书也。后因尊之曰《春秋经》。"笔者深以为然也。

④ 关于孔子是否"作"《春秋》，自唐代刘知幾以来就有疑问（参见《史通·惑经》），其下对此还有疑问的则有北宋的王安石，他把《春秋》称作"断烂朝报"（语见《宋史·王安石传》，关于"断烂朝报"，可参见笔者他文），这个问题到了现代更是出现了针锋相对的观点。持《春秋》非孔子所"作"、所"修"观点的学者以钱玄同的《春秋左氏考证书后》（见《古史辨》第 5 册上编，上海古籍出版社 1982 年版）、顾颉刚的《春秋三传及国语之综合研究》（顾颉刚讲授，刘起釪笔记：《春秋三传及国语之综合研究》，巴蜀书社 1988 年版）、杨伯峻的《春秋左传注·前言》（中华书局 1990 年版）、徐中舒的《左传选〈后序〉》（中华书局 1963 年版）为代表，另外还可参见姚曼波的《〈春秋〉考论》（江苏古籍出版社 2002 年版）；与之相反的观点则以范文澜的《群经概论》（1933 年由北平朴社出版，见《范文澜全集》（第一卷），河北教育出版社 2002 年版）、白寿彝的《中国史学史》（第一册）（上海人民出版社 1986 年版）、卫聚贤的《古史研究》（上海文艺出版社 1990 年版）、苏渊雷的《读史举要》（黑龙江人民出版社 1981 年版）为代表，关于这个问题的争论还可以参见沈玉成、刘宁的《春秋左传学史稿》（江苏古籍出版社 1992 年版），按照孔子在《论语·述而》里面说自己是"述而不作"以及对"述"（编订）、"作"（写作）二字的理解，笔者比较倾向于"孔子修订《春秋》"的说法。

　　《春秋》文约辞婉，显微阐幽，如果仅就经文而阅读，在理解上就有诸多难度，所以后世多有对其进行解释之著述，遂有三传即《左传》《公羊传》《穀梁传》之诞生。三传既生，说经之门户亦起，诸说并立，古文与今文两家之争绵延两千年。然三传之解经各有所得，亦各有所失，于今吾辈之治《春秋》，实不当囿于门户之见而专守一传，此方为求真之研究态度。前人治经，有舍传而专求经者，此倾向源于对三传妄说之反驳，唐人啖助、赵匡始兴，至宋，乃有孙复、刘敞、崔子方、沈棐、赵鹏飞之流，至清，更有王心敬"以经解经"，刘逢禄妄图还原《春秋》《左传》之举，《四库全书总目提要·春秋类序》云："孙复、刘敞之流，名为弃传从经，所弃者特《左氏》事迹，《公羊》《穀梁》月日例耳。其推阐讥贬，少可多否，实阴本《公羊》《穀梁》法，犹诛邓析用竹刑也。夫删除事迹，何由知其是非？无案而断，是《春秋》为射覆矣。"① 诚如《提要》所言"删除事迹，何由知其是非"，舍传而专求经，岂非又更添妄说？何况，《春秋》之大义，实赖史事展现，《左传》之纪事可补经文纪事简略之不足，焉可舍弃之？故《四库全书总目提要·〈春秋经筌〉提要》云："夫三《传》去古未远，学有所受。其间经师衍说，渐失本意者，固亦有之。然必一举而刊除，则《春秋》所书之人，无以核其事；所书之事，无以核其人。即以开卷一两事论之。'元年，春，王正月'，不书即位，其失在夫妇嫡庶之间。苟无传文，虽有穷理格物之儒，殚毕生之力，据经文而沈思之，不能知声子、仲子事也。'郑伯克段于鄢'，不言段为何人，其失在母子兄弟之际。苟无传文，虽有穷理格物之儒，殚毕生之力，据经文而沈思之，亦不能知为武姜子、庄公弟也。然则舍传言经，谈何容易！啖助、赵匡攻驳三传，

---

① 《四库全书总目提要·春秋类序》，文渊阁《四库全书》本。

已开异说之萌。至孙复而全弃旧文,遂贻《春秋》家无穷之弊。"①《〈春秋原经〉提要》对清人王心敬"以经解经"批评亦云:"(王心敬)因而尽废诸传,惟以经解经。不思经文简质,非传难明。即如'郑伯克段于鄢'一条,设无传文,则段于郑为何人,郑伯克之为何故,经文既未明言,但据此六字之文,抱遗经而究终始,虽圣人复生,沈思毕世,无由知其为郑伯之弟,以武姜内应作乱也。是开卷数行,已窒碍不行,无论其余矣。"② 由此可知,独囿一传、舍传而求经皆为研读《春秋》不当之法,斯人已逝,经传犹存,吾辈以今日之学术眼光观《春秋》,实应取三传之所长,忽某传之妄说,就史事而言史事,度量而参取前人诸说,方不至重蹈前人覆辙,而得《春秋》说之新意,本书之研究亦自始至终贯穿此思路。

"春秋大义"之彰显,实赖孔子之笔削,研读《春秋》,孔子笔削之迹、笔削之法,不可不察,"《春秋》笔法"研究遂得以产生。

对"《春秋》笔法"的研究从本质上来说是对《春秋》及其三传的研究,我国台湾地区学者张高评在《台湾近五十年〈春秋〉经传研究综述(下)》一文中指出:"就朱彝尊《经义考》所载,两汉魏晋以下,传世之《春秋》学论著,约在800部以上;传世之《左传》学论著,不下214部;传世之《公羊》学论著,不过60种左右;传世之《穀梁》学论著,仅有24种,加上民国以来学者所著,总数当在60部以上。"③ 又云:"五十年来,台湾汉学界研究《春秋》学、《春秋》经传,及历代《春秋》学史,撰成单篇论文,发表于学报期刊者,总数约

---

① 《四库全书总目提要·〈春秋经筌〉提要》,《春秋经筌》为宋人赵鹏飞所撰,文渊阁《四库全书》本。

② 《四库全书总目提要·〈春秋原经〉提要》,《春秋原经》为清人王心敬所撰,文渊阁《四库全书》本。

③ 张高评:《台湾近五十年〈春秋〉经传研究综述(下)》,《汉学研究通讯》2004年第4期。

150 余篇。探讨范围大抵不出 1. 通论；2. 训解；3. 义例；4. 地理礼俗；5. 诸国别纪；6.《春秋》研究史诸方面。"① 在这其中，对"义例"的研究当属于"《春秋》笔法"的研究范围。由是我们也可以得出"《春秋》笔法"的研究范围主要涉及以下方面。

一、本质上之探讨。从研究"《春秋》笔法"的性质出发，对《春秋》三传的诸种凡例、书法进行研究，这亦是一种本质和内涵的探讨，包括三传有例无例、义例是否适当、对义例的解释恰当与否等。此范围内的研究自汉代至今，代不乏人。

二、诸家学说之探讨。从历时的角度来对历代诸家学者"笔法"学说的探讨，如对杜预、贾逵、服虔、陆淳、胡安国、张溥、石光霁、刘曾璇、康有为、刘师培等的探讨。

三、史学中"《春秋》笔法"之探讨。从原初来讲，"《春秋》笔法"是一个经学的问题，但是随着司马迁将其成功运用于《史记》的写作，"《春秋》笔法"就渗透到史学中，对古代史书的写作产生了巨大的影响，如对《史记》笔法、欧阳修修史笔法等的探讨就属于该范围。瞿林东的《史学志》（上海人民出版社 1998 年版）从"史笔"的角度，把"《春秋》笔法"提升到史学理论的高度，此当为"史笔"范围内研究的阶段性成果。

四、文学中"《春秋》笔法"之探讨。从史书写作开始，"《春秋》笔法"同时渗透到文学中，并对文学创作、文学批评和文学理论产生了巨大的影响，此范围内的探讨可参看师公敏泽先生的论文《试论"春秋笔法"对于后世文学理论的影响》（《社会科学战线》1985 年第 3 期），及诸多将"《春秋》笔法"运用于文学批评和文学鉴赏的论文。学者李洲良著作《春秋笔

---

① 张高评：《台湾近五十年〈春秋〉经传研究综述（下）》，《汉学研究通讯》2004 年第 4 期。

法论》（中国社会科学出版社 2012 年版）和张金梅著作《〈春秋〉笔法与中国文论》（中国社会科学出版社 2012 年版）即为此类研究。

五、"《春秋》笔法"之重新阐释。随着古今语境的转换，从儒家哲学和话语权力等角度对"《春秋》笔法"的重新阐释亦被纳入研究范围。从某种角度而言，现今的诸多"《春秋》笔法"研究皆是重新阐释之研究。

六、从语言学角度来探讨"《春秋》笔法"。"《春秋》笔法"中诸多用词方法，如内外、先后、日月、不书等，按照钱锺书的说法其实就是"文章之修词"，那么从语言修辞学的角度来研究"《春秋》笔法"则可成为探讨的范围。孙良明的《中国古代语法学探究》（商务印书馆 2002 年版）就集中探讨了"《春秋》笔法"诸多语法特征。本书就是从修辞学的角度来对"《春秋》笔法"展开研究的。

七、新闻标题及政府公报中的"《春秋》笔法"。宋人王安石称《春秋》为"断烂朝报"，朝报相当于现今政府的公报，其标题十分强调醒目、简洁以及倾向性，而有些则蕴含褒贬之深意，那么研究新闻标题中的"《春秋》笔法"亦可纳入"《春秋》笔法"之研究范围。当代从新闻学角度来探讨"《春秋》笔法"是周振甫于 1961 年在《新闻业务》第 10 期和第 11 期发表《春秋笔法论（上、下）》开拓的，而后踵者寥寥无几。

八、从社会学角度探究"春秋《笔法》"。从"《春秋》笔法"中对诸如诸侯会盟、朝聘、嫁丧、征伐等事件记录的考察则可以知道其时的诸多礼仪制度和社会现状，从此角度来研究"《春秋》笔法"则可纳入社会学研究的范围。

九、"《春秋》笔法"研究的学术史问题。"《春秋》笔法"自汉代产生，横贯两千年，历代颇多论述及相关研究，从学术史的角度来展开研究则可以全面把握其历史之变迁。目前存在三部具有一定影响力的"《春秋》学史"，分别是沈玉成、刘宁的《春秋左传学史稿》（江苏古籍出版社1992年版），赵伯雄的《春秋学史》（山东教育出版社2004年版），戴维的《春秋学史》（湖南教育出版社2004年版），而专门研究"《春秋》笔法"学术史的著作目前尚不存在。

十、"《春秋》笔法"对中国人思维模式的影响。"《春秋》笔法"讲究用词的"微婉显幽"，这点同中国人善于采用"委婉"的方式来表达自己意见具有相同的心理因素，对其展开探究则显然可以被纳入"《春秋》笔法"研究范围。

十一、哲学范围内的相关探讨。关于"《春秋》笔法"体现的哲学意识，早在五四时期，胡适就以为其是孔子实行"正名主义"的重要手段，那么"《春秋》笔法"究竟体现了先秦儒家怎样的语言哲学意识则可被纳入研究的范围。

按此所列十一个方面的研究范围，第一、第二两个方面属于经学范围内的研究，是对"《春秋》笔法"本质的探讨，第三个方面属于史学范围内的研究，第四个方面是文学范围内的研究，而其余几个方面除第九个方面属于学术史范围内的研究外，皆属于跨学科的研究。由是我们亦可按此研究的领域把"《春秋》笔法"划分为四种，即经笔、史笔、文笔、外笔，经笔是其本身的呈现形态，其同史笔、文笔一起成为"《春秋》笔法"最主要的表现形态，而外笔则显然成为学科分化后跨学科研究的产物。随着传统经学的终结，"《春秋》笔法"的研究范围自然就呈现出交叉的发展倾向。按照本质与外延来划分，"《春秋》笔法"则可以分为内笔、外笔，内笔是对"《春秋》笔法"本身的探究，而外笔则是"《春秋》笔法"的延伸，从此角度来说，内笔是经笔，而史笔、文笔等皆是外笔，亦可以说内笔是内涵核心之探讨，而外笔在很大程度上则是影响之探讨。

关于经笔、史笔、文笔、外笔之间的关系可以得到如图1所示。

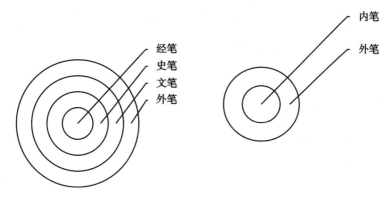

图1　经笔、史笔、文笔、外笔关系

通过图1可以知道，经笔其实就是"《春秋》笔法"的核心，一切史笔、文笔、外笔都是经笔（内笔）向外的扩展，它们共同组成了"《春秋》笔法"的同心圆系统。"《春秋》笔法"最初在经学中产生，是《春秋》经学的产物，其在产生之初其实已经包含了史笔和文笔的因素。因为就《春秋》本身来讲，它本身是一部编年体史书，而其三传之一的《左传》则具有较强的文学性，只不过作为经笔的"《春秋》笔法"在当时处于一种绝对核心和突出的地位而已。作为经笔的"《春秋》笔法"产生之后，司马迁成功将其运用到《史记》的写作中，于是它就从经学延伸到史学的领域并对古代中国史学的写作产生了巨大影响。就《左传》而言，它是一部文学性很强的作品，对后来的文学产生了巨大的影响，《左传》其实已经包含了后来作为文笔的"《春秋》笔法"。《史记》作为我国第一部纪传体史书，其文学色彩十分浓厚，作为史笔的"《春秋》笔法"在其中的运用让作为文笔的"《春秋》笔法"逐渐凸显出来，在这之后随着历史类题材小说的产生，文笔类的"《春秋》笔法"逐渐开始对文学产生巨大的影响。明代余邵鱼在《题全像列国志传引》中说：

士林之有野史，其来久矣。**盖自《春秋》作而后王法明，自《纲目》作而后人心正。要之：皆以维持世道，激扬民俗也。**（黑体为笔者所加，下同）……抱朴子性敏强学，故继诸史而作《列国传》。起自武王伐纣，迄今秦并六国，编年取法麟经，纪事一据实录。凡英君良将，七雄五霸，平生履历，莫不谨按五经并《左传》《十七史纲目》《通鉴》《战国策》《吴越春秋》等书，而逐类分纪。且又惧齐民不能悉达经传微辞奥旨，复又该为演义，以便人观览。庶几后生小子，开卷披阅，虽千百年往事，莫不炳若丹青；**善则知劝，恶则知戒，**其视徒凿为空言以炫人听闻者，信天渊相隔矣。①

余邵鱼在这里指出《列国志传》采取了《春秋》一样的编年体形式，其采用实录的形式则指向"《春秋》笔法"五例中的第四例"尽而不汙"，而"善则知劝，恶则知戒"则可见"《春秋》笔法"第五例"劝善而惩恶"功能性目的的延伸。当然，这里仅仅是就"《春秋》笔法"对后世文学题材如历史小说影响而言，其在文笔上的体现还有诸如对古代文论方面的影响等。如刘勰《文心雕龙·征圣》云："是以子政论文，必征于圣；稚圭劝学，必宗于经。《易》称'辨物正言，断辞则备'，《书》云'辞尚体要，弗惟好异'。故知正言所以立辩，体要所以成辞，辞成无好异之尤，辩立有断辞之义。虽精义曲隐，无伤其正言；微辞婉晦，不害其体要。体要与微辞偕通，正言共精义并用；圣人之文章，亦可见也。"②《文心雕龙·宗经》又云："《春秋》辨理，一字见义，五石六鹢，以详略成文；雉门两观，以先后显旨。其婉章志晦，谅以邃矣。《尚书》则览文如

---

① （明）余邵鱼：《题全像列国志传引》，载丁锡根编著《中国历代小说序跋集》（中），人民文学出版社1996年版，第861页。

② 范文澜：《文心雕龙注》，人民文学出版社1958年版，第16页。

诡，而寻理即畅；《春秋》则观辞立晓，而访义方隐。"① 刘勰之言"微辞婉晦"和"婉章志晦"是对《春秋》五例中"微而显、志而晦、婉而成章"三例笔法的发挥。刘知幾《史通·叙事》亦对"微""晦"有充分的发挥："夫国史之美者，以叙事为工；而叙事之工者，以简要为主，简之时义大矣哉！……然章句之言，有显有晦。显也者，繁词缛说，理尽于篇中；晦也者，省字约文，事溢于句外。然则晦之将显，优劣不同，较可知矣。夫能略小存大，举重明轻，一言而巨细咸该，片语而洪纤靡漏，此皆用晦之道也。……夫经以数字包义，而传以一句成言，虽繁约有殊，而隐晦无异。……斯皆言近而旨远，辞浅而义深；虽发语已殚，而含义未尽。使夫读者望表而知里，扪毛而辨骨，睹一事于句中，反三隅于字外。晦之时义，不亦大哉！"② 钱锺书指出："《史通》所谓'晦'，正《文心雕龙·隐秀》篇所谓'隐'，'余味曲包'，'情在词外'；施用不同，波澜莫二。"③ 刘熙载《艺概·文概》亦云："左氏叙事，纷者整之，孤者辅之，板者活之，直者婉之，俗者雅之，枯者腴之。剪裁运化之方，斯为大备。刘知幾《史通》谓《左传》'其言简而要，其事详而博'。余谓百世史家，类不出乎此法。"④ 由此可见，"《春秋》笔法"确实对古代文学理论产生了重大的影响。

我们可以说经笔、史笔、文笔是"《春秋》笔法"最基本的呈现形态，它们也是"《春秋》笔法"研究最基本的范围，但是进入 20 世纪以后，随着传统经学的终结和把《春秋》纳入史学的范围，经笔和史笔就呈现出一种融合的趋势，而学科的进一步分化则为"《春秋》笔法"向哲学、语言学、新闻学等

---

① 范文澜：《文心雕龙注》，人民文学出版社 1958 年版，第 22 页。

② （清）浦起龙：《史通通释》，上海古籍出版社 1978 年版，第 168—174 页。

③ 钱锺书：《管锥编》（第一册），中华书局 1986 年版，第 164 页。

④ （清）刘熙载：《艺概·文概》，《刘熙载论艺六种》，巴蜀书社 1990 年版，第 5—6 页。

学科的延伸提供了学理上的支撑，于是外笔的存在就有了可能，由此它就同经笔、史笔、文笔一道组成了"《春秋》笔法"研究的基本范围。

　　"《春秋》笔法"按十一种研究领域可划分为经笔、史笔、文笔、外笔四方面，其研究领域呈现出学科交叉的特征；按本质和外延可划分为内笔和外笔，内笔是对"《春秋》笔法"本身的探究，是内涵核心之探讨，而外笔则是"《春秋》笔法"的延伸，在很大程度上是影响之探讨，从此角度来说，内笔是经笔，而史笔、文笔等皆是外笔。对"《春秋》笔法"进行修辞学研究不仅可以让我们转换研究视角，提供方法上的借鉴，还可以促进经学、史学、文学等诸多学科研究的融合。

第一章 百年"《春秋》笔法"之研究

　　20 世纪之初，传统经学在现代学术的冲击下逐渐解体，对《春秋》的研究亦被纳入史学的范围，但由于《春秋》学本身经史融合的特点决定了它向现今诸多学科渗透的趋势，经笔、史笔、文笔是其基本呈现形态，分析总结 20 世纪诸如康有为、皮锡瑞、刘师培、章太炎、胡适、钱玄同、顾颉刚、周振甫、钱锺书、敏泽等前辈学者的"《春秋》笔法"研究学术成果则可以为我们提供一种全新的学术视野。

　　纵观百年的"《春秋》笔法"研究，它在传统经学的解体和新学术体制建立的大学术背景下展开，在疑古思潮的影响下艰难地掘进，在 20 世纪 80 年代后获得新生，按照学术思潮对其的影响，其大致可以分为四个研究时期，并将我国台湾地区的相关研究纳入其中。

　　一、晚清至民国时期，传统经学解体背景下的"《春秋》笔法"研究，以康有为、皮锡瑞、章太炎、刘师培等的研究为代表。

　　二、古史辨运动时期的"《春秋》笔法"研究，以胡适、顾颉刚、洪业、杨向奎等为代表。

　　三、1949 年后到 20 世纪 80 年代前的"《春秋》笔法"研究，以周振甫、钱锺书等的研究为代表。

　　四、20 世纪 80 年代以后的"《春秋》笔法"研究，这是对"《春秋》笔法"进行全面阐释时期，以敏泽、孙良明、张高评等的研究为代表。

五、我国台湾地区的研究自承《春秋》经传研究之血脉，亦当纳入百年之视野。

第一节　传统经学解体下今古文经学的 "《春秋》笔法"研究

自孔子修订《春秋》以来，对《春秋》"微言大义""褒贬"等义例之探讨，代不乏人。如汉董仲舒《春秋繁露》、颖容《春秋释例》，晋杜预《春秋释例》和《春秋经传集解》，唐陆淳《春秋集传纂例》、宋陈德宁《公羊新例》、刘敞《春秋传说例》、沈棐《春秋比事》二十卷，元黄泽《三传义例考》、赵汸《春秋属辞》十五卷，明傅逊《左传属事》二十卷、石光霁《春秋书法钩玄》、张溥《春秋三书》中有《春秋书法解》一卷，清刘曾璇《春秋书法比义》、徐经《春秋书法凡例》（附胡氏释例）、刘逢禄《公羊春秋何氏释例》、毛奇龄《春秋属辞比事记》、方苞《左传义法解要》和康有为《春秋笔削大义微言考》等。

一　康有为之《春秋董氏学》和《春秋笔削大义微言考》

在近代以前，对所谓"《春秋》笔法"的研究大多集中在对《春秋》基本义例的探讨上，很多著作是通过对《春秋》三传中文字的考证和义例的阐释去发掘《春秋》中的"微言大义"，并由此总结出相关的一些"书法"凡例。但是这种研究状况在 19 世纪末期随着传统经学的逐渐解体发生了根本性的变化，这种变化首先体现在康有为把孔子塑造为"托古改制"的"素王"上，在康氏看来，《春秋》其实就是孔子托古改制的著作，他从今文经学的角度去阐释《春秋》的"微言大义"，从而表达出新兴资产阶级要求变法的政治理想。康有为把孔子塑造为"托古改制"的先师，从重新阐释孔子微言大义的角度出发，从而完成了经学向现实的逻辑转换，这些"微言大义"其实就是"《春秋》笔法"的具体内涵，经此一变，孔子的形象有了彻底的改变。康有为的"《春秋》笔法"研究主要体现在其著作《春秋董氏学》和《春秋笔削大义微言考》中。

19世纪末20世纪初期，传统的经学研究在经过清代的古文、今文等流派的整合和复兴之后，逐渐开始走向末路。在这一时期，时代发生了巨大的变革，一方面是外国列强对中国的入侵，民族和社会矛盾激化；另一方面是民族资本主义的兴起，传统经学在"西学东渐"的文化思潮冲击下埋头书斋不问世事的情况越来越呈现出自己的弊端，这样"经为今用"的问题就现实地摆到经学家的案头上来了。比如康有为的《春秋董氏学》和《春秋笔削大义微言考》，其指向性目的十分明确，就是希望通过对"《春秋》笔法"的具体研究来探讨一条经世治国的道路，其实也是为经学的研究寻找出路。重新对儒家哲学进行阐释，力图来经世救国是康有为等今文学派突出的特点。康有为在《春秋董氏学·春秋例第二》中说："学《春秋》者，不知讬古改制、五始、三世、内外、详略、已明不著、得端贯连、无通辞而从变、诡名实而避文，则《春秋》等于断烂朝报，不可读也。"①

《春秋董氏学》最初由康氏弟子编于1896年，1897年由康广仁在上海同译书局刻印出版，其时正逢戊戌变法前夕。全书除"自序"之外，一共分为八卷，分别由《春秋恉第一》《春秋例第二》《春秋礼第三》《春秋口说第四》《春秋改制第五》《春秋微言大义第六（上、下）》《传经表第七》和《董子经说第八》组成。其中第1—6卷为康有为摘编董仲舒《春秋繁露》一书，突破从文字音韵进行训诂解经的范例，按照同类合并的原则分门别类摘编组合，并加上相关按语对此进行重新阐释，

---

① 康有为：《春秋董氏学》，楼宇烈整理，中华书局1990年版，第26页。

从而推导出新的结论。在这六卷中,《春秋恉第一》《春秋例第二》《春秋微言大义第六(上、下)》则可以说是对"《春秋》笔法"的具体性研究。比如《春秋恉第一》中"天子诸侯等杀""立君书不书""诛细恶以止乱""战有恶有善""讳大恶""不畏强暴"则分别指向"《春秋》笔法"中的直书、惩恶劝善等书法原则;而《春秋例第二》中"五始""时月""王鲁""内外""贵贱""屈伸详略""微辞婉辞温辞"等则是对具体书法体例的探讨;《春秋微言大义第六(上、下)》则是对"《春秋》笔法"所体现的"大义"的抉发。

《春秋笔削大义微言考》十一卷据作者自述完成于1901年,作为《万木草堂丛书》的一种,最早刊行于1917年。全书同《春秋董氏学》的编撰体例相似,除了前面的"序言"和"发凡"之外,一共分为十一卷,全书先列不修《春秋》,然后为孔子笔削之迹,接下来为已修《春秋》,并参录《公羊传》《穀梁传》《春秋繁露》等书进行相关佐证,最后还加上自己的相关按语进行阐述,总共840余条按语贯穿其间,从古至今对《春秋》的"微言大义"及相关书写体例进行阐述研究。值得注意的是,《春秋笔削大义微言考》的影响力远远不如《春秋董氏学》,但是作为研究"《春秋》笔法"一脉的著作,其中自始至终贯穿着作者对"《春秋》笔法"的见解。康氏的研究突破了以往"《春秋》笔法"仅仅局限在"书法凡例""微言大义"等局限上,而更重视"《春秋》笔法"本身所能产生的功用上,即把对《春秋》"微言大义"的阐释作为表达政治理想和改变社会的工具,并采用现代西方的知识观念运用到编撰体例上,如在《春秋笔削大义微言考》中,康有为说:"春秋之义不在事,传孔子《春秋》之义在口说而不在文。"并对此进一步阐释说:

> 《春秋》为文数万,其旨数千。盖此数千之大义,乃为孔子之《春秋》。……孔子改制,以此数千大义不敢笔之于

书，口授弟子。……孔子晚年，以为吾欲托之空言，不如托之行事之深切著明，故收拾各义，分附于鲁史文事之中。因恐无所托讥，乃笔削鲁史，改定其年、月、日、时、爵、号、氏、名诸文，或增或删，或改或削，以为记号。如算术之有天元，代数之有甲乙子丑，皆以一字代一式，使弟子后学得以省识其大义微言之所托。①

从康有为的论述中我们可以发现，康氏更注重的是《春秋》的"大义"，而不是"大事"，这同时表明了以往依靠文字训诂烦琐考证等方式来阐释《春秋》"大义"的终结，在同现实紧密联系的基础上代之以对"大义"的充分阐发和挖掘。这种研究对后来的"《春秋》笔法"研究具有极大的意义，后来很多对"《春秋》笔法"的研究都是从这种重新解释"笔法"之大义而延伸开去的，如曹顺庆《"〈春秋〉笔法"与"微言大义"——儒家经典的解读模式及话语言说方式》[《北京大学学报》(哲学社会科学版) 1997 年第 2 期] 及过常宝《"春秋笔法"与古代史官的话语权力》[《北京师范大学学报》(社会科学版) 2003 年第 4 期] 就是从"《春秋》笔法"的角度来考察所谓儒家解经说经方式及其对话语权的控制。而在编撰体例上分门别类，把"《春秋》笔法"包含的诸种会盟、朝聘、征伐、弑君、爵位、避讳等看作代数的"符号""电报密码"，通过代数的运算和置换，运用所谓孔子公理化的原则来进行相关推导，得出一定的"笔法"原则，为"《春秋》笔法"的研究树立了新的研究模式，从而开辟出一片新的研究天地。

二　皮锡瑞之《经学通论》

1907 年，皮锡瑞的《经学通论》刊行，全书分为五卷，具

---

① 康有为：《春秋笔削大义微言考》，《康有为全集》（第六集）（中国人民大学出版社 2007 年版，第 44 页。

体讨论《易经》《书经》《诗经》《三礼》《春秋》中各种问题，其中"春秋通论"则涉及对"《春秋》笔法"的探究，它一共由 56 篇短小的论文组成。皮锡瑞首先肯定了《春秋》"微言大义"的存在，他说："《春秋》有大义，有微言。所谓大义者，诛讨乱贼以戒后世是也；所谓微言者，改立法制以致太平是也！"① 皮锡瑞作为一名今文学家，从其"改立法制"的言语可以看出，其"《春秋》笔法"的研究同样不可避免地带有经世致用的强烈功用目的。在"春秋通论"中，他在肯定《春秋》"微言大义"的存在之后，然后论证了《春秋》之"有例"，之后再分别对《春秋》"借事明义""尊王攘夷""书灾异，不书祥瑞""日月时正变例""一字褒贬"等"笔法"一一进行了论辩。在该书中，他还对前代研究"《春秋》笔法"的诸家诸如杜预、赵匡、啖助、赵汸、黄泽等诸家学说进行了考辨。值得注意的是，他提出的"《春秋》非史"说直接对后来《春秋》的定性产生了重大影响。皮锡瑞的"春秋通论"可以说是 20 世纪初，承继今文经学对"微言大义"的发挥，打通三传，对"《春秋》笔法"进行全面研究的开创之作，而贯穿在其中的逻辑推断方法，即《春秋》有"大义微言"——《春秋》"有义例"——《春秋》之各项"笔法"，为后来学者的"《春秋》笔法"研究打下了学理上的基础。

三　章太炎之《春秋左传读序录》《驳箴膏肓评》及《春秋左氏疑义答问》

1907 年，章太炎《春秋左传读序录》（原名《〈后证〉砭》）在《国粹学报》上发表，在此之前，章太炎已经撰述了《左氏春秋考证砭》《驳箴膏肓评》，这三部作品直接针对刘逢禄的三部著作，加上其于 1896 年作的《春秋左传读》一同构成

---

① （清）皮锡瑞：《经学通论》，中华书局 2017 年版，第 366 页。

了章太炎早期的《春秋》学研究。在《驳箴膏肓评·叙》中章太炎说:"《左氏》以良史之材,博文多识,本未尝求附于《春秋》之义,后人增设条例,推衍事迹,强以为传《春秋》,冀以夺《公羊》博士之师法,名为尊之,实为诬之,《左氏》不任咎也。……余欲以《春秋》还之《春秋》,《左氏》还之《左氏》,而删其书法凡例,及论断之谬于大义、孤章绝句之依附经文者,冀以存《左氏》之本真。"① 从章氏的论述可以看出,章太炎的研究主要以《左传》为基础,围绕《春秋》与《左传》的关系,其中涉及"《春秋》笔法",而其本义在于剔除依附在《左传》上的诸类"书法凡例",而还"《左氏》之本真",即恢复《左传》的原来面貌。章太炎的研究方式直接采取了"一事一例"进行解说的方式,即先列《春秋》经文,然后列出前代对其的评说,再进行相关例证之后阐述自己的观点。以《驳箴膏肓评》中《隐公》"不书即位,摄也"为例,在该条中,就是先列出"不书即位,摄也",然后列出何休和刘逢禄《箴膏肓评》中的观点,最后进行驳斥。这就充分体现出章太炎的"一事一例""一列""一评""一驳"的研究方法。这种研究方法同样对后来的研究产生了一定的影响,比如许子滨的《〈左传〉所释〈春秋〉书法考辨三则》即从《左传》所书三例书法——"公不与小敛,故不书日""灭同姓,名""杞用夷礼,故曰子"——出发,在引述相关前人的论述之后进行论证,最后得出自己的结论:"《左传》所标举的《春秋》义例,未可尽信。历代注家为之曲意弥缝,也是徒然。"② 章太炎另外还有《春秋左氏疑义答问》五卷,该书作于1931年,全书采用问答的方式进行写作,总共69个问题,其中就涉及《左传》"凡例"的诸多问题,这其实也是"《春秋》笔法"的问题,其中就包含内

---

① 章太炎:《驳箴膏肓评·叙》,《章太炎全集》(二),上海人民出版社1982年版,第897页。

② 许子滨:《〈左传〉所释〈春秋〉书法考辨三则》,《孔子研究》1999年第2期。

讳和直书的矛盾、赴告不书、特书、"王月"书法、弑君书法、正名书法、征伐书法、属辞比事等问题,如"问:《左氏》以讳国恶为礼。《公羊》亦云内大恶讳。夫耻辱之事,揜之可也,弑逆大故,而皆枉桡其文,比于董狐、齐史,得无惭乎?"章太炎对此的答语是:"虽然,'公薨不地',尤可发疑,'子卒不地',何以示别?是故策书而外,觚牍注记,鲁史亦阴书其事,非专以不地示意。由是左氏得据以录,外柔顺内文明,不害史官之直,亦惟耻巧令远足恭者为能修之。信哉,《经》之与《传》,犹衣服表里相持,去《传》则《经》为虎豹之鞟,与犬羊无异矣。"① 章太炎的《春秋左氏疑义答问》体现了其对《左传》的重视,而从问答的角度来对《春秋》的义例进行相关探讨则颇多新意和可取之处。

四　刘师培之《左传》研究与"《春秋》笔法"

光绪三十一年,即 1905 年,刘师培年方二十二岁,即撰《读左札记》。1910 年他发表《春秋左氏传时月日古例考》,1912 年写成《春秋左氏传答问》《春秋左氏传古例诠微》,1913 年写成《春秋左氏传例解略》,1916 年作成《春秋左氏传例略》,他另有《春秋古经笺》(仅存三卷)、《春秋左氏传传注例略》等著述。在这些著述中,刘师培从古文经学的角度来肯定了《左传》同《春秋》之间的密切联系,凸显了《春秋》作为"史"的重要意义,他在《古春秋记事成法考》中说:"孔子所修鲁史,以'春秋'为名,则记事之法必符史官所记。"② 在此基础上,他认为《左传》不仅"传"(解释)《春秋》,而且其对《春秋》的解释比《公羊传》《穀梁传》二传更加详细,他

---

① 章太炎:《春秋左氏疑义答问》,《章太炎全集》(六),上海人民出版社 1984 年版,第 259 页。

② 刘师培:《古春秋记事成法考》,《刘申叔遗书》,江苏古籍出版社 1997 年版,第 1213 页。

说："《春秋》一书，援古制以匡今失，能得先王制法之心也，惟所言皆先王之制，故所举之事，均用史册旧文而加以褒贬。"① 这些都成为刘师培从《左传》的角度来研究"《春秋》笔法"的基本立论点，他指出："今观左氏一书，其待后儒之讨论者有三端：一曰礼；二曰例；三曰事。"② 应当说，在刘氏这些关于《左传》的著述中从各个角度全面、深刻地对"《春秋》笔法"进行了探究，而考察刘师培对《左传》凡例的具体研究则必须把以上诸种著述结合起来，以《春秋左氏传时月日古例考》为例，在该书中，一共考察了诸如"元年例""春三月书王例""春三月不书王例""空书时月及时月不具例""晦朔例""闰月例""是月例""盟例""会遇例""崩薨卒例""葬例""杀例""出奔及归入纳例""侵伐袭例""战例""灭入取例""朝觐例""还至例""内外逆女例""执杀例""城筑新作例""郊雩烝尝例""蒐狩例""日食例""内外灾变例"等凡例，而这些凡例均在其《春秋左传答问》、《春秋左氏传古例诠微》、《春秋左氏传例解略》、《春秋左氏传例略》、《春秋古经笺》（仅存三卷）、《春秋左氏传传注例略》等著述中有所反映。朱冠华在对刘师培《春秋左氏传答问》中的 38 条问答"遍考贾、服旧注、杜注孔疏，以至唐宋以来诸家之论，排比诠次，考核异同"③ 之后作出结论说：

> 刘师培《〈春秋左氏传〉答问》一篇，共三十八条，讨论内容，甚为广泛，有言日月例者，有阐释《经》文之"书"与"不书"者，有研究爵称名字及其他书法者，有探讨宾、凶、军、嘉诸礼者，有考证旧说、匡弼前修者，其所依据，以贾逵、服虔之说为主；而贾、服之说，又或

---

① 刘师培：《孔子作春秋说》，《刘申叔遗书》，江苏古籍出版社 1997 年版，第 1213 页。
② 刘师培：《读左札记》，《刘申叔遗书》，江苏古籍出版社 1997 年版，第 299 页。
③ 朱冠华：《刘师培春秋左氏传答问研究》，光明日报出版社 1998 年版，第 683 页。

同于《公羊传》《穀梁传》。刘氏采杜预、孔颖达说者，仅6、12、22、36、37 等数条而已。

综观刘氏于《春秋左氏传》之研究，特点有三：

1. 强调圣人笔削行权，以为《春秋》有微显阐幽、拨乱反正、赏罚进退当世诸侯、为君亲者讳诸义。

2. 信守旧礼，申明当中所隐涵之人伦彝斁等种种精神。

3. 刘氏于义例，致力尤勤，可补其先祖刘文淇《春秋左氏传旧注疏证》"专释训诂名物典章，而不言例"，"囿于章句训诂，忽视义理"之不足。①

朱冠华的结论是在对《春秋左氏传答问》中的 38 条问答进行充分翔实考察的基础上作出的，当是真知之论。而其三条结论也同时符合刘师培所说的对《左传》探究的"三端"，这也是对后世研究《左传》基本范围的精辟概括。纵观刘氏之"《春秋》笔法"研究，阐发凡例多从《左传》文本出发，实是晚清经学末路前的风标。

另外在晚清民国时期对"《春秋》笔法"进行研究的还有廖平的《左氏春秋杜注集解辨正》二卷（光绪三十三年丁未四益馆铅字排印本）、蓝光策的《春秋公法比义发微》六卷（宣统辛亥铅字排印本）等。

通过对康有为、皮锡瑞、章太炎、刘师培等人的"《春秋》笔法"研究的简要评述，可以看出他们对后来的相关研究在学术上的引导意义。

一、康有为对"春秋大义"的阐发开启了后来对"《春秋》笔法"进行现代阐释的先河。

二、贯穿在皮锡瑞"春秋通论"中的逻辑推断方法，即《春秋》有"大义微言"——《春秋》"有义例"——《春秋》

---

① 朱冠华：《刘师培春秋左氏传答问研究》，光明日报出版社 1998 年版，第 683 页。

之各项"笔法",为后来学者的"《春秋》笔法"研究打下了学理上的基础。

三、章太炎和刘师培从《左传》凡例的具体研究出发,采用"一事一例"及问答的方式为后来的研究者提供了方法上的借鉴。

由此可以得出,20世纪之初"《春秋》笔法"研究的几个特点。

其一,19世纪末到民国前的"《春秋》笔法"研究是在传统经学逐渐走向末路的大背景下展开的,像康有为、章太炎、皮锡瑞、刘师培等人的研究秉承经学的传统,虽然他们的研究不可避免地带着传统经学的特点,但是新的西学观念已经开始对他们的研究产生了巨大影响,比如康有为把《春秋》凡例视为"代数符号",皮锡瑞"春秋通论"的逻辑推断方法,章太炎和刘师培从古文经学的角度进行经籍的考证和经义的阐发并由此附会西方资产阶级的社会革命等。

其二,鉴于他们所处的特殊的社会环境,其研究都不可避免地带有"经学救国"的功用性目的。比如康有为通过把孔子塑造为"托古改制"的先师并通过对"微言大义"的阐发来进行维新革命;章太炎和刘师培则对"尊王攘夷"大义进行阐发并吸收其中的"民本"思想,由此来鼓动革命和宣传自由、民主的思想。"自孔子言裔不谋夏,夷不乱华,而华夷之防,百世垂为定则。"① 当然,由于他们受传统文化影响太深,当革命的风暴过去之后,他们也逐渐走向了沉寂,有的甚至走向了复古的道路,对"《春秋》笔法"的研究也走向了从考证等角度来研究义例的道路。

其三,该时期的研究同时还体现出治《左传》者多,而治《公羊传》《穀梁传》者稀的特点。像章太炎、刘师培都是晚清

---

① 刘师培:《攘书》,《刘申叔遗书》,江苏古籍出版社1997年版,第631页。

时期治《左传》的大家，而他们的"《春秋》笔法"研究则基本上是从研究《左传》凡例的角度来展开的。

其四，该时期的研究还体现出从经学向史学过渡的特点。这实际上涉及对《春秋》性质的探讨。关于《春秋》是"史"还是"经"历代都颇多争论，该时期的研究也同样不例外，如康有为在《春秋笔削大义微言考》卷一中就专门论证了"春秋在义不在事与文"，皮锡瑞也同样认为《春秋》"非史"，章太炎则说"《春秋》，往昔先王之旧记也"①，刘师培同样在自己的相关著述中强调了《春秋》在"史"上的意义。随着传统经学的终结，《春秋》最终还是被纳入了史学的范围，在当今众多史学著作中均反映了这种状况，这一时期的研究则恰好体现了此种过渡的特点。

第二节　古史辨思潮下的"《春秋》笔法"研究

当时代发生巨大变化，传统的经学走向末路，学术界重新对经学进行审视的时候，对"《春秋》笔法"的研究在"古史辨"疑古思潮的影响下遂呈现出新的特点。

20世纪初，康有为、皮锡瑞、章太炎、刘师培等的研究开创了疑古的先河。科举制度的废除实际上宣布了传统经世经学的终结，新式学堂和西学的引进，新的知识谱系开始逐渐形成。在新学术形态和教育体制（主要以大学为基础）的影响下，经学逐渐退出了历史舞台，经学研究最终在新的学科化和专业化的知识谱系下解体。正是传统经学身份的复杂性，才使它得以渗透到诸多学科如史学、哲学、文学、语言学等之中。

在从传统经学向史学过渡的进程中，随着"五四"反封建

---

① 章太炎：《检论·春秋故言》，《章太炎全集》（三），上海人民出版社1984年版，第407页。

运动的展开，疑古思潮开始全面勃发，其主要代表人物是胡适、顾颉刚、钱玄同，既然要反封建，那么首先是对所谓"孔家店"的反对，《春秋》的"微言大义"也自然成为批判的对象，在他们的相关论述中皆可看到他们对"《春秋》笔法"的态度。

一　胡适的"《春秋》笔法"研究

1917 年 9 月，胡适接受北京大学校长蔡元培的邀请，被聘为北京大学教授，开始在北京大学讲授"中国古代哲学史""中国名学""英文高等修辞学"等课程，两年以后即 1919 年 2 月其在北京大学的讲义《中国哲学史大纲》（卷上）由商务印书馆出版，在其中胡适从"正名主义"的角度来专门探讨了"《春秋》笔法"问题。他认为，"正名主义"其实就是孔子哲学的核心问题，而《春秋》则是孔子实现其"正名"的工具，他肯定了《春秋》是有"微言大义"的，他说："若《春秋》没有什么'微言大义'，单是一部史书，那真不如'断烂朝报'了。"胡适认为："一部《春秋》便是孔子实行正名的方法。《春秋》这部书，一定是有深意'大义'的。"[①] 据此，《春秋》"微言大义"的存在就成为胡适论孔子"正名"思想的先决条件，而《春秋》"大义"的存在本身也是"《春秋》笔法"存在的前提条件。在确定《春秋》具有"微言大义"之后，胡适认为，《春秋》的正名分为三个层次：（1）正名字，这是属于文法学、言语学的范围；（2）定名分，其目的是"辨上下"，并举诸侯之君如吴楚称"子"、齐晋称"侯"、宋称"公"以及"天王狩于河阳""春王正月"等为例进行说明；（3）寓褒贬，其重要性在于把褒贬蕴含在记事之中，并以《春秋》中著名的

---

① 胡适：《中国哲学史大纲》（卷上），姜义华主编《胡适学术文集·中国哲学史》（上册），中华书局 1991 年版，第 71—72 页。

八例"弑君"书法——州吁弑其君完、卫人杀州吁于濮、宋督弑其君与夷及其大夫孔父、楚世子商臣弑其君頵、宋人弑其君杵臼、莒弑其君庶其、晋赵盾弑其君夷皋、晋弑其君州蒲——进行了一一考察，认为这些蕴含褒贬的"书法"要是能在书中始终保持一致性的话是很有价值的，但同时他也指出了这些"书法"本身存在的矛盾之处，如对鲁国的几次弑君不敢直书，而采取了讳笔，显然降低了这种褒贬"书法"自身的批判价值。胡适还指出了孔子这种"正名主义"对后代的影响有三点：（1）语言文字上的影响；（2）名学上的影响；（3）历史上的影响。

　　从胡适对"《春秋》笔法"的研究可以看出以下几点。

　　其一，其对《春秋》的重视主要在于《春秋》的"大义"，认为《春秋》是"经"而不是"史"，他说："《春秋》那部书，只可当作孔门正名主义的参考书看，却不可当作一部模范的史书看。后来的史家把《春秋》当作作史的模范，便大错了。为什么呢？因为历史的宗旨在于'说真话，记实事'。《春秋》的宗旨，不在记实事，只在写个人心中对于实事的评判。……后来的史家崇拜《春秋》太过了，所以他们作史，不去讨论史料的真伪，只顾讲那'书法'和'正统'种种谬说。《春秋》的余毒就使中国只有主观的历史，没有物观的历史。"①

　　其二，其研究方法为逻辑之归纳，其归纳的线索为《春秋》有"大义"、《春秋》正名分三层（正名字、定名分、寓褒贬）、正名主义对后来的影响（语言文字、名学、史书写作）这样一种逻辑归纳的线索；其采用的语言是白话文，这从而真正标志着"《春秋》笔法"的研究走入了现代学术的视野。

---

　　① 胡适：《中国哲学史大纲》（卷上），姜义华主编《胡适学术文集·中国哲学史》（上册），中华书局 1991 年版，第 76 页。

其三，其对"《春秋》笔法"的研究无疑具有现代性的意义，点出了其对后世的影响，以及其本质在于文字的运用，疑古却并非全盘否定儒家之学说。

其四，胡适把"《春秋》笔法"的第一层含义界定在语言文字的层面上以及认为"《春秋》笔法"对后来有训诂学上的意义影响，无疑开启了后来从语言学角度来研究"《春秋》笔法"。其从哲学的角度来研究"《春秋》笔法"也展示了"《春秋》笔法"在中国哲学史中的意义，他把孔子并列于先秦诸子的同等地位，从另一角度宣布了"孔子"地位的降低，表示孔子已经从神坛上走向了民间，从而具有反封建的意义。

二 钱玄同、顾颉刚对待"《春秋》笔法"态度之差异及顾氏之研究

1919 年五四运动开始，出于反封建的原因，孔子成为首当其冲的目标，其相关著述也自然成为批判的对象。这样，以胡适为滥觞的古史辨运动就逐渐开始兴起了。古史辨运动的兴起以 1923 年《读书杂志》第 9 期和第 10 期分别发表了顾颉刚、钱玄同两人的《与钱玄同先生论古史书》和《答顾颉刚先生书》为标志，以 1926 年《古史辨》第一册的出版为高潮，以 1941 年《古史辨》第七册的出版为尾声，前后经过了近二十年的时间，成为 20 世纪影响最大的学术思潮之一，其对"《春秋》笔法"研究的影响无疑是相当巨大的，这点首先体现在对《春秋》性质的研究上。关于《春秋》是"经"还是"史"的问题其实在 20 世纪初康有为、皮锡瑞、刘师培那里已经开始了讨论，而古史辨运动关于《春秋》性质的研究是 20 世纪初讨论的延续，其同"《春秋》笔法"的关系就在于从否定孔子作《春秋》开始，既然孔子未作《春秋》，那么所谓的"微言大义"自然无从谈起，而"微言大义"则是"《春秋》笔法"存在的前提，钱玄同说："我现在对于'今文

家'解'经'全不相信，我而且认为'经'这样东西压根儿就是没有的；'经'既没有，则所谓'微言大义'也者自然是'皮之不存，毛将焉附'了。"既然"微言大义"不存在，那么"《春秋》笔法"也自然不存在了，这就从根本上否定了"《春秋》笔法"的存在。"《春秋》乃是一种极幼稚的历史，'断烂朝报'跟'流水账簿'两个比喻实在是确当之至。它本来讲不上什么'例'。您（即顾颉刚）说'《春秋》为鲁史所书，亦当有例'，我窃以为不然。其实对于历史而言，例是从刘知幾他们起的；不但幼稚的《春秋》无例可言，即很进步的《史记》《汉书》等亦无例可言。"①

由此我们可以得知顾颉刚和钱玄同在对待"《春秋》笔法"态度上的差异，虽然顾颉刚否认孔子作《春秋》并举出了诸如"《论语》中无孔子作《春秋》事，亦无孔子对于'西狩获麟'的叹息的话""孟子以前无言孔子作《春秋》的，孟子的话本是嘴不可信的"等以前并没有提及的论据，但他显然没有钱氏那么激进。虽然他否定孔子作《春秋》，亦认为《春秋》是一部"断烂朝报"，但对《春秋》之"例"和"《春秋》笔法"却未加全盘否定，他说："《春秋》为鲁史所书，亦当有例"②，还可以从《春秋三传及国语之综合研究》③一书中得到证明，在该书中，顾颉刚虽然从七个方面论证了《春秋》并非孔子所作，但是他却同时从《左传》与《春秋》的关系角度来考察了《左

① 钱玄同：《论获麟后〈续经〉及〈春秋〉例书》，顾颉刚编著《古史辨》（一），上海古籍出版社1982年版，第280页。

② 顾颉刚：《〈论《春秋》性质书〉答书》，顾颉刚编著《古史辨》（一），上海古籍出版社1982年版，第277页。

③ 顾颉刚讲授，刘起釪笔记：《春秋三传及国语之综合研究》，巴蜀书社1988年版。另外我们还可以从《顾颉刚读书笔记》（联经出版事业公司1990年版）中的诸多条目得到印证，如"《春秋》为'断烂朝报'已成定谳"（《顾颉刚读书笔记》第一卷，第295页）、"《春秋》为'断烂朝报'之证"（《顾颉刚读书笔记》第四卷，第2614页）、"《春秋经》对于《鲁春秋》之去取标准"（《顾颉刚读书笔记》第四卷，第2615页）、"《春秋》之褒贬"（《顾颉刚读书笔记》第四卷，第2571页）、"《春秋》笔法"（《顾颉刚读书笔记》第七卷（下），第5606页）。

传》中诸多凡例条目。

三 古史辨运动时期对"《春秋》笔法"之研究

古史辨运动时期，对"《春秋》笔法"进行研究及相关涉及的文章、著作还有梁启超的《中国历史研究法》（其书原是梁启超于 1921 年秋在天津南开大学的讲演稿，上海商务印书馆 1922 年初版），张西堂的《春秋大义是什么》［见许啸天编辑《国故学讨论集》（中），上海书店 1991 年版］，顾荩臣的《国学研究》（中国书店据 1930 年世界书局影印，后改名为《经史子集概要》，1990 年出版），钱穆的《国学概论》（上海商务印书馆 1931 年版），范文澜的《群经概论》（1933 年由北平朴社出版，见《范文澜全集》（第一卷），河北教育出版社 2002 年版），孙俍工翻译的日本学者本田成之的《中国经学史》（上海中华书局 1934 年初版），杨向奎的《略论"五十凡"》及《论〈左传〉及其与〈国语〉之关系》［前者原载北京大学《史学论丛》（二），1935 年 11 月出版；后者原载北平研究院《史学集刊》1936 年第 2 期，见杨向奎《绎史斋学术文集》，上海人民出版社 1983 年版］，周予同 1935 年出版的《群经概论》（见朱维铮编《周予同经学史论著选集》，上海人民出版社 1996 年版），钱基博在 1935 年出版的《经学通志》（上海中华书局 1936 年版），马宗霍的《中国经学史》（商务印书馆 1936 年版），洪业于 1937 年发表在《春秋经传引得》（《引得》特刊，1937 年第 12 号）和《史学年报》（1937 年第 4 期）的《春秋经传引得序》（见《洪业论学集》，中华书局 1981 年版），廖平的《五十凡驳例》（《图书集刊》1943 年第 4 期）和《〈左传〉杜氏五十凡驳例笺》（《图书集刊》1943 年第 5 期），熊十力写作于 1944 年的《读经示要》（南方印书馆 1945 年版），蒋伯潜的《十三经概论》（世界书局 1944 年版，上海古籍出版社 1983 年版），陈槃的《左氏春秋义例辨》（上海商务印书馆 1947 年版，另见台北"中研院"历史语言研究所 1993 年再版）。从这些研究中可以看出古史辨运动时期的"《春秋》笔法"研究散见在众多讨论经学的著述之中，其中不少是一种介绍性和描述性的论述。

　　值得一提的是范文澜的《群经概论》、杨向奎的《略论"五十凡"》和《论〈左传〉及其与〈国语〉之关系》两文、廖平的《五十凡驳例》和《〈左传〉杜氏五十凡驳例笺》两文、蒋伯潜的《十三经概论》、陈槃的《左氏春秋义例辨》。在范文澜的《群经概论》中，范文澜并没有认同顾颉刚和钱玄同的孔子不作《春秋》的观点，相反认为《春秋》为孔子所作，在列举了十六条证据证明"凡例"征于《周礼》之后，范文澜认为："总之《春秋》所书，必考之《礼经》，书而法，合于礼也。书而不法，不合于礼也。……丘明所载凡例，未能一一证之《周官》，盖由史官官成尽亡，故无从取验，然大端本之《周礼》，固已彰明较著如此矣。"① 在杨向奎的两文中，杨氏对《左传》的书法、凡例进行了较为细致的考察，把《左传》之凡例概括为三类：史法、书法、礼经，并得出相关结论说："总之，《左传》之书法、凡例等，自《左传》撰述之初，即与各国策书之记事合编为《左氏春秋》（余谓其初名此，详后），非出后人之窜加也。"② "书法、凡例、解《经》语及'君子曰'等为《左传》所原有，非出后人之窜加，故《左传》本为传《经》之书。"③ 另外在蒋伯潜的《十三经概论》中亦对此有专门性的研究，其同样认为"春秋大义"以正名为本，正名分为正名字、定名分、寓褒贬三层，并认为《春秋》之"例"即属

---

　　① 范文澜：《群经概论》，《范文澜全集》（第一卷），河北教育出版社 2002 年版，第 254 页。

　　② 杨向奎：《论〈左传〉之性质及其与〈国语〉之关系》，杨向奎《绎史斋学术文集》，上海人民出版社 1983 年版，第 189 页。

　　③ 同上书，第 214 页。

辞比事、三传皆有"例"、"例"由学者归纳而得等，从而体现出一种全面归纳的研究态度和方法。廖平的《五十凡驳例》和《〈左传〉杜氏五十凡驳例笺》两文则是从考察《左传》凡例的角度出发对其进行驳斥，其间不乏真知之论。陈槃的《左氏春秋义例辨》则将《左传》中五十凡例以及相关的 200 多条义例分为 24 类并逐一进行了辨析，认为这些义例大多抄袭自《公羊传》《穀梁传》《国语》等先秦文献，其间同样不乏精细之考证。陈槃与廖平的研究显然同范文澜、蒋伯潜和杨向奎的研究结论形成了鲜明的对照。

古史辨运动时期，关于"《春秋》笔法"的研究在方法上实际上包含着"破"和"立"两个方面，一方面通过讨论对孔子作《春秋》进行否定，破除前人对《春秋》凡例的传统观念，从而达到反封建的目的，是为"破"；另一方面通过相关证据的找寻来支持自己新的结论，是为"立"。

此时期关于《春秋》性质的讨论直接导致了将《春秋》视为史学著作的结果，其实将关于《春秋》性质的讨论编入《古史辨》一系列书中在某种程度上就已经将其视为史学著作了。这样，随着传统经学的终结，关于《春秋》的研究就自然被划入了史学的范围，而对"《春秋》笔法"的研究也同样被纳入了史学的范围，这对其进行学科性质的定位无疑至关重要。我们可以在今天诸多史学著作中看到关于"《春秋》笔法"的论述，如金毓黻的《中国史学史》（商务印书馆 1999 年版，据该书的《略例》，该书创稿于 1938 年初，同年 8 月出版）、苏渊雷的《读史举要》（黑龙江人民出版社 1981 年版）、张孟伦的《中国史学史》（甘肃人民出版社 1983 年版）、刘节的《中国史学史稿》（中州书画社 1983 年版）、李宗侗的《中国史学史》（中国友谊出版公司 1984 年版）、白寿彝的《中国史学史》（第一册）（上海人民出版社 1986 年版）、瞿林东的《史学志》（上海人民出版社 1998 年版）和《中国史学史纲》（北京出版社

1999 年版）等，它们又在一定程度上削弱了"《春秋》笔法"向外扩展的空间。尽管如此，古史辨运动时期关于"《春秋》笔法"的研究已经开始呈现出向现今诸多学科渗透的倾向。

第三节　1949 年到 20 世纪 80 年代前的"《春秋》笔法"研究

随着古史辨运动的结束，关于"《春秋》笔法"的研究暂时进入了一段相对沉寂的时期，但是关于孔子是否作《春秋》的讨论依然在史学界继续。1954 年 8 月 7 日，吴组缃《儒林外史的思想与艺术——纪念吴敬梓逝世二百周年》一文在《人民文学》（1954 年 8 月号）上发表，这是 1949 年后将"《春秋》笔法"运用于文学批评的首篇文章，1956 年孟周在《文史哲》第 5 期上发表《读"儒林外史的思想与艺术"——论所谓"春秋笔法"、"微言大义"》一文作为回应，由此揭开了中华人民共和国成立后"《春秋》笔法"研究的序幕。

一　周振甫《春秋笔法论（上、下）》及徐中舒《〈左传〉的作者及其成书年代》

1961 年，周振甫在《新闻业务》第 10 期和第 11 期分别发表了《春秋笔法论（上、下）》，林帆此后在 1961 年《新闻业务》第 12 期上发表《读〈春秋笔法〉所想到的》一文，这是对周振甫《春秋笔法论》一文的回应。

周振甫在《春秋笔法（上）》中指出："春秋笔法有两个含义：一指历史书的笔法，一指孔子修订的《春秋》的笔法。"这里指出了"《春秋》笔法"本身包含的两个基本含义，他进一步对"《春秋》笔法"给出了自己的定义："所谓春秋笔法，主要是指不由作者出面来对人物或事件表示意见，是通过对人物或事件的叙述来表示褒贬，含有让事实说话的意味。"① 在该文中，周振甫从《左传·成公十四年》中"君子曰：《春秋》之作，微而显，志而晦，婉而成章，尽而不汙，惩恶而劝善，非圣人孰能修之"五种书写体例入手，对其进行了具体的阐释，并相应提出了自己的看法。他在文中指出，从记事的角度来看，《春秋》笔法可供我们借鉴的似有以下四点：（1）直书其事，不加讳饰，这是五例中的第四例。（2）在记事中进行褒贬，这是五例中的第一例"微而显"和第五例"惩恶而劝善"，怎样来实现记事的褒贬又分为四种手法：第一，运用不同的叙述法来表示褒贬；第二，从称谓中透露作者的用意；第三，在动词的运用上表示含义；第四，在词序上表示含义。（3）用词极严格，给它规定了特定的含义。（4）极严格地反映生活真实。此外，周振甫还对其他史书继承"《春秋》笔法"的情况进行了探讨，比如标目、映衬、陪衬、详略、引用、细节描写、比喻等手法，从这里可以看出他所注重的主要还是"《春秋》笔法"本身所表现出来的语言和修辞特色。需要指出的是，周振甫还特别从现实的角度来强调了"《春秋》笔法"对新闻标题的重大意义，他的文章是 1949 年以来较早研究"《春秋》笔法"的文章，所以显得特别重要。

此外，徐中舒在 1963 年写作的论文《〈左传〉的作者及其成书年代》中亦论及了"《春秋》笔法"。徐氏继承了古史辨派关于孔子未作《春秋》的观念，在该文中他从十个方面来论述了《左传》的作者及其成书的年代和成书的问题，他认为《春秋》本是"朝报邸钞一类的原始记录"，而"《春秋》书法也应是太史的职责……书法必须有广大的舆论支持，形成一种社会制裁力量，然后才能起预期的作用"。由是可知，徐氏为了取得自己孔子未作《春秋》论点的支持，把"《春秋》书法"归入

---

① 周振甫：《春秋笔法论（上）》，《新闻业务》1961 年第 10 期。

了太史职守，而并非孔子加以笔削所形成。但是有一点需要肯定的是，他同样没有否认"《春秋》笔法"的存在。在结论中，他认为："《左传》不仅以文学擅长，文学也不限于修辞一端，它还有一个更重要的目的，修辞只是为要达到这个目的所采取的最有效的手段。"① 笔者认为他实际点出了"《春秋》笔法"同修辞结合在一起的特点。

二　钱锺书《管锥编》中的"《春秋》笔法"研究

1979 年钱锺书在自己的《管锥编》第一册《左传正义·杜预序》也对《左传》的笔法进行了自己的专门研究，他主要是从以下几个方面来进行论述的。

其一，针对杜预等对孔子修订《春秋》笔法的高度评价"无传而著"，阐述了自己的看法。《左传·成公十四年》中说："君子曰：《春秋》之称，微而显，志而晦，婉而成章，尽而不汙，惩恶而劝善，非圣人孰能修之！"又《左传·昭公三十一年》说："《春秋》之称，微而显，婉而辩。"董仲舒在《春秋繁露·竹林》中说："《春秋》记天下之得失而见所以然之故，甚幽而明，无传而著"，针对这样的说法，钱锺书认为："窃谓五者乃古人作史时心向神往之楷模，殚精竭力，以求或合者也，虽以之品目《春秋》，而《春秋》实不足语于此。使《春秋》果堪当之，则'无传而著'，三《传》可不必作；既作矣，亦真如韩愈《寄卢仝》诗所谓'束高阁'，俾其若存若亡可也。"② 就是说，如果"《春秋》笔法"真的可以担当得起杜预这样的高度评价，那么《左传》《公羊传》《穀梁传》就根本不需要了。并据此认为，《春秋》与三传相比较的话，《春秋》就像今天报纸新闻报道的标题，虽然可以从标题中读出词语的"惩劝"

---

① 徐中舒：《〈左传〉的作者及其成书年代》，徐中舒《左传选·后序》，中华书局 1963 年版。

② 钱锺书：《管锥编》（第一册），中华书局 1986 年版，第 161 页。

语气，但是不能从中得知的"尽"与"晦"以及"微"而
"婉"，即使有人说能够得出这样的阅读效果，那也是在胡说八道
而已。在批评唐宋之际的陆淳、孙复等人舍弃对三传的研究而仅
仅研究《春秋》的行为实际就是过于相信董仲舒的"无传而著"
的说法后，钱锺书得出了自己的结论："盖'五例'者，实史家
之悬鹄，非《春秋》所树范。"①

其二，对杜预得出的五例笔法作出了自己的阐释。（1）他认
为，五例中的前四例笔法揭示了史家写作史书的基本体例，而第
五例却揭示出笔法的功用。虽然如此，就历史记述的主要功用来
说，这五例笔法已经不仅具有记事传人的功用，还有劝善惩恶的
功用，但是还没有揭示出历史演变的规律，这也是五例笔法的主
要缺陷。（2）钱锺书从意思相近和相反的角度考察了"微"
"晦""不汙""显""志""成章""尽"等几个基本的笔法关键
词语，认为"微""晦""不汙"它们的意思接近，这点同"显"
"志""成章""尽"等意思的接近是一样的。"微"与"显"、
"志"与"晦"、"婉"与"成章"虽然意思相反而不同，但能相
辅相成，不同而能和。就是说，虽然意义相反，但是在笔法里面
仍然能够得到合理的解释，体现出辩证的研究模式。（3）针对古
人如刘知幾赞美《春秋》："《春秋》变体，其言贵于省文"（《史
通·叙事》），韩愈《进学解》赞美"谨严"等着力强调"省
文"的情况，钱锺书认为"文不得不省，辞不得不约，势使然
尔"②。因为先秦时代没有纸，使用的全是竹简，书写极为费事，
所以不得不采取省文的方式。

其三，论及了"笔法"对文学和文学理论的影响。
（1）"晦"与"隐秀"。针对刘知幾《史通·叙事》对"晦"
与"微"的发挥："叙事之工者，以简要为主，简之时义大矣

---

① 钱锺书：《管锥编》（第一册），中华书局1986年版，第162页。
② 同上书，第164页。

哉！……晦也者，省字约文，事溢于句外。然则晦之将显，优
劣不同，较可知矣。……一言而钜细咸该，片语而洪纤靡漏，
此皆用晦之道也。……夫《经》以数字包义，而《传》以一句
成言，虽繁约有殊，而隐晦无异。……虽发语已殚，而含义未
尽。使夫读者望表而知里，扪毛而辨骨，睹一事于句中，反三
隅于字外，晦之时义大矣哉！"他认为这里的"晦"其实正是
《文心雕龙·隐秀》中所谓的"隐"，"余味曲包"，"情在词
外"，因为运用的不同所以产生的效果是不一样的。钱锺书还对
刘知几没有对"求诗于史"进行进一步的探讨表示了遗憾。因
为"六经皆史"，是"诗史"，实际史也可以被当作诗歌来咏
读。(2) 对后世小说对话独白的影响。《左传》是我国最早记
录言谈的史学著作，但里面的许多对话本来是两个人的私下对
话，左丘明是从何得知的呢？比如僖公二十四年介之推带母亲
逃亡之前的对话，宣公二年钼麑自杀前的感叹，都是死无对证
的。原来这些都并非是真实言谈的记录，而是代言，就像后代
的小说、剧本中的对话独白。钱锺书说："左氏设身处地，依傍
性格身份，假之喉舌，想当然耳。"[1] 又说："《左传》记言而实
乃拟言、代言，谓是后世小说、院本中对话、宾白之椎轮草创，
未遽过也。"[2] 这点对后世的小说和剧本的创作产生了巨大的影
响。(3) 对文学虚构性的影响。"史家追叙真人实事，每须遥体
人情，悬想事势，设身局中，潜心腔内，忖之度之，以揣以摩，
庶几入情合理。盖与小说、院本之臆造人物，虚构境地，不尽
同而可相通；记言特其一端。"[3] 这里实际上点出了历史类题材
的小说、剧本和一般题材的小说、剧本之间的区别，虽然都需
要进行虚构，但是历史类题材却需要遵循基本的史实，然后设
身处地来进行虚构，从而达到合情合理。在《管锥编》中他还

---

① 钱锺书：《管锥编》(第一册)，中华书局 1986 年版，第 165 页。
② 同上书，第 166 页。
③ 同上。

得出了自己的结论："昔人所谓'春秋书法',正即修词学之朔,而今之考论者忽焉。"① 又说:"《春秋》之'书法',实即文章之修词。……《公羊》《榖梁》两传阐明《春秋》美刺'微词',实吾国修词学最古之发凡起例。"②

除此三人的研究之外,在史学史著作中还有对"《春秋》笔法"的研究,如李宗侗于1953年由台北中华书局出版的《中国史学史》中就专辟一节论述了"《春秋》书法"对后世史学的影响,认为后代史官多尊崇"《春秋》书法"的褒贬大义和劝惩作用,这点在宋代显得尤为突出,以为"此记载陈迹之历史为惩劝作用者,此中国史学之特点,因此而影响及于史迹之失真,亦中国史学之弊也"③。此外钱穆曾于1969年至1971年为台北文化学院历史研究所博士班学生开设了"中国史学名著"一课,后来根据当时的讲义整理出版了《中国史学名著》(台北三民书局1973年版,另见生活·读书·新知三联书店2000年版),在该书中亦有相关"《春秋》笔法"的论述,同其以前写作的《国学概论》中的观点具有一定的继承性。

此时期的"《春秋》笔法"研究实际上正逐渐走出20世纪初对"《春秋》笔法"义例本质上探索的局限,其研究范围已经从经学、史学走向了多重的研究领域,比如文学、新闻学,对"《春秋》笔法"的研究在他们的开拓下,正逐渐变得丰富起来。

第四节　20世纪80年代以来的"《春秋》笔法"研究

正如前文所述,百年"《春秋》笔法"的研究经过传统经学的没落和终结、古史辨运动的疑古思潮、向多重学科的渗透

---

① 钱锺书:《管锥编》(第五册),中华书局1986年版,第21页。
② 钱锺书:《管锥编》(第三册),中华书局1986年版,第967页。
③ 李宗侗:《中国史学史》,中国友谊出版公司1984年版,第218页。

等历程，到 20 世纪 80 年代以后，其研究领域和范围都呈现出一种全新的景象。如果说经学的终结和古史辨运动的疑古思潮有意识地把对"《春秋》笔法"的研究纳入了史学范畴的话，那么从多学科的角度研究"《春秋》笔法"则是在学科分化和跨学科研究背景下的必然趋向。"《春秋》笔法"最初在经学的范围产生，先秦时期文史哲紧密联系的特点其实已经决定了在学科分化以后"《春秋》笔法"向诸如文学、哲学、社会学、新闻学等学科的渗透。

一　史学领域对"《春秋》笔法"研究的继续

（一）史学史著作中的"《春秋》笔法"

在史学领域里面，20 世纪 80 年代以后，出现了一些史学史的著作，在这些史学史著作中，穿插着对"《春秋》笔法"的研究和见解。首先是刘节的《中国史学史稿》，该书是刘节的遗著，初稿写成于 1955 年，但直到 1982 年才经过曾庆鉴、林道南的整理由中州书画社出版。在该书中，他肯定了"《春秋》笔法"的存在，认为因为《春秋》残缺所以造成了其自相矛盾之处，也就给了后来学者以穿凿附会的机会。史学史著作中的研究大多把《春秋》当作史学著作，其着重点大多在"《春秋》笔法"之"义例"对后世史学的影响上。比如张孟伦的《中国史学史》（甘肃人民出版社 1983 年版）则从"史书体例""笔削昭著""微而显。志而晦""属辞比事""布之民间""循环论""称天言命"七个方面论及了"《春秋》笔法"对后世史学的影响，白寿彝的《中国史学史》（第一册）（上海人民出版社 1986 年版）也从"属辞比事"的角度重点论及了"《春秋》笔法"对后世"约其文辞而指博"（《史记·孔子世家》）的贡献，而瞿林东的《中国史学史纲》（北京出版社 1999 年版）亦有类似的论述。此外，诸多史学著作都涉及了"《春秋》笔法"的论述，如朱杰勤的《中国古代史学史》（河南人民出版社

1980 年版)，仓修良和魏得良的《中国古代史学史简编》（黑龙江人民出版社 1983 年版），高国抗的《中国古代史学史概要》（广东高等教育出版社 1985 年版），尹达主编的《中国史学发展史》（中州古籍出版社 1985 年版），陶懋炳的《中国古代史学史略》（湖南人民出版社 1987 年版），宋衍申主编的《中国史学史纲要》（东北师范大学出版社 1992 年版），王树民的《中国史学史纲要》（中华书局 1997 年版），李炳泉和邸富生主编的《中国史学史纲》（辽宁师范大学出版社 1997 年版），杜维运的《中国史学史》（共 4 册，台北三民书局 1993、1998 年版）等。侧重对后世史学影响的角度来研究论文则有张始峰的《历史客观与史家主观之间的彷徨——论"春秋笔法"对中国传统史学的影响》（《西安联合大学学报》2004 年第 4 期），江湄的《"直笔"探微——中国古代史学求真观念的发展与特征》（《史学理论研究》1999 年第 3 期）等。

另外在一些中西史学比较的专著中亦有关于"《春秋》笔法"的论述，如杜维运的《与西方史家论中国史学》（台北东大图书有限公司 1981 年版，在该书第三章第三节和第五节中则有关于"《春秋》笔法"的论述）。再如汪荣祖的《史传通说——中西史学之比较》（中华书局 1989 年版），在该书的"记事记言第二""彰显瘅恶第三""春秋第四""左传第五"中，作者从中西史学比较的角度多方位论述了中西史学中，亦是"《春秋》笔法"中，诸如"惩恶劝善"等价值评判的共同之处，实为融通中西史学之真见。

（二）从"史笔"的角度把"《春秋》笔法"提升到史学理论和史学思想的高度

瞿林东的《史学志》（上海人民出版社 1998 年版）把"《春秋》笔法"融入史学理论之中，在该书中，他把"《春秋》笔法"纳入"史法"（即"书法"）和"史意"（即原初的"褒贬大义"）的范围，通过对其历史衍变的考察，认为这二者

是古代史学理论的基本范畴之一，亦是"古代史学理论中两个
互相联系的不同的侧面，也是两个互相渗透的不同的层次"①，
他同时还指出《春秋》在史学意识上的突出表现为"属辞比
事"和"用例的思想"，而这两点毫无疑问正是"《春秋》笔
法"的基本表现，这种意识通过历史的沿传逐渐对后世的史书
创作产生了巨大的影响，并形成了中国史书独特的史学传统
（如"书法无隐"、直书与曲笔的对立、"信以传信，疑以传
疑"）、史学批评标准（如事实、褒贬、文采、"直道"与"名
教"等）和史学批评方法论（尚简、实录、史家之评论等），
瞿林东的研究真正体现了"《春秋》笔法"在后来作为"史笔"
的具体呈现和其对史学理论的重大意义。

（三）史学中对"《春秋》笔法"本质和基本义例的研究

苏渊雷在《读〈春秋〉及三传散记》（《湘潭大学社会科
学学报》1980 年第 3 期，另可见其《读史举要》，黑龙江人民
出版社 1981 年版）一文中则具体列举了"《春秋》笔法"的
表现，如诸侯国君称呼的不同，把"天王狩于河阳"定为
"婉而成章"，弑君有书"杀"、书"弑"、书"及"的不同，
"异内外"等，并把它们作为《春秋》正名的"微旨"所在，
体现了对名言概念的厘定和语言文字逻辑性的重视，通过这些
例子的列举，苏渊雷认为："上举这些例子，不仅可以说明
《春秋》'属辞比事'的谨严性，其中也含有一定褒贬的作用，
都可供我们临文述史乃至作新闻记者标题理论时的参
考。"② 这里同样点出了"《春秋》笔法"对于史书和新闻写作
的巨大意义。

论文方面对"《春秋》笔法"本质的探讨则有赵光贤《春
秋称人释义》（《中华文史论丛》1984 年第 4 辑），王晓天

---

① 瞿林东：《史学志》，上海人民出版社 1998 年版，第 300 页。
② 苏渊雷：《读史举要》，黑龙江人民出版社 1981 年版，第 77—78 页。

《"春秋笔法"是曲笔吗?》(《求索》1984 年第 6 期),佚名《"春秋笔法"是直笔论》(《光明日报》1985 年 1 月 30 日第 3 版),谭光武《"春秋笔法"试解》(《阅读与写作》1988 年第 5、6 期),张文焕《春秋笔法谈》[《河南师范大学学报》(哲学社会科学版)1993 年第 2 期],詹华明《试解"春秋笔法"》(《成都教育学院学报》1999 年第 4 期)等。

对"《春秋》笔法"大义和基本义例进行探讨的有石玉铎、王春光《"赵盾弑其君"质疑》(《史学集刊》1989 年第 2 期),王贵民《〈春秋〉"弑君考"》[《纪念顾颉刚学术论文集》(上),巴蜀书社 1990 年版],曹瑾《忠义尚礼的"春秋"大义精神》(《运城高专学报》1995 年第 1 期),潜苗金《略论〈春秋〉大义及夷夏之辨》[《绍兴师专学报》(哲学社会科学版)1995 年第 3 期],周亮《"例贬"辨析》(《贵州文史丛刊》1997 年第 4 期),程水金《〈春秋〉的文化定位及其反思的历史叙述》(《钦州师范高等专科学校学报》1999 年第 4 期)。此外还有从"《春秋》笔法"与史志类出版进行探讨的论文,如钟兴麒《春秋书法与史志类出版物》(《新疆地方志》1995 年第 3 期)。

(四)对专书如《史记》、专人如欧阳修等进行"《春秋》笔法"的研究

"《春秋》笔法"最早对我国史书写作产生巨大影响的是司马迁的《史记》,对《史记》"《春秋》笔法"的探讨自然亦进入"《春秋》笔法"研究视野中。在一些研究《史记》的专著中可见"《春秋》笔法"的身影。如张大可《史记研究》(甘肃人民出版社 1985 年版),程金造《史记管窥》(陕西人民出版社 1985 年版),聂石樵《司马迁论稿》(北京师范大学出版社 1987 年版),朴宰雨《〈史记〉〈汉书〉比较研究》(中国文学出版社 1994 年版),赵生群《〈史记〉文献学丛稿》(江苏古籍出版社 2000 年版,在该书中有专门一章讨论《史记》书法)等。

　　研究《史记》"《春秋》笔法" 的相关论文则有陈可青《太史公书凡例考论》（《中国史研究》1982 年第 2 期），唐全贤《论"太史公曰"的春秋笔法》（《上海社会科学院学术季刊》1988 年第 2 期），常德忠《〈史记〉中的春秋笔法》[《宁夏大学学报》（社会科学版）1990 年第 3 期]，韩兆琦《〈史记〉书法释例》（《北方工业大学学报》1992 年第 4 期），阎晓丽《〈史记〉书法六题》[《内蒙古民族师院学报》（哲学社会科学汉文版）1996 年第 2 期]，李贤臣《老子之辨与〈史记〉的书法体例及附传——〈史记·老子传〉析疑之一》及《老子之辨与〈史纪〉的书法体例及附传（续）——〈史记·老子传〉析疑之一》[《河南大学学报》（社科版）1997 年第 2、3 期]，罗新慧《司马迁论孔子与〈春秋〉》（《学习与探索》2000 年第 2 期），郦波《从"太史公曰"到"臣光曰"——略论二"司马"史论义例之异同》（《学海》2001 年第 1 期），杨光熙《〈史记〉义例发微》[《浙江海洋学院学报》（人文科学版）2003 年第 2 期]，赵彩花《〈史记〉对"〈春秋〉笔法"的渊承与创新（上、下）》（《湘南学院学报》2004 年第 3、4 期），王长顺《"春秋笔法"与"太史公笔法"之比较》[《宝鸡文理学院学报》（社会科学版）2005 年第 5 期] 等。

　　对欧阳修研究专书中涉及"《春秋》笔法"的有：蔡世明《欧阳修的生平与学术》（台北文史哲出版社 1980 年版），刘德清《欧阳修论稿》（北京师范大学出版社 1991 年版），顾永新《欧阳修学术研究》（人民文学出版社 2003 年版）等。在这几部有关欧阳修的论著中，论者大多从欧阳修对《春秋》的基本观点出发来研究其在史书编纂中对"《春秋》笔法"的继承和创新，顾永新在其书中有专门一章论述欧阳修编纂史书的义例及其对于史料采用的影响。

　　论文方面则同样是从欧阳修对"《春秋》笔法"承继出发来研究其在史书中的实践情况，这些论文包括王玉华《欧阳修对春秋书法义例的领悟和实践》(《菏泽师专学报》2000年第3期)、顾永新《欧阳修编纂史书之义例及其史料学意义》(《文史哲》2003年第5期)等。

通过对史学范围"《春秋》笔法"研究的总结可以看到:新时期的研究完成了从古史辨运动时期开始的把《春秋》经学纳入史学的学术使命,其研究范围从最初什么是"《春秋》笔法"的探讨逐渐扩展到其对中国史学诞生的巨大意义和影响方面,逐步打破了以《春秋》三传为基本研究对象的局限,将研究领域拓展至后世各类史书中,瞿林东的《史学志》则体现了"《春秋》笔法"从经笔到史笔、史论上的理论提升。

二　经学领域内的"《春秋》笔法"研究

经学领域内的"《春秋》笔法"研究较多地从探讨"《春秋》笔法"的基本特征和义例出发,一些经学专著里则涉及对"《春秋》笔法"的论述。有从经史关系来探讨"《春秋》笔法"的,如许凌云的《经史因缘》(齐鲁书社2002年版),刘家和的《史学、经学与思想——在世界史背景下对于中国古代历史文化的思考》(北京师范大学出版社2005年版)。有从探讨"《春秋》笔法"基本特征和义例出发的,如赵生群的《〈春秋〉经传研究》(上海古籍出版社2000年版),姚曼波的《〈春秋〉考论》(江苏古籍出版社2002年版)。赵生群的《〈春秋〉经传研究》从研究三传的关系出发,对"《春秋》笔法"义例颇多精断之论,而姚曼波的研究则试图突破千年《春秋》学的禁区,把孔子修《春秋》定为修《左传》蓝本,自成一家之言。有论及公羊学的"《春秋》笔法"的,如蒋庆的《公羊学引论》(辽宁教育出版社1995年版),陈其泰的《清代公羊学》(东方出版社1997年版),许雪涛的《公羊学解经方法:从〈公羊传〉到董仲舒春秋学》(广东人民出版社2006年版)。有从经学思想的角度来论及"《春秋》笔法"的,如姜广辉主编的《中国经学思想史》（第一、二卷）（中国社会科学出版社 2003 年版）。有在朱熹经学研究中论及"《春秋》笔法"的，如蔡方鹿的《朱熹经学与中国经学》（人民出版社 2004 年版）。有从《春秋》与中国文化关系的角度来论及"《春秋》笔法"的，如涂文学、周德钧的《诸经总龟——〈春秋〉与中国文化》（河南大学出版社 1998 年版）。有从《春秋》学术史研究的角度论及"《春秋》笔法"的，如沈玉成、刘宁的《春秋左传学史稿》（江苏古籍出版社 1992 年版），赵伯雄的《春秋学史》（山东教育出版社 2004 年版），戴维的《春秋学史》（湖南教育出版社 2004 年版）。有从三传比较的角度论及"《春秋》笔法"的，如浦卫忠的《春秋三传综合研究》）（台北文津出版社 1995 年版）。有在董仲舒研究中论及"《春秋》笔法"的，如周桂钿的《董学探微》（北京师范大学出版社 1989 年版）。

论文方面，对"《春秋》笔法"本质和义例探讨的则有王天顺《略论〈春秋〉〈左传〉的褒贬书法》[《南开学报》（哲学社会科学版）1982 年第 1 期]，陈建梁《〈春秋左氏传郑义辑述〉辨正四则》（《古籍整理研究学刊》1996 年第 3 期），虞万里《〈春秋释例·谥法篇〉辑说》（《学术集林》卷 8，上海远东出版社 1996 年版），李颖科、符均《论孔子的"春秋笔法"》（《云梦学刊》1997 年第 3 期），彭学绍《论〈春秋〉三讳》（《中国文化研究》1999 年第 1 期），许子滨《〈左传〉所释〈春秋〉书法考辨三则》（《孔子研究》1999 年第 2 期），陈恩林《评杜预〈春秋左传序〉的"三体五例"问题》（《史学集刊》1999 年第 3 期），晁岳佩《〈春秋〉说例》（《古籍整理研究学刊》2000 年第 1 期），王春淑《论孔子〈春秋〉笔法》[《四川师范大学学报》（社会科学版）2000 年第 3 期]，王春淑《论〈春秋〉记事的讳书笔法》[《西南民族学院学报》（哲学社会科学版）1999 年第 S6 期]，姚曼波《"〈春秋〉笔削义法"新说——突破"春秋学"千年误区新探》（《江西社会科学》

2000 年第 10 期），姚曼波《从〈左传〉〈国语〉考孔子"笔削"〈春秋〉义法——突破"春秋学"千年误区新探之二》（《社会科学战线》2001 年第 1 期），李兴斌《对"左氏义法"与〈左传〉价值的全新解读——方朝晖〈春秋左传人物谱〉评介》（《管子学刊》2002 年第 2 期），向熹《略谈〈春秋〉四讳》（《文史杂志》2002 年第 4 期），刘丽华《浅谈〈春秋〉之书法》（《语文学刊》2004 年第 3 期），李洲良《阐释的权利：〈公〉、〈穀〉释例举隅——春秋笔法与今文经学（上）》（《北方论丛》2005 年第 3 期）等。此外还有韩国李佑成《星湖李瀷之春秋书法论批判及其圣人观》[中国孔子基金会编《孔子诞辰 2540 周年纪念与学术讨论会论文集（3）》，生活·读书·新知三联书店 1992 年版]，丁川、马勇华《王鸣盛之〈春秋〉笔法观探微》（《史学月刊》2003 年第 5 期）等。

　　由此可以看出经学范围内的"《春秋》笔法"研究涉及的范围极为广泛，已经不仅仅单纯局限在三传内的"《春秋》笔法"，而是向更广阔的范围如文化、学术史等领域得到了延伸。

三　文学、新闻领域内的"《春秋》笔法"研究

　　文学领域内的"《春秋》笔法"研究最初是由钱锺书在《管锥编》中开拓的，后来师公敏泽则将其延伸至对后世文论的影响上，其论文《试论"春秋笔法"对于后世文学理论的影响》（《社会科学战线》1985 年第 3 期）是一篇全面探讨"《春秋》笔法"和古代文论关系的文章。在该文中，敏泽先从对"《春秋》笔法"的介绍入手，他认为，"《春秋》笔法"就是孔子修鲁史《春秋》的原则，它本是属于史学领域的问题，但是由于早期《诗经》和史的特殊关系，于是逐渐从史学的范围扩充到文学和文学理论的范围，并逐渐演化为两汉时期对后世文论影响最大的理论问题之一，然后从"诗与史的关系问题""尚简用晦""修辞与风格"三方面对"《春秋》笔法"对后世文学

理论的影响进行了充分的研究和探讨，读来使人深受启发。

此外，在文学领域把"《春秋》笔法"运用于文学理论的研究论文还有程亚林《"五石六鹢"句探微》（《古代文学理论研究丛刊》1982 年第 6 辑），曹顺庆《"〈春秋〉笔法"与"微言大义"——儒家经典的解读模式及话语言说方式》[《北京大学学报》（哲学社会科学版）1997 年第 2 期]，张毅《论"春秋笔法"》（《文艺理论研究》2001 年第 4 期），过常宝《"春秋笔法"与古代史官的话语权力》[《北京师范大学学报》（社会科学版）2003 年第 4 期]，李洲良《春秋笔法的内涵外延与本质特征》（《文学评论》2006 年第 1 期）等。

把"《春秋》笔法"运用于文学和艺术批评的则有冯树鉴《春秋笔法举隅》（《知识窗》1995 年第 2 期），陈敏杰《〈黄将军〉的春秋笔法》（《蒲松龄研究》1998 年第 4 期），于淑敏《人和书：纪与传的"春秋笔法"》（《编辑之友》1999 年第 6 期），严杰《赞"〈春秋〉笔法"而非论诗——梅尧臣〈寄滁州欧阳永叔〉诗意辨》（《井冈山师范学院学报》2000 年第 3 期），税海模《以"春秋笔法"为时代立传——张明军〈陵南纪事〉解读》（《乐山师范学院学报》2001 年第 6 期），邓宇英《试论〈水浒传〉的史传笔法》[《广州大学学报》（社会科学版）2002 年第 10 期]，何谦卫《〈儒林外史〉中春秋笔法的理解与翻译》[《海南师范学院学报》（社会科学版）2003 年第 4 期]，石昌渝《春秋笔法与〈红楼梦〉的叙事方略》（《红楼梦学刊》2004 年第 1 期），李淑平和李萍《巴金晚年散文与"春秋笔法"》[《内蒙古农业大学学报》（社会科学版）2004 年第 1 期]，黄永堂和叶修成《析"春秋笔法"在〈国语〉中的具体运用》（《贵州文史丛刊》2004 年第 2 期）。此外还有从史传文学的角度涉及"《春秋》笔法"的，如吴组缃的《关于我国古代小说的发展和理论》（《中国小说研究论集》，北京大学出版社 1998 年版，原载《文艺报》1983 年第 3 期）。另外在一些文学史的论著中亦可看到"《春秋》笔法"的影子，如袁行霈主编的《中国文学史》（高等教育出版社 1998 年版）、郭预衡主编的《中国古代文学史长编》（首都师范大学出版社 2002 年版）等。

而从新闻学角度来研究则有赵振军和邱书珍《从〈春秋〉和〈史记〉看新闻的真实性》（《采·写·编》2005 年第4 期）。

目前，从文学角度来研究"《春秋》笔法"正在逐步深化并取得了丰硕的成果，而自周振甫开拓以来，从新闻学角度来研究"《春秋》笔法"的继踵者寥寥无几。

四　语言学领域内的"《春秋》笔法"研究

按照钱锺书的说法，"《春秋》笔法"其实就是"文章之修词"，那么从语言修辞学的角度来研究"《春秋》笔法"就是可行的。五四时期胡适就指出"《春秋》笔法"的第一个层面是文法的层面，20 世纪 80 年代以来，从语言学的角度研究"《春秋》笔法"始自孙良明，其于 1990 年就在《山东师大学报》（社会科学版）和《殷都学刊》上分别发表了《中国语法学的萌芽——〈公羊传〉解说"春秋书法"表现出的语法结构分析》（1990 年第 1 期）和《〈春秋左氏传〉杜预"注"中的语法、语义分析简述》（1990 年第 4 期）。历经十年的研究，其于 2002 年出版的《中国古代语法学探究》（商务印书馆 2002 年版）一书中具体对"《春秋》笔法"的语法规范问题、词序重要、词序规则，以及"《春秋》笔法"的表现句法结构、表现语义、表现虚词、表现修辞等相关问题进行了分析总结，以为《公羊传》《穀梁传》是古代语法学的萌芽，而这个萌芽给了后世丰富的启迪："一是说明语法分析与哲学尤其是逻辑有密切关系，二是《公羊传》《穀梁传》的语法分析形式（解释原文表现语法分析）及其表现出的语法分析内容，直接为后世的注释书及其他训诂著作所借鉴和继承，促进了中国古代语法学的产生，并影响了中国古代语法学的发展。"①

从语法角度研究"《春秋》笔法"的还有申小龙的《语文的阐释——中国语文传统的现代意义》（辽宁教育出版社1991年版），在该书中，他在对"《春秋》笔法"进行相关语法结构分析之后认为："从社会文化事象来看，由于中国古代的语法意识起源于经典文献语言的诠释，因而古代早期语文学家将'文法'视为社会文化的法则。最具典型意义的是对'春秋书法'的解释。它几乎是对上古社会政治伦理规范的一种句法学解释，其要义是以'尊尊'为序。"② 夏先培的《左传交际称谓研究》（湖南师范大学出版社1999年版）则从交际称谓的角度出发，对"《春秋》笔法"中诸如对爵位、身份、职务、称谥等称谓之义例进行了研究，并从社会文化的角度对其进行了解释，他的研究当可看作"《春秋》笔法"在语言文化领域内的延伸。

从语言学角度对"《春秋》笔法"进行研究的论文还有：任远《中国语法学之萌芽——试论〈公羊〉〈穀梁〉的语法研究》（《语文研究》1995年第4期），饶尚宽《〈春秋·穀梁传〉词义训释初探》［《新疆师范大学学报》（哲学社会科学版）2002年第3期］，王鸿滨《〈春秋左传〉中"S以VP"结构修辞效果试析》（《修辞学习》2002年第1期）等。

五　哲学领域中的"《春秋》笔法"研究

关于"《春秋》笔法"的哲学问题，早在胡适时期就已经提出，他认为"《春秋》笔法"其实就是孔子进行正名的手段，这种从正名角度来研究"《春秋》笔法"的哲学意义在陈汉生的《中国古代的语言和逻辑》（周云之等译，社会科学文献出版社1998年版）以及弗朗索瓦·于连的《迂回与进入》（杜小真

---

① 孙良明：《中国古代语法学探究》，商务印书馆2002年版，第38—39页。
② 申小龙：《语文的阐释——中国语文传统的现代意义》，辽宁教育出版社1991年版，第38页。

译,生活·读书·新知三联书店 1998 年版)那里得到了继承,他们分析研究了"《春秋》笔法"所体现的语言哲学意识。严正的《五经哲学及其文化学的阐释》(齐鲁书社 2001 年版)从哲学的角度对"《春秋》笔法"进行研究之后认为:"古老的史官传统是中国传统知识分子的起源之一,因而《春秋》笔法既是传统士大夫干预现实的方式,又是知识分子实现自我的途径。所以,《春秋》笔法作为传统记录历史的方法,并不是孔子的独创,但在孔子这里,笔削《春秋》不仅仅是整理混乱的鲁史,更重要的是运用了一套他自己所总结反省的系统的社会政治理想来褒贬历史,这就是孔子笔削《春秋》的独特意义所在。"①

对"《春秋》笔法"的正名思想进行研究的论文有:林丽娥《从正名思想谈〈公羊传〉对孔子华夷大义的阐发》及《从正名思想谈〈公羊传〉对孔子华夷大义的阐发(续)》(《管子学刊》1994 年第 1、2 期)等。

此外还有从"《春秋》笔法"的角度来研究当时社会观念的文章,如化振红《从〈春秋〉不书条例看春秋时期的社会观念》[《西南民族学院学报》(哲学社会科学版)2001 年第 3期]等。

通观以上所列 20 世纪 80 年代以来对"《春秋》笔法"进行研究的五个方面可知,"《春秋》笔法"研究已经完全从经学的领域走向了多学科的领域,在跨学科的研究视野和方法下,该时期的"《春秋》笔法"研究呈现出丰富多彩的景象。

第五节 我国台湾地区"《春秋》笔法"研究

就我国台湾地区而言,其对"《春秋》笔法"的研究是同该区的《春秋》经传研究紧密结合在一起的。

---

① 严正:《五经哲学及其文化学的阐释》,齐鲁书社 2001 年版,第 328 页。

　　据张高评介绍:"自 1961 年刘正浩以《太史公左氏春秋义例》论文,荣获文学硕士,至 2002 年为止,台湾各大学以研究《春秋》经传而获得博士、硕士学位者,共 160 人次。其中博士学位 41 人,硕士学位 119 人,台湾师范大学最多,共 48 人;其次为政治大学 28 人,台湾大学 15 人,文化大学 11 人;高雄师范大学、辅仁大学、东吴大学各 10 人,又居其次;其余大学,多则 4 人至 5 人,少则 1 人至 2 人。人数之消长多寡,跟学术师承,及研究所成立时间之久暂,皆有关系,据此可见经学研究之大致分布。"① 这些博士、硕士学位论文目前有相当一部分已经出版。

一　我国台湾地区 "《春秋》笔法" 研究之专著及博士、硕士学位论文

　　通观我国台湾地区的 "《春秋》笔法" 研究其主要探讨的重点在 "《春秋》笔法" 之义例,其研究广泛分布在诸多研究《春秋》经传及断代《春秋》之著作或博士、硕士学位论文中。

　　综论义例的专著有戴君仁《春秋辨例》(台北中华丛书编审委员会 1964 年版),该书收入其对三传时月日例辨正的三文(亦可参见《春秋三传论文集》,台北黎明文化事业股份有限公司 1981 年版),傅隶朴《春秋三传比义》(台湾商务印书馆 1983 年版)。博士学位论文有李匡郎《春秋大义研究——道德史观之探讨》(辅仁大学哲学研究所,1982 年),吴莲庆《春秋大义价值标准之研究》(中国文化大学哲学研究所,1985 年)。以及张永伯《春秋书卒研究》(台湾师范大学中国文学研究所,1986 年),陈铭煌《春秋三传性质之研究及其义例方法之商榷》(台湾大学中国文学研究所,1990 年),陈正治《春秋战事属辞

---

① 张高评:《台湾近五十年来〈春秋〉经传研究综述(上)》,《汉学研究通讯》2004 年第 4 期。

研究》（东吴大学中国文学研究所，1992年），林秀富《论春秋的属辞比事》（辅仁大学中国文学研究所，1992年），叶政欣《春秋左氏传杜注释例》（台湾师范大学国文研究所，1964年），陈传芳《春秋有关战伐书例研究》（台湾师范大学中国文学研究所，1994年）等硕士学位论文。

而在单篇论文方面皆着眼一点，或论《春秋》之大义，或论"赴告"之书法，或论"公即位"之书例，或论弑君之书法，或论三传讳例、讥刺之同异，或论灾异之书例，于是各得"《春秋》笔法"之一端，散见于《民主评论》《孔孟月刊》《孔孟学报》及各大学之学报，这些包括：耿蔚成《春秋大义窥管》（《民主评论》1956年第14期），萨孟武《孔子学说与春秋大义》（《孟武随笔》，台北三民书局1969年版），柳岳生《春秋要义》（《学宗》1966年第4期），李曰刚《春秋之大义微言》（《中华文化复兴月刊》1971年第3期），韩亮《论春秋之微言大义》（《中原文献》1976年第6期），张永镌《春秋"大一统"述义》（《哲学与文化》1976年第7期），柳岳生《春秋之大义微言》（《中华国学》1977年第11、12期），谢秀文《三传"君氏""尹氏"之争与春秋大义》（《孔孟月刊》1979年第7期），李威熊《春秋大义》（《问学丛谈》，台北文史哲出版社1980年版），叶政欣《释春秋义例二则》［《成功大学学报》（人文篇）1982年第17卷］，季旭升《春秋"赴告"研究》（《孔孟月刊》1982年第2期），刘君祖《即事言理：春秋经表达手法初探》（《中华文化月刊》1984年第1期），谢德莹《春秋"公即位"书例》（《孔孟月刊》1986年第2期），施之勉《读史记会注考证札记：春秋之中弑君三十六亡国五十二》（《大陆杂志》1987年第1期），赖炎元《春秋微言大义》（《木铎》1987年第11期），魏子云《"郑伯克段于鄢"的书法》（《"中央"日报》1987年9月2日），奚敏芳《春秋三传讳例异同研究》（《孔孟学报》1989年第9期）及《春秋三传讥刺例异同初探》（《孔孟学报》1990 年第 3 期），游子宜《春秋三传论"公子益师卒不日"异义辨》（《孔孟月刊》1991 年第 8 期），奚敏芳《春秋三传灾异例异同研究》（《中正岭学术研究集刊》1992 年第 11 辑），许秀霞《〈春秋〉三传"执诸侯"例试论》（《中华学苑》1994 年总第 44 期），魏慈德《〈春秋〉"公至"例辨》（《中华学苑》1994 年总第 44 期），曾素贞《〈春秋〉三传"执"例试析》（《中国文哲研究通讯》1996 年第 2 期），蓝丽春《〈春秋经〉"晋赵盾弑其君夷皋"书法探究》（《嘉南学报》2003 年第 12 期）。

对《左传》义例论述的著作有张素卿《叙事与解释——〈左传〉经解研究》（台北书林出版有限公司 1998 年版）。论文方面则有：陈槃《论〈左传〉"凡例"与刘歆之关系》（《民主评论》1957 年第 1 期），简翠贞《春秋比事与左氏占验》（《孔孟学报》1970 年第 9 期），刘兆佑《春秋左传释义》（《幼狮月刊》1978 年第 2 期），黄汉昌《左传"弑君"凡例试论》（《孔孟月刊》1982 年第 12 期），刘又铭《〈左传〉天火人火义例辨》（政治大学《研究生》1982 年第 21 期），卢心懋《左传"弑君凡例"浅析》（《孔孟月刊》1986 年第 5 期），孙剑秋《从左传第贰拾条凡例："凡诸侯薨于朝会加一等，死王事加二等，于是有以衮敛"看春秋凡例及其相关问题》（《孔孟月刊》1986 年第 7 期），简宗梧《左传属辞比事的成就：以记晋惠公与晋文公为例》（《东方杂志》1988 年第 10 期），蓝丽春《"齐崔杼弑其君光"探究——兼论左传之解经价值》（《嘉南学报》2001 年第 11 期），吴智雄《论左传"君子曰"的道德意识——兼论"君子曰"的春秋书法观念》（《国文学志》2004 年总第 8 期）。

对《公羊传》义例论述的博士学位论文有李新霖《春秋公羊传要义》（台湾师范大学中国文学研究所，1983 年），以及成玲《春秋公羊传称谓例释》（台湾师范大学中国文学研究所，1989 年），林伦安《春秋公羊传会盟析例》（台湾师范大学中国文学研究所，1994 年），张惠淑《〈公羊传〉称谓七等研究》（台湾师范大学中国文学系，1995 年），欧阳梅《〈春秋公羊传〉解经方法研究》（淡江大学中国文学系，2000 年）等硕士学位论文。论文方面则有林镇国《春秋公羊学要义略述》（《学粹》1977 年第 6 期），苏文擢《春秋公羊学之借事明义与两大书法》（《孔道专刊》1979 年第 3 期）。

对《穀梁传》义例论述的博士学位论文有王熙元《穀梁范注发微》（台湾师范大学，1970 年）。硕士学位论文有李绍阳《〈春秋穀梁传〉时月日例研究》（台湾师范大学国文研究所，1994 年），简逸光《〈穀梁传〉解经方法研究》（中国文化大学中国文学研究所，2002 年）。论文方面则有：戴君仁《春秋穀梁传时月日例辨正》（《孔孟学报》1962 年第 9 期），赖炎元《春秋穀梁传义例》（《庆祝瑞安林景伊先生六秩诞辰论文集》，台北政治大学中国文学研究所，1969 年），周何《穀梁会盟释例》（《高仲华先生八秩荣庆论文集》，高雄师院国文所，1988 年），高秋凤《穀梁时月日例之盟例试探》（《国文学报》1988 年第 17 期），周何《穀梁朝聘例释》（《中国学术年刊》1989 年第 10 期），周何《穀梁讳例释义》（《教学与研究》1989 年第 11 期），陈梅香《穀梁"内不言战，言战则败也"义例辨析及其相关问题》（《中山中文学刊》1996 年第 2 期）等。

对董仲舒解说《春秋》的方式进行研究的硕士学位论文有王淑蕙《董仲舒〈春秋〉解经方法探究》（"中央"大学中国文学研究所，1994 年）。论文有赵雅博《董仲舒对春秋微言大义的诠释》（《大陆杂志》1992 年第 3 期），陈旻志《〈春秋繁露〉中的历史哲学与书法问题》（《鹅湖》1997 年第 4 期）等。

对历代《春秋》著作之义例进行论述的博士学位论文有叶政欣《贾逵春秋左传遗说研究》（后出版时改名为《汉儒贾逵之春秋左氏学》，台南兴业图书公司 1983 年版），刘德明《孙觉〈春秋经解〉解经方法探究》（"中央"大学中国文学研究所，

2003 年）。硕士学位论文有黄智群《张洽〈春秋集注〉研究》（成功大学中国文学系，1990 年），陈逢源《毛西河及其〈春秋〉学之研究》（政治大学中国文学研究所，1990 年）等。论文方面则有林秀富《范宁〈春秋穀梁传集解〉在解经观念上的突破》（《辅仁大学中研所学刊》1994 年第 3 期）等。

二 张高评之《春秋书法与左传学史》

2002 年张高评出版了《春秋书法与左传学史》一书，该书主要选录了他自己写作的十篇论文，这十篇论文分别是：一、《〈左传〉学研究之现况与趋向》；二、《〈左传〉据事直书与以史传经》；三、《〈左传〉预言之基型与作用》；四、《〈史记〉笔法与〈春秋〉书法》；五、《〈春秋〉书法与宋代诗学——以诗话笔记为例》；六、《黄泽论〈春秋〉书法——〈春秋师说〉初探》；七、《高攀龙〈春秋孔义〉之解经方式》；八、《高攀龙〈春秋孔义〉之取义研究》；九、《方苞义法与〈春秋〉书法》；十、《焦循〈春秋左传补疏〉刍议》。该十篇论文，同中求异，大抵分为五个主题：一、《春秋》书法之考察；二、《春秋》学研究法之示例；三、《春秋》《左传》之影响，接受与效用之发明；四、回归原典，探讨《左传》文本；五、《左传》学之回顾与前瞻。[①] 从此可以看出，研究《春秋》笔法的角度其实是很多的。

以上是为我国台湾地区"《春秋》笔法"研究之阶段性成果。如果按照经笔、史笔、文笔来分解"《春秋》笔法"的话，对于经笔来讲则前人之述备矣，而史笔则以瞿林东《史学志》中对"《春秋》笔法"的总结为标志，文笔则以钱锺书、敏泽的研究为标志，而从语言学的角度来研究"《春秋》笔法"则以孙良明的研究为代表，也出现了第一部关于"《春秋》笔法"

---

① 张高评：《春秋书法与左传学史》，台北五南图书出版股份有限公司 2002 年版。

的专著，这些都成为百年"《春秋》笔法"研究之阶段性成果。

从百年"《春秋》笔法"研究历程中可以看出其研究的趋势：从以前纯粹经学的研究走向史学的研究，进而走向文学、语言学、新闻学、哲学的研究，所以今后从跨学科的角度来研究"《春秋》笔法"将是基本的走向之一；从以前对义例的专门探究和总结走向对其新的阐释，并结合现代学术背景来研究，从某种角度来讲，今日"《春秋》笔法"研究都是重新阐释之研究；从研究《春秋》经学的同时论及"《春秋》笔法"走向对其进行专门集中的研究，关于"《春秋》笔法"的研究也将逐渐成为学术研究的热点问题之一。

目前"《春秋》笔法"断代的研究、学术史的研究，与诸多文学体裁的关系（如与历史小说的关系），以及与诸多学科如史学、经学、文学、语言学、新闻学、哲学等的结合是尚待进一步开拓的领域；尚有相当一批古代典籍需要现代学者去发掘，如明石光霁《春秋书法钩玄》和张溥《春秋三书》、清刘曾璇《春秋书法比义》以及康有为《春秋笔削大义微言考》等，这都将成为继承和发扬传统文化的重要途径。

第二章　从"《春秋》书法"到"《春秋》笔法"名称之考察

《春秋》是鲁国的一部编年体史书，它记载了从隐公元年（前722）到哀公十四年（前481）鲁国十二公，总共二百四十二年的历史。从编年史的角度来讲，《春秋》应当是一部极为平常的史书，但是孟子说："世衰道微，邪说暴行有作。臣弑其父者有之，子弑其父者有之。孔子惧，作《春秋》。《春秋》，天子之事也。故孔子曰：'知我者其惟《春秋》乎，罪我者其惟《春秋》乎。'"① 他还说："王者之迹熄而《诗》亡，《诗》亡然后《春秋》作。晋之《乘》、楚之《梼杌》、鲁之《春秋》，一也：其事则齐桓、晋文，其文则史。孔子曰：'其义则丘窃取之矣。'"② 自此开始，后世儒家无论是今文学家还是古文学家便根据孟子所赋予《春秋》的种种褒贬善恶、微言大义等深刻意蕴开始了对《春秋》"义例""微言大义""书法"的发掘，从而形成了贯穿两千年《春秋》学史的"《春秋》笔法"。所谓"《春秋》笔法"其实就是孔子修订《春秋》时的诸如"笔则笔，削则削"（《史记·孔子世家》）、"以一字为褒贬"（杜预《春秋左传序》）、"直书""微言""褒讳贬损"（《汉书·艺文志》）等相关书写原则，这是狭义的"《春秋》笔法"，后世则扩展为把文笔曲折而意含褒贬的文字也称为"《春秋》笔法"，

---

① （清）阮元校刻：《十三经注疏·孟子正义》，中华书局1980年版，第2714页。本书所引《十三经注疏》均来自中华书局影印原世界书局本（即阮刻本）1980年版，以下均同。

② 同上书，第2727—2728页。

这是广义的"《春秋》笔法",它是从司马迁运用"《春秋》笔法"写作《史记》而开始的。

"《春秋》笔法"亦可称为"《春秋》书法","书例""释例""义例""义法""春秋凡例"等。张高评说:"'书法'一词,《左传》两见:其一,见曹刿谏鲁庄公如齐观社,所谓'君举必书。书而不法,后嗣何观?'① 此非后世所谓之'书法'。其二,见孔子论董狐书'赵盾弑其君',所谓'董狐,古之良史也,书法不隐'。② 此方是《春秋》学之'书法'。除外,如君子论'侨如以夫人妇姜氏至自齐',所谓'《春秋》之称,微而显,志而晦,婉而成章,尽而不汙,惩恶而劝善。'③ 以及君子论'邾黑肱以滥来奔',所谓'《春秋》之称,微而显,婉而辨。上之人能使昭明,善人劝焉,淫人惧焉'!④ 此二则,亦皆《春秋》《左传》学者所谓之'书法'。其他,则如杜预所谓凡例,书、不书、先书、故书、不言、不称、书曰之类,亦皆称书法。至于《公羊》学家阐扬之'微言大义',诸如尊王、攘夷、正名、经权、褒贬、复仇、大一统、三世异辞拨乱反正诸义理,则与《左传》所示,互有异同,亦得统名《春秋》书法。"⑤

以"《春秋》书法"四字命名的书,有明石光霁《春秋书法钩玄》、张溥《春秋三书》中有《春秋书法解》一卷,到了清代又有刘曾璇《春秋书法比义》、徐经的《春秋书法凡例》(附胡氏释例)等;以"释例"命名的书,有汉颖容《春秋释例》、晋杜预《春秋释例》、明李衡《春秋释例集说》三卷、清

---

① 笔者案:曹刿此语可见《左传·庄公二十三年》。

② 笔者案:孔子之语可见《左传·宣公二年》。

③ 笔者案:此处君子之语可见《左传·成公十四年》。

④ 笔者案:此处君子之语可见《左传·昭公三十一年》。

⑤ 张高评:《黄泽论〈春秋〉书法——〈春秋师说〉初探》,张高评《春秋书法与左传学史》,台北五南图书出版股份有限公司 2002 年版,第 155 页。

刘逢禄《公羊春秋何氏释例》、清何佩融《春秋释例》、清许桂林《穀梁释例》等；以"义例""义法""义解"等词命名的书，则有宋戴溪《春秋讲义》四卷、宋李明复《春秋集义》、元俞皋《春秋集传释义大成》、元程端学《春秋本义》、元黄泽《三传义例考》、明卓尔康《春秋辨义》、明郑良弼《春秋继义发微》、清方苞《左传义法解要》、清柳兴宗《穀梁大义述》、清杨方达《春秋义补注》、清刘梦鹏《春秋义解》等；以"纂例""凡例""本例"等词命名的书，则有唐陆淳《春秋集传纂例》、宋陈德宁《公羊新例》、宋刘敞《春秋传说例》、宋崔子方《春秋本例》和《春秋例要》、宋张大亨《春秋五礼例宗》、明王樵《春秋凡例》等。另外还有从"《春秋》笔法"本身的特征来命名的，如以"笔削"命名的，有宋杨甲编纂《六经图——春秋笔削发微图》、清刘绍攽《春秋笔削微旨》、康有为《春秋笔削大义微言考》等；以"属辞比事"来命名的，则有宋沈棐《春秋比事》、元赵汸《春秋属辞》、明傅逊《左传属事》、清毛奇龄《春秋属辞比事记》、清方苞《春秋比事目录》等。以下对此一一进行考察。

第一节　以"例"为核心形成的名称

以"例"为核心词所形成的称谓，这里的"例"当作"体例"讲。作为编年体史书，《春秋》体例的存在是毫无争议的，比如按照时间顺序来记叙每年发生的重大事件就是其最基本的体例，它在一年开始所书的"春王正月"就具有一种提示性的作用，一方面表示新一年的开始，另一方面则表示出对君王的尊重。而争论的关键则在于对具体体例的探讨以及对由此产生的采用该类型体例所体现的种种"微言大义"的探究。以明王樵的《春秋凡例》为例，"凡例"一词的意思是发凡起例，发凡，即阐明全书的宗旨、概要和大纲；起例，即拟定本著述的基本体例、格局、样式等。"凡例"一词当来自杜预："其发凡以言例，皆经国之常制，周公之垂法，史书之旧章。"① 杜预在这里指出，"发凡言例"是国家编订史书的一种基本制度，而并不是《春秋》所独有，它有自己本身的历史演习和传统。顾炎武《书家凡例》："古人著书凡例，即随事载之书中。《左传》中言'凡者'，皆凡例也。"② 唐杜甫《八哀诗·赠秘书监江夏李公邕》有云："名满深望还，森然起凡例。"③ 后来，在全书的前面对该书的著作内容和编纂体例进行说明的内容就被统称为凡例。从此角度来讲，所谓"春秋凡例"就是对《春秋》本身内容宗旨、编纂体例和方式的说明，而其他以"纂例""本例""传例""例要"等名称也是一样的，而这些都毫无疑问地同"《春秋》笔法"紧密联系在一起。杨向奎以为："是谓凡例与书法无别，无周公、孔子之分。"④

对于"释例"的称谓，其实可以通俗地理解为对《春秋》具体体例的解释说明，唐刘赍在为杜预的《春秋释例》作序时说："元凯（即杜预）以《春秋》为安危，故述兹凡例，意欲安中国而御四夷，释权义以正礼经。后儒有以知可例者，文也。可释者，志也。善言《春秋》者，不以文害志，故志定而后断物，物得其断，则例可得焉，例可忘焉。"⑤ 由此可以看出，在刘赍看来，杜预作《春秋释例》的功能性目的十分明确，即用《春秋》来稳定中国，驱逐国内四方夷狄，建立新的道德礼仪规范。在这个重新建立道德规范的过程中，"例"的确定就显得尤为重要，这是一个"志定""物断""例得"的先后过程，同时

① 《春秋左传正义》，（清）阮元校刻：《十三经注疏》，第 1705 页。

② （清）顾炎武著，（清）黄汝成集释，栾保群、吕宗力校点：《日知录集释》卷二十《书家凡例》，花山文艺出版社 1990 年版，第 908 页。

③ （清）彭定求等编：《全唐诗》（第四册），中华书局 1999 年版，第 2357 页。

④ 杨向奎：《论〈左传〉之性质及其与〈国语〉之关系》，杨向奎《绎史斋学术文集》，上海人民出版社 1983 年版，第 190 页。

⑤ （唐）刘赍：《〈春秋释例〉原序》，（晋）杜预《春秋释例》，中华书局 1985 年版。

也是"春秋大义"的展现，亦与"《春秋》笔法"的"劝善惩恶"等具体内涵紧密结合在一起。在杜预的《春秋释例》中，他总共列举考察了42例书法，这些包括：公即位例、会盟朝聘例、战败例、母弟例、吊赠葬例、大夫卒例、灭取入例、氏族例、爵命例、内外君臣逆女例、内女夫人卒葬例、侵伐袭例、灾异例、崩薨卒例、书弑例、及会例、蒐狩例、庙室例、士功例、归献例、归入纳例、班序谱、公行至例、郊雩烝尝例、王侯夫人出奔例、执大夫行人例、书谥例、书叛例、书次例、迁降例、以归例、夫人内女归宁例、大夫奔例、逃溃例、杀世子大夫例、作新门厩例、作主谛例、得获例、执诸侯例、丧称例、告朔例、戕杀例。应当说，这42例书法几乎涵盖了"《春秋》笔法"的具体体例。这是从内容上进行的全范围考察，当然"《春秋》笔法"还涉及语法上的相关内容，比如先后、正序以及反序、角度等。

第二节　以"义"为核心形成的名称

"义法""义例"名称的核心在于"义"字，因为孟子在《孟子·滕文公下》中曾指出："孔子曰：'其义则丘窃取之矣。'"孙奭疏："盖《春秋》以义断之，则赏罚之意于是乎在，是天子之事也，故曰：'其义则丘窃取之矣，''窃取之'者，不敢显述也，故以赏罚之意，寓之褒贬，而褒贬之意则寓于一言耳。"① 所以后世也采用"微言大义"来指称"《春秋》笔法"，"微言"即"采用少量精微的语言文字"，这点在《春秋》中有充分的体现，而所谓的"义"当指"尊王""赏罚""褒贬""惩恶劝善"等伦理道德规范。"义法"的名称当出司马迁，司马迁在《史记·十二诸侯年表》中说："是以孔子明王

---

① 《孟子正义》，（清）阮元校刻：《十三经注疏》，第 2728 页。

道，干七十余君，莫能用，故西观周室，论史记旧闻，兴于鲁而次《春秋》，上记隐，下至哀之获麟，约其辞文，去其烦重，以制义法，王道备，人事浃。"① 而《春秋讲义》《春秋集义》《春秋集传释义大成》《春秋本义》《三传义例考》《春秋辨义》《春秋继义发微》《左传义法解要》《穀梁大义述》《春秋义补注》《春秋义解》等著述几乎都是对"春秋大义"的具体探讨，所以在这个层面上，"《春秋》笔法"是可以被称作"义法""义例"的。

第三节 "笔削"之名称

"笔削"的说法同样来自司马迁，《史记·孔子世家》："至于为《春秋》，笔则笔，削则削（着重号为笔者所加，下同），子夏之徒不能赞一辞。弟子受《春秋》，孔子曰：'后世知丘者以《春秋》，而罪丘者亦以《春秋》。'"《汉书·礼乐志》："今之刑，非皋陶之法也，而有司请定法，削则削，笔则笔。"《元史·进元史表》："笔则笔而削则削，敢言褒贬于《春秋》。"所谓"笔削"则是"笔则笔""削则削"的省略连用，而此处的"笔"亦成为后来"《春秋》笔法"这一名称的来源。在唐代孔颖达为《春秋左传序》中"上之人不能使《春秋》昭明，赴告策书，诸所记注，多违旧章"一句作疏时已经有"笔削"二字的连用了，孔颖达说："正义曰：此明仲尼修《春秋》之由，先论史策失宜之意。计周公之垂法典策具存，岂假仲尼更加笔削？但为官失其守，褒贬失中，赴告策书，多违旧典，是故仲尼修成此法，垂示后昆。"② 另《孝经正义》中亦有"笔削"的连用，宋邢昺疏《孝经正义序》：

---

① （汉）司马迁：《史记》，中华书局1999年版，第365页。

② 《春秋左传正义》，（清）阮元校刻：《十三经注疏》，第1704页。

按《钩命决》云："孔子曰：'吾志在《春秋》，行在《孝经》。'斯则修《春秋》、撰《孝经》，孔子之志、行也。何为重其志而自笔削，轻其行而假他人者乎?"①

按此可知，"笔削"的称谓是针对孔子修订《春秋》所采取的具体方式而言的。

第四节　"《春秋》书法"之名称

"《春秋》书法"的名称当来自孔子的说法，《左传·宣公二年》记载赵盾弑晋灵公时，孔子对此评价说："董狐，古之良史也，书法不隐。"按前所述，"书法"是指一些书写原则，"书"在这里是用作动词，即"书写""记录"的意思，在三传中有很多地方是这样的用法，如《左传·隐公元年》："书曰：'郑伯克段于鄢。'"《左传·隐公三年》："三年春，王正月，壬戌，平王崩。赴以庚戌，故书之。"《公羊传·隐公五年》："君将不言率师，书其重者也。"《穀梁传·桓公二年》："书尊及卑，《春秋》之义也。"值得注意的是，在《公羊传》《穀梁传》中均采取了问答的形式，如"何以书"。除了"书"的用法外，还有"不书""先书""故书""故不书"等。"不书"的如《左传·隐公元年》："元年春，王周正月，不书即位，摄也"，《公羊传·隐公六年》："冬，宋人取长葛。外取邑不书，此何以书? 久也"，《穀梁传·隐公二年》："卒而不书葬，夫人之义从君者也。""先书"的如《左传·桓公二年》："君子以督为有无君之心，而后动于恶，故先书弑其君。""故书"的如《左传·僖公五年》："故书曰：'晋人执虞公'，罪虞，且言易也。""故不书"的如《左传·隐公元

---

① 《孝经正义》，(清) 阮元校刻：《十三经注疏》，第 2539 页。

年》："八月，纪人伐夷。夷不告，故不书。"从《左传》三百多处"书"字的使用可以看出，"书"字在该书中是一个使用非常频繁的词语。从孔子说"书法不隐"开始，古代文献中以"《春秋》书法"来命名的古籍主要有：明代石光霁的《春秋书法钩玄》、张溥的《春秋三书》中有《春秋书法解》一卷，到了清代又有刘曾璇的《春秋书法比义》、徐经有《春秋书法凡例》（附胡氏释例）。从意义的包含广度上来看，应当说"《春秋》书法"的名称是最能体现孔子修订《春秋》的诸项原则的。

第五节 "《春秋》笔法"之名称

"《春秋》笔法"的称谓亦来自司马迁《史记·孔子世家》中"笔则笔，削则削"的说法。据笔者查找的文献资料，"《春秋》笔法"的名称最早出现在明末清初王夫之的《永历实录》卷三，王夫之在其中写道：

> 四年春，上幸梧州。化澄入见，敕趣入直，因嗾给事中雷德复劾首辅严起恒。化澄调旨，以嘲语激起恒去。高必正入见，对上言："王辅臣票拟多《春秋》，朝廷何繇得安？"因回顾化澄曰："请自今少用'《春秋》笔法'，可也？"化澄惭恚，益与吴贞毓比，挟孙可望胁朝廷。凡化澄所票拟，皆支离俳谐，复多通馈问。又奏授其子王奎光以白衣超拜光禄寺少卿。上知而厌之。是冬，马蛟麟陷梧州，上奔南宁，化澄不从，挟厚赀避居平南山中。蛟麟所部胡千总闻而利其赀，辄往胁之出，始以礼诱之，化澄削发为僧，至中途，捽出肩舆中，楛其手，索银一万五千两，犹不释，羁置平南空署。化澄迫，乃服脑子四两死。或为焚之，香闻数里。蛟麟故未知也，事觉，执逼化澄死者杀之，

没入其金。①

另外我们还可以在《脂砚斋全评石头记》第四十五回"金兰契互剖金兰语，风雨夕闷制风雨词"中看到"《春秋》笔法"的使用：

> 宝玉每日便在惜春这里帮忙。【庚辰双行夹批：自忙不暇，又加上一"帮"字，可笑可笑，所谓《春秋》笔法。】探春、李纨、迎春、宝钗等也都往那里来闲坐，一则观画，二则便于会面。宝钗因见天气凉爽，夜复渐长，【庚辰双行夹批："复"字妙！补出宝钗每年夜长之事，皆《春秋》字法也。】遂至母亲房中商议，打点些针线日间作，及至贾母处、王夫人处省候两次，不免又承色陪坐闲话半时，园中姊妹也要度时闲话一回，故日间不大得闲，每夜灯下女工必至三更方寝。【庚辰双行夹批：灯下秋夕。写针线下"商议"二字，直将寡母训女多少温存活现在纸上。不写阿呆兄，已见阿呆兄终日醉饱优游，怒则吼、喜则跃，家务一概无闻之形景毕露矣。《春秋》笔法。】②

我们可以从这里的引用中看到在《脂砚斋全评石头记》中，一方面是曹雪芹在《红楼梦》中自觉运用"《春秋》笔法"来刻画人物形象；另一方面是脂砚斋已经十分自觉地采用"《春秋》笔法"来评论文学作品了，由此可见"《春秋》笔法"确实对文学产生了重大的影响。

应当说，在近代以前，"《春秋》笔法"名称的使用还并不

---

① （清）王夫之：《永历实录》，上海古籍出版社1987年版，第37页。

② （清）曹雪芹著，霍国玲、紫军校勘：《脂砚斋全评石头记》，东方出版社2006年版，第543页。

是十分普遍，比如胡适在其 1919 年写作出版的《中国哲学史大纲》就是使用的"《春秋》书法"的称谓，① 但是到了 20 世纪初期以后，"《春秋》笔法"的名称逐渐开始被普遍使用了。鲁迅在 1922 年 11 月 17 日发表在《晨报副刊》上的文章《反对"含泪"的批评家》中就说："我在这文章里正用君，但初意却不过贪图少写一个字，并非有什么《春秋》笔法"②，其在 1927 年 10 月 1 日写作的《答有恒先生》中说："厦门的天条，似乎是名士才能有多于一个的椅子的。'又'者，所以形容我常发名士脾气也，《春秋》笔法，先生，你大概明白的罢。"③ 他在 1934 年 12 月 11 日写作的《病后杂谈》中说："《春秋》上是没有这种笔法的。满洲的肃王的一箭，不但射死了张献忠，也感化了许多读书人，而且改变了'《春秋》笔法'了。"④ 从鲁迅对"《春秋》笔法"的使用可以看出，鲁迅是深得"春秋大义"的，他的很多文章都体现了"《春秋》笔法"中"褒贬"的精髓。1937 年洪业在《春秋经传引得序》中说："传文引史释经，更复彼此离殊，孰得《春秋》著者笔法之真谛，孰传隐、哀间二百四十余年实事之真相，又成千古疑案。"⑤ "《春秋》著者笔法"语句的运用表明，"《春秋》笔法"的名称在洪业那里已经初步得到了承认，虽然他在该文中仍然多处使用"《春秋》书

---

① 胡适在《中国哲学史大纲》（卷上）中说："《春秋》的'书法'，只是要人看见了生畏惧之心，因此趋善去恶。"见姜义华主编《胡适学术文集·中国哲学史·中国哲学史大纲》（卷上），中华书局 1991 年版，第 74 页。

② 鲁迅：《反对"含泪"的批评家》，该文后来收入《热风》，见《鲁迅全集》（第二卷），人民文学出版社 1973 年版，第 128 页。

③ 鲁迅：《答有恒先生》，该文最初发表于 1927 年 10 月 1 日上海《北新》周刊第 49、50 期合刊，后收入《而已集》，见《鲁迅全集》（第三卷），人民文学出版社 1973 年版，第 443 页。

④ 鲁迅：《病后杂谈》，该文最初写于 1934 年 12 月 11 日，后收入《且介亭杂文》，见《鲁迅全集》（第六卷），人民文学出版社 1973 年版，第 174 页。

⑤ 洪业：《春秋经传引得序》，《洪业论学集》，中华书局 1981 年版，第 223 页。另，该文写于 1937 年 11 月 11 日，原载于《春秋经传引得》（《引得》特刊，1937 年第 12 号），又载《史学年报》1937 年第 4 期。

法"的名称。1942 年，顾颉刚前往重庆中央大学任教，在任教期间，他讲授了《春秋三传研究》课程，在后来于 1988 年以该课程讲课笔记为基础出版的《春秋三传及国语之综合研究》中就有"《春秋》笔法"称谓的使用：

> 《春秋》本于鲁史而成，鲁史文体与商代龟甲兽骨之刻辞相类似，即与当时各国史书文体亦莫不同，故《春秋》文辞殊简略，盖由于当时记载所用非布帛，而概系竹简，简厚重而幅小，势不可繁书，于史事之记载，只能力求简略，而于简略中蓄其深意，是以所载皆只记时记地记事，语简意赅而无穿插只描写与详尽之叙述，惟以一、二字作褒贬之权衡于其间，如"某年某月某日，秦王与赵王会于渑池，令赵王鼓瑟"，有时有地有事而以寥寥数文尽之，"令"字则即寓褒贬之语，"《春秋》笔法"即此之类也。①

另外，我们还可以在《顾颉刚读书笔记》（第七卷下）见到顾颉刚对"《春秋》笔法"的使用和论述：

> 《春秋》笔法，昔人所谓"一字之褒，荣于华衮；一字之贬，严于斧钺"者，从现在看来，只是史官站在周王与鲁侯之立场上，禁止被统治者之反抗，抬统治者之地位于至高，抑反抗至被统治者至地位于至下，使读之者凛于褒贬，不至作叛逆之行耳。其实一纸空文，决不能发生实际之效力，只是自己欺骗自己。孟子说"孔子作《春秋》而乱臣贼子惧"，此仅是主观之希望，三家分晋，田氏移齐，皆载孔子作《春秋》之后，惧于何有！以今语言之，纸老

---

① 顾颉刚讲授，刘起釪笔记：《春秋三传及国语之综合研究》，巴蜀书社 1988 年版，第 4 页。

虎如何吓得死人?①

　　1961 年周振甫在《新闻业务》第 10、11 期上先后发表了题为《春秋笔法论》的论文，全面对"《春秋》笔法"展开研究。周振甫直接以"《春秋》笔法"为论文的题目，应当说是对"《春秋》笔法"一词最好的肯定。从目前查到的资料来看，这应当是 1949 年以来最早研究"《春秋》笔法"的论文。应当说，在 20 世纪 80 年代以前，对"《春秋》笔法"的使用还不是十分普遍，而较为通用的还是"《春秋》书法"的称谓，比如钱锺书就采用的是"《春秋》书法"的称谓，他在《管锥编》第三册中就说："《春秋》之'书法'，实即文章之修词。"② 另外据师公敏泽先生回忆钱锺书 1982 年 9 月 6 日写给自己的信中说："两汉时期最有后世影响之理论为'春秋书法'，自史而推及于文。兄书下论刘知幾主'简'，实即从'春秋书法'来。此学人未道，有待于兄补阙者也。杜预提出'志而晦'约言示例，即拈出作史之须'简'矣。"③ 从这里可以看出，钱锺书还是比较倾向于使用"《春秋》书法"。但是应当看到进入 20 世纪 80 年代以后，总的趋势是"《春秋》笔法"逐渐取代了"《春秋》书法"，近年来发表的一些研究"《春秋》笔法"的代表性文章可以作为佐证，如王晓天《"春秋笔法"是曲笔吗?》（《求索》1984 年第 6 期）、敏泽《试论"春秋笔法"对于后世文学理论的影响》（《社会科学战线》1985 年第 3 期）、唐全贤

---

① 顾颉刚：《顾颉刚读书笔记》（第七卷下），台北联经出版事业公司 1990 年版，第 5606 页。
② 钱锺书：《管锥编》（第三册），中华书局 1986 年，第 967 页。
③ 参见敏泽《论钱学的基本精神和历史贡献——纪念钱钟书先生》，《文学评论》1999 年第 3 期。师公敏泽先生在该文中说："此为 1982 年 9 月 6 日钱先生在读了拙著《中国文学理论批评史》后写给我的长信中的一小段话，信中对拙著说了许多鼓励的话，也提出了许许多多宝贵的意见。笔者因不愿以钱先生为'敲门砖、开山符'，从未示人。在增订本中，我按照先生提出的意见增加了一节，并撰有专文《试论'春秋笔法'对于后世文学理论的影响》一文，收在拙著《形象·意象·情感》一书中。"

《论"太史公曰"的春秋笔法》（《上海社会科学院学术季刊》1988 年第 2 期）、曹顺庆《"〈春秋〉笔法"与"微言大义"——儒家经典的解读模式及话语言说方式》[《北京大学学报》（哲学社会科学版）1997 年第 2 期]、张毅《论"春秋笔法"》（《文艺理论研究》2001 年第 4 期）、过常宝《"春秋笔法"与古代史官的话语权力》[《北京师范大学学报》（社会科学版）2003 年第 4 期]、李绣玲《论〈春秋〉笔法与大义——以〈左传〉经解为据》（《玄奘人文学报》2004 年第 3 期）、石昌渝《春秋笔法与〈红楼梦〉的叙事方略》（《红楼梦学刊》2004 年第 1 期）、李洲良《春秋笔法的内涵外延与本质特征》（《文学评论》2006 年第 1 期）等。

　　尽管如此，现在仍存在使用"《春秋》书法"的情况，如韩国李佑成《星湖李瀷之春秋书法论批判及其圣人观》[中国孔子基金会编《孔子诞辰 2540 周年纪念与学术讨论会论文集》（3），生活·读书·新知三联书店 1992 年版]、钟兴麟《春秋书法与史志类出版物》（《新疆地方志》1995 年第 3 期）、许子滨《〈左传〉所释〈春秋〉书法考辨三则》（《孔子研究》1999 年第 2 期）、王玉华《欧阳修对春秋书法义例的领悟与实践》（《菏泽师专学报》2000 年第 3 期）、刘丽华《浅谈〈春秋〉之书法》（《语文学刊》2004 年第 3 期）等。在我国台湾地区，通俗的称谓还是"《春秋》书法"，比如张高评《会通与宋代诗学——宋诗话"以〈春秋〉书法论诗"》（《中国古典文学研究》1990 年第 4 卷）以及专著《春秋书法与左传学史》（台北五南图书出版股份有限公司 2002 年版）、吴智雄《论〈左传〉"君子曰"的道德意识——兼论"君子曰"的春秋书法观念》（《国文学志》2004 年总第 8 期）。

第六节　"《春秋》笔法"之名称替代
其他诸名称

通过以上对"《春秋》笔法"诸种称呼的考察可以得知，所谓的"春秋大义"经过历代的阐释和发挥，其名称逐渐走向了一致，"《春秋》笔法"亦逐渐取代了其他各种名称。

其实"《春秋》书法"在近代以前当是对《春秋》"微言大义"进行概括的最普遍的名称，但是在"五四"以后"《春秋》笔法"又何以逐渐取代了"《春秋》书法"呢？我们知道，从古代史学产生开始，"史"就同"书"紧密结合在一起，《礼记·玉藻》："动则左史书之，言则右史书之。"《文心雕龙·史传》："《曲礼》曰：'史载笔。'（左右）史者，使也。执笔左右，使之记也。古者左史记事者，右史记言者。言经则《尚书》，事经则《春秋》也。"从这个角度来讲，《春秋》与"书法"的结合其实就是史书与"书写"的结合。"书"字的繁体为"書"，按照许慎的解释是"箸也，从聿者声"①。而"箸"则是"饭敧也，从竹者声"②。"笔"的繁体为"筆"，按照许慎的解释是："秦谓之笔从聿从竹，徐锴曰：'笔尚便聿，故从聿。'"③ 而对"聿"的解释是："所以书也，楚谓之聿，吴谓之不律，燕谓之弗。"④ 从许慎的解释中我们可以得知，不管是"书"还是"笔"，都同竹子有关，因为在先秦时代，古代文献书写的工具"笔"都是用竹子做成的，而书写的载体是竹木简，说"笔则笔"则是从孔子采用书写工具的角度来言说的。"笔"也有记录的意思，《释名·释书契第十九》："笔，述也，述事而

---

① （东汉）许慎：《说文解字》，中华书局1963年版，第65页。
② 同上书，第96页。
③ 同上书，第65页。
④ 同上。

书之也。"从"书写""记录"的意义出发,"《春秋》书法"是等同于"《春秋》笔法"的。

近代以来,随着经学的衰落和传统知识谱系的解体,西式的教育模式逐渐取代了传统的"四书五经"等教育模式,采用现代的学科体系来重新衡量传统的"《春秋》学"研究就成为一种必然的趋势。此外,"书法"一词还有指中国文字书写艺术的意思,为了与之相区别,那么采用另外的名称来代替"《春秋》书法"就成为一种新的选择。再加上以上所述的"《春秋》书法"与"《春秋》笔法"在意义上是等同的,选择"《春秋》笔法"来概括孔子所修订《春秋》的诸项原则就成为一种必然的选择。

本章主要从历时的角度通过对"《春秋》笔法"诸项别称,如"《春秋》书法""书例""释例""义例""义法""春秋凡例""笔削"等的一一考察,认为这些名称在实质上有共通之处,"《春秋》书法"是等同于"《春秋》笔法"的,"春秋大义"经过历代的阐释和发挥,其名称逐渐走向一致,"《春秋》笔法"亦逐渐取代其他各种名称。

第三章 对"《春秋》笔法"进行修辞研究的学术价值及研究方法

张高评在《〈春秋〉经传研究选题举例》一文中列举了144则《春秋》经传研究的选题（参见附录二）①，其大抵为目前《春秋》经传研究尚未涉及或尚待深入开掘的领域。

通过该表可以看出，就"《春秋》笔法"的研究来讲，在全部144则举例中就有15则是"《春秋》笔法"的研究，占了总数的1/10多，它们分别是《春秋》书法与修辞学、《春秋》书法与诗学话语、《春秋》书法与比兴之旨、《春秋》书法与语言诠释学、司马迁《史记》与《春秋》书法、《春秋》书法与文学评论、"赵盾弑其君"书法研究、《春秋》书法与叙事学、史家笔法与《春秋》书法、《春秋》书法与语法学、《左传》叙事与《春秋》书法、《左传》书法与桐城义法、《公羊》义例与《春秋》书法、《公羊传》属辞与《春秋》书法、《春秋》书法与《穀梁》学等。但实际上，从"《春秋》笔法"所涉及的诸多范围来讲，有关义例、义法、属辞比事、直书曲笔等方面的研究都属于"《春秋》笔法"研究。同样从这些列举的选题中

---

① 参见张高评《〈春秋〉经传研究选题举例》，《南京师范大学文学院学报》2004年第2期。张高评先生以三十年研究《春秋》经传的学养，从研究《春秋》学、《左传》学、《公羊》学、《穀梁》学的角度列举了大约144则学界多未触及、值得开发的研究选题，张高评说："上列144则研究选题，为笔者一得之愚，敝帚自珍，姑且献曝于学界同好，作为《春秋》经传研究之触发或参考。限于篇幅，未暇阐释申说，读者慧心参悟，必然冷暖自知。毅然投入研究，欣然深造有得，当然能详人之所略，异人之所同，重人之所轻，而忽人之所谨。"

可以看出对"《春秋》笔法"进行跨学科研究的趋势和学术走向，这些都有可能在将来成为《春秋》及三传研究的热点。

我们知道修辞是通过修饰或调整文辞来达到其特殊修辞效果的，而"《春秋》笔法"十分注重文辞字句的使用，其指向性目的明确，它是孔子展现和寄托自己政治理想的载体。

根据张高评所言可知，就"《春秋》笔法"同修辞之间的关系而言，从目前的研究现状来看尚无相关著述涉及此一领域，而钱锺书也说："昔人所谓'春秋书法'，正即修词学之朔，而今之考论者忽焉。"① 所以紧紧抓住"《春秋》笔法"同修辞的关系来展开相关研究则显然具有开拓性的学术价值。

由此，从研究《春秋》经传的基本文本出发，紧紧抓住前人所未曾涉及的《春秋》经传研究领域，对"《春秋》笔法"展开修辞学上的研究，一方面可以使本书的研究具有坚实的文本支撑，另一方面则可以获得更深、更广的研究空间。

对"《春秋》笔法"进行修辞学研究的学术价值还体现在：一方面通过对"《春秋》笔法"本质的探讨，可以促进传统经学研究的进一步深化，为传统经学研究开辟新的途径，亦可为经学的跨学科研究提供范例；另一方面亦可为古代文论的现代转换提供借鉴，促进其现代转型和现代阐释，进而促进经学、史学、文学、语言学、新闻学、哲学等学科研究的融合。

由此而得出本文的研究方法。

方法一：文本分析法。

由于本书的基本立足点是《春秋》及三传，所以文本分析是本书的基本研究方法。《春秋》纪事简略，每条经文长短不一，于用词上十分讲究，故有诸多难以解释会通之处，为了全面对其展开理解，借助三传解经显然不能偏废。由于三传解经存在差异，在许多问题上长期分歧四起，莫衷一是，那么借助

---

① 钱锺书：《管锥编》（第五册），中华书局 1986 年版，第 21 页。

基本的三传文本，进行内部证据的开掘就成为不可或缺的研究方法。如经文对鲁国国君（隐公、闵公、桓公）被弑均采取了内讳的笔法（均书"公薨"），而并非直书"某弑君"或"某杀君"，且被弑的原因多样，如果不结合三传文本显然是不能了解真相的。又如言"三体五例"展现修辞时，凡例继承前代，变例依旧例而发义，且有"书""不书""先书""故书""不言""不称""书曰""故书曰""追书"等诸多变化形式，孔颖达曰："诸传之所称'书'、'不书'、'先书'、'故书'、'不言'、'不称'及'书曰'七者之类，皆所以起新旧之例，令人知'发凡'是旧，七者是新发，明经之大义，谓之变例，以'凡'是正例，故谓此为'变例'。犹《诗》之有'变风'、'变雅'也。"① 由此可知，变例之考察必和凡例相结合才能彰显孔子笔削之大义，举例是主要的研究手段，这需要通过文本分析才能得知它们如何展现修辞。非例，有会盟始通、直书无例、直释见灭、主兵先后、朔晦无例、夷狄从同、称字省文、归国无例、名与不名、言及异辞、失时无例等诸多形式，那么结合《左传》文本一一具体展开分析显然也是必要之举。

方法二：语言修辞学分析方法。

现代修辞学的发展扩展了修辞学的研究范围，对字词句、段落、篇章等的修饰或调整都可成为修辞学的研究范围，对"《春秋》笔法"进行修辞学上的研究则必然会涉及相关字法、句法、章法的分析，所以采用语言修辞学的研究方法则是本书的第二种研究方法。如狩猎有"春苗""夏狝""秋蒐""冬狩"之区分，祭祀有"春曰祠""夏曰礿""秋曰尝""冬曰烝"之区分；句法上有句式的变化、句型的选择、句子之间的衔接、句式的语气等表现形式；段落上有相互之间的承接；篇章上有分析与综合、详略、顺叙、倒叙、补叙等叙述方式的运用，这

---

① 《春秋左传正义》，（清）阮元校刻：《十三经注疏》，第1706页。

些都需要通过语言分析的方法才能得出具体的修辞效果。

方法三：历史考据之法。

《春秋》记录了春秋时代鲁国十二公二百四十二年的历史，其内容繁杂而多样，由于时代久远和《春秋》流传过程中相关文本缺失，在对《春秋》及三传进行笔法研究时，基本史实的厘清则显得相当重要，所以历史考据之法则是本书的第三种研究方法。《春秋》之大义寄托在"弑君""亡国""出奔"等基本史事上，《史记·太史公自序》言"春秋之中，弑君三十六，亡国五十二，诸侯奔走不得保其社稷者不可胜数"，由于史书记载不完整，弑君、亡国、出奔等诸多事实就需要通过考据之法才能确定，虽然本书对三十六处弑君之史事进行了相关考证，但仍然有桓公六年"蔡人杀陈佗"、桓公十八年"公薨于齐"、哀公十四年"齐人弑其君壬于舒州"等诸多存疑之处，亡国之五十二也仅得二十七处，诸侯之出奔仅得十二处，但孔子于这些破坏礼仪的事件中寄托微言大义显然是无可置疑的。

方法四：综合分析研究之法。

自孔子修订《春秋》以来，对"《春秋》笔法"的研究代不乏人，本书则试图通过对历代诸多重要著述的考察，总结分析前人的成果，综合分析研究之法则成为第四种研究方法。本书的第一章就试图从学术史的角度来对百年"《春秋》笔法"的研究历程进行总结。20世纪初，传统经学在现代学术的冲击下逐渐解体，对《春秋》的研究亦被纳入史学的范围，但《春秋》学本身经史融合的特点决定了它向诸多学科渗透的趋势，经学、史学、文学是其涉及的主要领域，分析总结20世纪诸如康有为、皮锡瑞、刘师培、章太炎、胡适、钱玄同、顾颉刚、周振甫、钱锺书、敏泽等前辈学者的"《春秋》笔法"研究成果则可以为我们提供一种全新的学术视野。本书亦提出"《春秋》笔法"跨学科研究趋势之不可避免的观点，从而为传统经学的新生提供了契机，有助于古代文论的现代阐释。

方法五:"属辞比事"之法。

"属辞比事"之法出自《礼记·经解》,后世郑玄、孔颖达、程端学、王夫之、毛奇龄、章太炎均对此有不同的解读,或扩展"属辞比事"的研读范围,或扩展为研读《春秋》的基本方法,或视为一种学术研究方法。但总体来看,"属辞比事"仍是植根于《春秋》排比列举各国史事、采取不同文辞的写作方式。

历代尽管有对"属辞比事"的不同理解,但他们都没有否定"春秋大义"的客观存在性,并且都将"属辞比事"视为理解《春秋》一种基本方法。"属辞"是文辞的连缀,辞、事、义,是《春秋》文本的基本层面,意味着对文辞史事的剪裁、排比,在叙述历史时选择准确词语以表达其价值判断。"比事"是对史事的排比比较,是"《春秋》笔法"的前提,在比较史事的同时对史事进行筛选,体现着孔子的基本伦理价值观。"属辞比事"的目的是明其前因,得其后果,知其趋势,能知借鉴。它是对《春秋》总体特征的概括,从内容与方法上对"《春秋》笔法"进行了规约。以今日学术眼光看待"属辞比事",它不但可以作为"《春秋》笔法"的基本特征之一,而且可以成为研究《春秋》的基本方法。"属辞比事"从文本写作基本层面出发,可以上升到阐释理解层面,形成反推史实的能动力,从而建构起一种互动式的研究方法。"属辞比事"还可以成为一种具有普适性的文学创作方法和文学研究方法,这也是一种从具象到抽象、由审美体验到理论提升总结的研究方法。它将对《春秋》的基本研究方法扩展为史学的研究方法和具有普适性的文学创作和研究方法,并进而上升为哲学层面的研究方法以及解决现实问题之方法,因而具有重要的学术研究价值。

第四章　属辞比事与"《春秋》笔法"

《礼记·经解》言："属辞比事，《春秋》教也。"自"属辞比事"概念诞生后，历代学人对此颇多研读，时人各得一隅，争议绵延千年。自近代以来，随着传统经学的解体和现代学术的建立，对《春秋》等传统经学的研究被分化到文学、历史、哲学、伦理学等诸多现代学科门类中，《春秋》及三传学时至今日仍然热闹非凡。然而通观1949年以来的《春秋》学研究，对"属辞比事"的专门研究则相对显得比较沉寂。比较有代表性的有三篇文章，分别为：刘宁的《属辞比事：判例法与〈春秋〉义例学》[《北京大学学报》（哲学社会科学版）2009年第2期]、赵友林的《〈春秋〉学中的"属辞比事"》[《聊城大学学报》（社会科学版）2008年第1期]、崔存明的《属辞比事与疏通知远——由〈史传通说〉看美国学者中西史学比较研究的新思维》[《四川师范大学学报》（社会科学版）2005年第3期]。近年来，对属辞比事有研究的还有张金梅的《〈春秋〉笔法与中国文论》（中国社会科学出版社2012年版）等成果。

此外，对"属辞比事"研究就散见在诸多史学、文学专著中，如张孟伦的《中国史学史》（甘肃人民出版社1983年版）从"史书体例""笔削昭著""微而显，志而晦""属辞比事""布之民间""循环论""称天言命"七个方面论及了"《春秋》笔法"对后世史学的影响，白寿彝的《中国史学史》（第一册）（上海人民出版社1986年版）也从"属辞比事"的角度重点论及了"《春秋》笔法"对后世的"约其文辞而指博"

（《史记·孔子世家》），以及周远斌的《儒家伦理与〈春秋〉叙事》（齐鲁书社 2008 年版）等。

我国台湾地区以"属辞比事"为题做专门研究的有陈正治的硕士学位论文《春秋战事属辞研究》（台北东吴大学中国文学研究所，1993 年）、林秀富的硕士学位论文《论春秋的属辞比事》（台北辅仁大学中国文学研究所，1993 年）。

单篇论文有简宗梧的《左传属辞比事的成就：以记晋惠公与晋文公为例》（《东方杂志》1988 年第 10 期）及蔡妙真的《属辞比事——〈左传〉编年体与蒙太奇》（《经学论丛》2006 年第 2 辑）等。

另外张高评的专著《春秋书法与左传学史》（台北五南图书出版股份有限公司 2002 年版）及张素卿《叙事与解释——〈左传〉经解研究》（台北书林出版有限公司 1998 年版）对此有较为专门的研究。

总体来看，"属辞比事"作为《春秋》学中的重大问题，目前研究成果尚不丰硕，这是一个比较值得开拓的新领域。

第一节　"属辞比事"之本质考稽

追究本源，《礼记·经解》记载：

> 孔子曰：入其国，其教可知也。其为人也，温柔敦厚，《诗》教也；疏通知远，《书》教也；广博易良，《乐》教也；絜静精微，《易》教也；恭俭庄敬，《礼》教也；属辞比事，《春秋》教也。故《诗》之失愚，《书》之失诬，《乐》之失奢，《易》之失贼，《礼》之失烦，《春秋》之失乱。其为人也，温柔敦厚不愚，则深于《诗》者也；疏通知远而不诬，则深于《书》者也；广博易良而不奢，则深于《乐》也；絜静精微而不贼，则深于《易》者也；恭俭

庄敬而不烦，则深于《礼》者也；属辞比事而不乱则深于《春秋》者也。

郑玄注："属"犹"合"也，《春秋》多记诸侯朝聘会同，有相接之辞，罪辩之事。

孔颖达疏："属"，"合"也，比，近也。《春秋》聚合会同之辞，是属辞，比次褒贬之事是比事也。①

那么我们又应当如何理解"属辞比事"呢？历代有颇多不同的解释。

郑玄同孔颖达之说是就《春秋》本身的内容而言，"属"，为聚合会同（即会盟），"属辞"即为汇合会盟之外交辞令；"比"为比次，"比事"为比次褒贬之事，按此可知，"比"实际上有"比较"之意，而"次"则有排比次序之意。

元人程端学则进一步将"属辞比事"之意作了更广泛的扩展，他认为"属辞比事"有大小之分，大"属辞比事"即为比观、比较二百四十二年之事，小"属辞比事"为比观数年或数十年之事，由此可见"属辞比事"在程端学那里已经走向了一种整体性考察。程端学云："大凡《春秋》一事为一事者，常少一事而前后相联者常多，其事自微而至著，自轻而至重……夫《春秋》有大属辞比事，有小属辞比事。其大者合二百四十二年之事而比观之……其小者合数十年之事而比观之。"②

王夫之云："属辞，连属文字以成文，谓善为辞命也；比事，比合事之初终彼此以谋得失也。"③ 在王夫之那里，"属辞"之"辞"显然突破了郑玄和孔颖达所言的"外交辞令"而指向了文辞，"属辞"意为善于汇合文辞，"比事"意为比观事情之

---

① 《礼记正义》，（清）阮元校刻：《十三经注疏》，第 1609 页。

② （元）程端学：《春秋本义·通论》，《春秋本义》，文渊阁《四库全书》本。

③ （明）王夫之：《礼记章句·经解》，《船山全书》第四册，岳麓书社 1996 年版，第 1172 页。

始终而考察得失，可见王夫之的“属辞比事”扩展了“辞”的范围，将其指向了得失的考察而不仅限于褒贬之大义，“属辞比事”的范围和目的得到了进一步拓展。

毛奇龄则认为需要将“礼”作为理解“属辞比事”的核心理念，礼是准绳，文辞、史事必须合乎“礼”，通过对文辞、史事的“属合”去把握“春秋大义”，他说：“昔者孟子解《春秋》曰其事，则事当比也；曰其文，则其辞当属合也。而在夫子以前，晋韩起聘鲁，见鲁史《春秋》，即叹曰‘周礼尽在鲁矣’，则鲁史记事全以周礼为表志，而策书相传谓之礼经。凡其事其文一准乎礼，从而比之属之。虽前后所书偶有同异，而义无不同，并无书人、书爵、书名、书日之渎乱乎其间。而遍校之十二公二百四十二年之《春秋》，而无往不合，则真《春秋》矣。向非属辞，亦安知其文之联属如是也？……以礼为志，而其事其文以次比属，而其义即行乎礼与事与文之中。”①

章太炎云：

　　且孔子作《春秋》，本以和布当世事状，寄文于鲁，其实主道齐桓、晋文五伯之事。五伯之事，散在本国乘载，非鲁史所能具。为是博征诸书，贯穿其文，以形于《传》，谓之属辞比事。属辞比事，谓一事而涉数国者，各国皆记其一端，至《春秋传》乃为排比整齐。犹司马《通鉴》比辑诸史纪传表志之事同为一篇，此为属辞比事。②

在章太炎那里，“比事”之“事”主要被限定为齐桓公、晋文公等五伯之事，记录五伯之事则成为“属辞比事”，其意为用文辞记录五伯之事，类似《资治通鉴》的纪传表志，显然有

---

① （清）毛奇龄：《春秋属辞比事记》卷一，文渊阁《四库全书》本。

② 章太炎：《检论》，《章太炎全集》（三），上海人民出版社 1984 年版，第 411 页。

从纪传体史书来解读"属辞比事"之用意。① 张高评认为，"属辞比事""指连属前后之文辞，以比次其相类或相反之史事"②。

"属"，《说文解字》解为"连也"③。"比"，《说文解字》解为"密也"④。《宋本广韵·质韵》解释"比"为"比次"⑤，《宋本广韵·旨韵》解释为"并也"⑥。《宋本广韵·玉篇》："比，近也，近也。"⑦ 对"属辞比事"之"比"的理解应当同"例"结合起来，《说文解字》："例，比也。"⑧ 段玉裁注："此篆盖晚出，汉人少言例者。杜氏说《左传》乃云'发凡言例'。……经皆作列，作厉，不作迺。……《释文》：'例本作列，盖古比例字只作列'。"⑨ 《公羊传·僖公元年》："春王正月，公何以不言即位？继弑君，子不言即位，此非子也，其称子何？臣子一例也。"⑩ 《礼记·服问》："上附下附，列也。"郑玄注云："列，等比也。"⑪ 《说文解字》："列，分解也。"⑫ 也就是说"例"等同于"列"，"例"同"比"，也可以反过来推论"比"其实亦包含"例"之含义。《鬼谷子·反应》："言有象，

---

① 关于历代"属辞比事"含义的演变亦可参见张素卿《叙事与解释——〈左传〉经解研究》（台北书林出版有限公司 1998 年版）第三章"经解：'属辞比事'以释义"，在该书中，张素卿把"属辞比事"界定为"博采列国之'事'，依循时间序列将这些事迹缀辑成文，顺着这些事件的顺序条理比合编次，藉以判断是非得失，究明褒贬大义"（见该书第 128 页）。

② 张高评：《〈左传〉据事直书与以史传经》，《春秋书法与左传学史》，台北五南图书出版股份有限公司 2002 年版，第 27 页。

③ （汉）许慎：《说文解字》，中华书局 1963 年版，第 175 页。

④ 同上书，第 169 页。

⑤ 《宋本广韵》，中国书店 1982 年版，第 451 页。

⑥ 同上书，第 335 页。

⑦ 同上。

⑧ （汉）许慎：《说文解字》，中华书局 1963 年版，第 167 页。

⑨ （清）段玉裁：《说文解字注》，江苏广陵古籍刻印社 1997 年版，第 381 页。

⑩ 《春秋公羊传注疏》，（清）阮元校刻：《十三经注疏》，第 2246 页。

⑪ 《礼记正义》，（清）阮元校刻：《十三经注疏》，第 1659 页。

⑫ （汉）许慎：《说文解字》，中华书局 1963 年版，第 91 页。

事有比；其有象比，以观其次。象者，象其事；比者，比其辞也。"① 皮锡瑞说：

> 古无"例"字，"属辞比事"即"比例"。《汉书·刑法志》师古曰："比，以例相比况也。"《后汉书·陈宠传》注："比，例也。"夫子以《春秋》口授弟子，必有比例之说，故自言"属辞比事"为《春秋》教。《春秋》文简义繁，若无比例以通贯之，必至人各异说而大乱不能理。故曰"《春秋》之失乱"。乱，由于无比例，是后世说经之弊，夫子已预防之矣。②

赵友林在对历代"属辞比事"做了基本考察之后总结道："在早期，学者们对'属辞比事'的理解还比较简单，如郑玄等把'属辞比事'理解为孔子对《春秋》文辞、事实的一种编排。宋代以来，基于学派的不同与解释立场的不同，春秋学者对'属辞比事'作了不同的解释，于是'属辞比事'四个字变得复杂迷离起来。反对以书法义例说经的学者中，家铉翁、程端学等主张通过属合《春秋》文辞，比观其所记之事，在对事实的把握中，明其大义；毛奇龄主张要通过属比《春秋》经的辞与事，在对礼的把握中，明其褒贬大义；吴澄则从方法论的高度对'属辞比事'作了说明，认为'属辞比事'就是分析与综合的理解方法。而主张以书法义例解经的学者，如胡安国等，一方面也通过属比《春秋》之辞与事，在对事实的把握中明义，但另一方面又把它作为阐明书法的一种方法；清代后期的今文学者则完全把'属辞比事'看成阐明书法义例的一种方法。也

---

① 许富宏：《鬼谷子集校注》，中华书局2008年版，第26页。

② （清）皮锡瑞：《论〈春秋〉必有例，刘逢禄、许桂林〈释例〉大有功于〈公羊〉〈穀梁〉，（晋）杜预〈释例〉亦有功于左氏，特不当以凡例为周公所作》，《经学通论》，中华书局2017年版，第438页。

有学者在书法与史法之间采取调和的态度，如赵汸，他认为'属辞比事'首在阐明书法，但并不专就文字上立褒贬，而是要在比基础上推考事迹，明嫌疑是非。"① 故柳兴恩慨叹云"'属辞比事'四字从来亦未得其解！"② 其实通观历代对"属辞比事"之解释可知，对"属辞比事"的解释其实无外乎三种：其一，从"属辞比事"的基本含义出发，认为它是有关文辞、事实的一种编写原则；其二，由于对书法义例看法的分歧，反对书法义例的认为应当在把握文辞、事实的基础上掌握"春秋大义"，或将"属辞比事"视为一种方法，即分析与综合之法，或将礼视为春秋之根本，在对礼的理解把握中全面理解"春秋大义"；其三，赞成书法义例的直接将"属辞比事"视为书法义例的集中体现。但不管怎样，通过对文辞、事实的把握去理解"春秋大义"都是他们的基本立足点，也就是说，他们都没有否定"春秋大义"的客观存在性，同时将"属辞比事"视为理解《春秋》的一种基本方法，尽管对这种方法的理解有不同的观点。

其实就《礼记·经解》所言的"属辞比事"本身而言，其范围被限定在"六艺"之内，目的是教化民众，它是对《春秋》教化方式的总体概括。但随着时代的变化，其概念的内涵和外延也相应发生了变化，"属辞比事"亦成为"《春秋》笔法"基本特征之一，这可从宋赵汸《春秋属辞》、宋沈棐《春秋比事》、清毛奇龄《春秋属辞比事记》、清方苞《春秋比事目录》等相关著述中得到证明。

从"属辞比事，《春秋》教也"可知，就其"教"的本意而言，有教化的意思，"属辞比事"是对《春秋》总体特征的概括，它与"《春秋》笔法"有着紧密的联系，在某种程度上二者可以等同，《说文解字》对"教"的解释是："上所施，下

---

① 赵友林：《〈春秋〉学中的"属辞比事"》，《聊城大学学报》（社会科学版）2008 年第 1 期。

② （清）柳兴恩：《穀梁大义述》卷三，清刻《皇清经解》续编本。

所效也。"①《说文解字》对"效"的解释是:"象也",段玉裁注:"象当作像,像似也。"②《白虎通·右论三教所法》:"教者,何谓也?教者,效也,上为之,下效之。"③《文心雕龙·诏策》:"教者,效也,出言而民效也。契敷五教,故王侯称教。"④《墨经·小取》:"效者,为之法也。所效者,所以为之法也。故中效则是也,不中效则非也。"⑤ 这里之"法",指立论之法式和标准;而"效",则指建立标准以便"所效",合"法"为"是"(即"中效"),不合"法"为"非"。效,成为一种法度,一种标准,一种体例,一种规则,一种实践性极强的操作方法,亦发展为后来的"凡例"。由此我们可以对"属辞比事"之"教"做这样的理解:"属辞比事"从内容与方法上对《春秋》进行了规约,要求既有教化民众的内容,又给人们向善的路径。教之以内容,施之以方法,"属辞比事"本身包含了道与术的双重意蕴,这点恰好与"《春秋》笔法"的特点相符合。柳兴恩说:"属辞比事四字从来亦未得其解。今案,比事者,即述例之各类是也;属辞者,即顺文求之之类是也。一经一纬,而春秋之大义尽矣。"⑥ 经,即为史事;纬,即为运用文辞以寻史事。

张高评说:

依笔者管见,历代所谓《春秋》书法,可归纳为两类:其一,侧重内容思想者,如《左传》所谓"惩恶而劝善","上之人能使人昭明,善人劝焉,淫人惧焉",以及《公

① (汉)许慎:《说文解字》,中华书局1963年版,第69页。
② (清)段玉裁:《说文解字注》,江苏广陵古籍刻印社1997年版,第123页。
③ (清)陈立:《白虎通疏证》,中华书局1994年版,第371页。
④ 范文澜:《文心雕龙注》,人民文学出版社1958年版,第360页。
⑤ 孙诒让:《墨子间诂》,中华书局2001年版,第415页。
⑥ (清)柳兴恩:《穀梁大义述》卷三,清刻《皇清经解》续编本。

羊》学家阐扬之"微言大义",多属焉。其二,侧重修辞文法,如《左传》所谓"微而显,志而晦,婉而成章,尽而不汙","微而显,婉而辨",杜预所谓正例变例,皆属之。钱锺书曾称:"昔人所谓'《春秋》书法',正即修词学之朔,而今考论者忽焉。"即指修辞学、文章义法而言。①

由此可见,"比事"可作为"《春秋》笔法"的思想内容,即按照年月日的时间顺序来排比史事,杜预说:"《春秋》者,鲁史记之名也。记事者,以事系日,以日系月,以月系时,以时系年,所以纪远近,别同异也。故史之所记,必表年以首事,年有四时,故错举以为所记之名也。"②"属辞"可作为"《春秋》笔法"的修辞文法,即在叙述历史时选择准确的词语以表达其价值判断。"比事"即对史事的排比比较,是"《春秋》笔法"的前提,在比较史事的同时意味着对史事的筛选,体现着孔子的基本伦理价值观;"属辞"是文辞的连缀,辞、事、义是《春秋》文本的基本层面,"属辞"意味着对文辞史事的剪裁、排比。"属辞比事"的目的是明其前因,得其后果,知其趋势,能知借鉴。

那么,先秦时代又为何那么重视"属辞比事"呢?其实除了对文辞本身重要性的认知外,"言之无文,行而不远",还来自现实生产力条件的限制。钱锺书通过引述孙鑛、章学诚、阮元等人之言来说明古时候由于没有今日纸笔之便,只能采用漆文竹简进行记录,费时又费力,在这样的情况下,钱锺书认为:

① 张高评:《黄泽论〈春秋〉书法——〈春秋师说〉初探》,《春秋书法与左传学史》,台北五南图书出版股份有限公司2002年版,第155—156页。此外李洲良的论文《春秋笔法的内涵与外延》(《文学评论》2006年第1期)亦认为:"文法作为修辞手法从'《春秋》笔法'产生之日起就已存在,并蕴含在经法、史法之中。如果说经法乃惩恶劝善、经邦济世之原则和法度,那么文法乃是昭示经法、史法这些原则、法度的修辞载体。"

② 《春秋左传正义》,(清)阮元校刻:《十三经注疏》,第1703页。

"《春秋》著作,其事烦剧,下较汉晋,殆力倍而功半焉。文不得不省,辞不得不约,势使然尔。"① 这就点明了《春秋》文辞简略的性质,为了省文,就不得不十分重视文辞的运用,这实际上是先秦时代重视"属辞比事"的客观原因。

《春秋》中的"属辞比事"需要既在同类事件中找出不同点,同时又要在不同事件中找出相同点,《春秋》对同类事件有不同的写作方式和手段,由此形成《春秋》笔法,以此去展现"礼崩乐坏"的时代特点,体现出要建立新秩序的诉求。

第二节 "属辞比事"作为研读《春秋》之基本方法

以今日学术眼光看待"属辞比事",笔者以为它其实不但可以作为"《春秋》笔法"的基本特征之一,而且"属辞比事"同样可以成为一种学术研究的方法。从《春秋》本身来看,"属辞比事"就是按照时间序列列举各国发生的事件,然后采用不同的文辞加以记载。比事有比同与比异,有比详及比略,通过比较文辞运用的不同而得出相关褒贬义例,从而达到教化的目的。

以鲁国国君朝周为例,二百四十二年间鲁君朝王仅有三次,分别是:

> 僖公二十八年:公朝于王所。
> 僖公二十八年:天王狩于河阳。
> 　　　　　　　壬申,公朝于王所。
> 成公十三年:春三月,公如京师。

---

① 钱锺书:《管锥编》(第一册),中华书局 1986 年版,第 163 页。

　　僖公二十八年朝见的周王，乃周襄王，因为周襄王参加晋文公组织的践土之会，所以僖公得以朝见周襄王，同年，因为天王狩于河阳，故僖公得以再次朝见周襄王，但这两次朝见并非僖公亲自到京师去朝见周襄王。《左传·僖公二十八年》："是会也，晋侯召王，以诸侯见，且使王狩。仲尼曰：'以臣召君，不可以训。'故书曰'天王狩于河阳'，言非其地也，且明德也。"《史记·孔子世家》："践土之会实召周天子，而春秋讳之曰'天王狩于河阳'：推此类以绳当世。"

　　《史记·晋世家》：

　　　　冬，晋侯会诸侯于温，欲率之朝周。力未能，恐其有畔者，乃使人言周襄王狩于河阳。壬申，遂率诸侯朝王于践土。孔子读史记至文公，曰："诸侯无召王。'王狩河阳'者，《春秋》讳之也。"

　　杨伯峻注曰："隐晋文召君之失，明其勤王之德。"[1] 勤王即援助周襄王的意思。此处表达了委婉的双重意思，一层即晋文公召见周襄王实际上是无理的行为，晋文公想率领诸侯亲自去朝见周襄王，但担心自己的实力不够，有人反对，于是只好召见周襄王；另一层暗示着周王室的衰落，当时晋国势力强大，晋文公召见周襄王，想借助周襄王的名义来巩固自己在诸侯各国的领导地位，周襄王却不得不赴会，为了保全周王室的尊严，所以说是周襄王狩猎于河阳。当然，从周襄王的角度来讲，因为周王室的衰微，如果这时有众多的诸侯来朝见自己则证明周王室对诸侯的影响力还存在，至于在什么地方会见诸侯就不成为决策的首要因素了。从某种角度来讲，周襄王重视的是诸侯是否来朝见，有多少诸侯愿意来朝见，而不是具体的朝见地点，

----

① 杨伯峻：《春秋左传注》（一），中华书局1990年版，第473页。

这其实也在某种程度上反映了周襄王的无奈之情。

成公十三年，因为晋厉公来鲁国请求出兵共同伐秦，成公亲自参加伐秦，路过京师，遂得以朝见周简王。通观鲁君三次朝王，皆非主动前往，且前两次朝见地点都不是周都城，鲁国是一个比较尊崇王室的诸侯国，在二百多年间尚且仅有三次朝见周王，其余诸侯国家更可以想见，由此可见周王室的衰微及其在诸侯国君中的地位是何等低下。

再举一例：桓公夫人文姜，同齐襄公私通，结果造成了桓公在齐国被杀。《春秋》为了充分揭示文姜的罪恶，对文姜的事件皆加以记录，这些包括：

> 桓公三年：九月，齐侯送姜氏于讙。夫人姜氏至自齐。
> 桓公十八年：公与夫人姜氏遂如齐。
> 庄公元年：夫人孙于齐。
> 庄公二年：冬十有二月，夫人姜氏会齐侯于禚。
> 庄公四年：春王二月，夫人姜氏享齐侯于祝丘。
> 庄公五年：夏，夫人姜氏如齐师。
> 庄公七年：七年春，夫人姜氏会齐侯于防。冬，夫人姜氏会齐侯于谷。
> 庄公十五年：夏，夫人姜氏如齐。
> 庄公十九年：夫人姜氏如莒。
> 庄公二十年：春王二月，夫人姜氏如莒。
> 庄公二十一年：秋七月戊戌，夫人姜氏薨。

文姜与齐襄公乱礼始于桓公三年齐襄公亲自送其出嫁到讙不合迎娶之礼开始，到桓公十八年的兄妹通奸，再到庄公时期的几次私会齐襄公，文姜这样一个破坏礼仪的淫妇形象通过孔子笔削之法就逐渐凸显出来。文姜的不合礼主要体现在：她与齐襄公本为兄妹，却相互通奸，此为破坏伦理纲常之行为；齐襄公亲自送嫁到谨不合迎娶之礼；夫君被仇人所杀而久居仇人之国，此为无义；桓公尸骨未寒，却急于私会齐侯，此为无情；《春秋》中连诸侯享燕都不记录，却独记文姜享燕齐侯于祝丘，此为淫奢之行为；文姜与齐襄公私会不仅在鲁国境内，还在齐国境内，可见文姜与齐襄公之奸情肆无忌惮；文姜亲自前往齐国问候，此为不合归宁之礼。通过排比列举文姜诸多不合礼节的行为可知，文姜对礼仪纲常伦理的破坏甚矣，孔子笔削贬斥之深意亦据此得以昭显。"属辞比事"之法充分体现了古代记事的一种整体性思维方法，明辨事理，分析史实，辨析原理，总结陈词，这都构成了"属辞比事"的层次。

但是我们同时也需要看到的是，由于《春秋》采取编年体的形式，以事系日，以日系月，以月系时，以时系年，在同一类事件会间杂其他事件，这就会造成对《春秋》"属辞比事"理解上的难度。试举例如下：

《春秋·僖公二年》：虞师、晋师灭下阳。

《左传·僖公二年》：晋荀息请以屈产之乘与垂棘之璧假道于虞以伐虢。公曰："是吾宝也。"对曰："若得道于虞，犹外府也。"公曰："宫之奇存焉。"对曰："宫之奇之为人也，懦而不能强谏。且少长于君，君昵之，虽谏，将不听。"乃使荀息假道于虞，曰："冀为不道，入自颠轭，伐鄍三门。冀之既病，则亦唯君故。今虢为不道，保于逆旅，以侵敝邑之南鄙。敢请假道，以请罪于虢。"虞公许之，且请先伐虢。宫之奇谏，不听，遂起师。夏，晋里克、荀息帅师会虞师，伐虢，灭下阳。先书虞，贿故也。

《左传·僖公五年》：冬十二月丙子，朔，晋灭虢。虢公丑奔京师。师还，馆于虞，遂袭虞，灭之。执虞公及其大夫井伯，以媵秦穆姬，而修虞祀，且归其职贡于王。故书曰："晋人执虞公。"罪虞，且言易也。

僖公二年，虞国接受晋国的贿赂，并同晋师一同伐虢，结果造成虢国祭祀之地下阳被攻占。按此次晋国出兵，其为主导，虞国从之，但是何以虞师却在晋师之前呢？原来这里主要指出的是，由于虞国接受了晋国的贿赂，那么对于伐虢肯定是极力支持的，所以此处虞师排在晋师之前。但是这里隐然还有另外一层意思，从僖公五年的传文我们知道，虢国被灭，晋师回师途中却袭击了虞国，并抓住了虞公及其大夫井伯。从传文晋人"执虞公""罪虞，且言易也"来看，前面的"先书虞"就隐然具有了一种反讽的修辞效果，前面伐虢那么积极，结果却不想晋师会灭其国，"先书虞"同样为后面的"晋师执虞公"埋下了伏笔，前面是虞师在前，而后面是晋师执虞公，前后形成了鲜明的对照，所以也就有了贬斥的效果。

在"先书虞贿"的研究中，通过列举僖公二年、五年之经文和《左传》文可知，虞国接受晋国之贿赂，同晋国出兵灭下阳，后又借道于晋国，让晋国灭掉虢国，最终导致自己在晋国回师途中被其所灭，《春秋》对虞国贪图贿赂最终自取其亡的贬斥遂得以彰显。又如《春秋》在昭公三十年、三十一年、三十二年三书"公在乾侯"，其蕴含的深刻含义就在于不仅指出了昭公久在乾侯是因为昭公外不容于齐、晋等诸侯，内不容于本国的臣子，还委婉地点明了昭公本人的过失，实在有一种"哀其不幸，怒其不争"的深深无奈之情。

《春秋》"属辞比事"之法，以今日之学术眼光观之，其完全可以运用于《春秋》的学术研究之中。这在前人研究《春秋》的著述中有具体的呈现，如宋赵汸《春秋属辞》、宋沈棐《春秋比事》、清毛奇龄《春秋属辞比事记》、清方苞《春秋比事目录》、清孙嘉淦《春秋义》等。《四库全书总目提要》对孙嘉淦《春秋义》评价云："嘉淦以《春秋》一书比事属辞，经本甚明，无藉于传，乃尽去各传，反覆经文，就事之前后比而属之，寻其起止，通其脉络。其事俱存，义亦可见。"① 这里实际上指出了孙嘉淦研读《春秋》，写作《春秋义》一书的基本方法，即不借助三传，仔细反复研读《春秋》经文，将所记载的相关史事前后进行比较，厘清基本史事，寻获事件的原始起末和发展脉络，这样"春秋大义"就自然呈现出来了。

第三节　"属辞比事"作为方法论之拓展

"属辞比事"除了可以作为研究《春秋》的基本方法外，还可以作为史书的研究方法。《四库全书总目提要》对宋人章冲《春秋左氏传事类始末》评价云："（章冲）取诸国事迹，排比年月，各以类从，使节目相承，首尾完具……《春秋》一书，经则比事属词，义多互发；传文则或先经以始事，或后经以终义，或依经以辨理，或错经以合异。丝牵绳贯，脉络潜通。冲（章冲）但以事类裒集，遂变经义为史裁，于笔削之文，渺不相涉。"② 章冲是叶梦得的女婿，叶梦得深研于《春秋》，而章冲同样对《左传》颇有心得，但他对《左传》的研究显然同春秋经学家们对"春秋大义"的深究有显著区别，他将春秋各国史事按照年月分门别类，虽然也是对《左传》的研究，但并没有深入探究经义，从而形成连贯的纪事本末体史书，故《四库全书》将其从经部抽出来，列为史部类著述，由此可见"属辞比事"之法从经部扩展到史部，成为一种历史研究方法。

"属辞比事"之法在今人研读《春秋》的著述中亦有体现，如傅隶朴的《春秋三传比义》就可以视作是"属辞比事"在现代学术研究中的运用，其《自序》说："作者不揣其鄙陋，撰为是书，以传发经之微，以经正传之谬；于三传之得失，有可比

---

① （清）永瑢、纪昀主编：《四库全书总目提要·春秋义》，文渊阁《四库全书》本。
② （清）永瑢、纪昀主编：《四库全书总目提要·春秋左氏传事类始末》，文渊阁《四库全书》本。

较者，则比较其得失以为断，其或仅有一传，无可比较者，亦
必参伍其事义以为断，于后儒说《春秋》者之新义，有可以资
三传之印证者，亦偶引之，其于三传无涉者，概弃不取，免滋
纷挐。遇三传名物制度之欠考者，则引《诗》《礼》以补充之；
辞义之晦涩难晓者，则用白话翻译之，总期于比较中得其正确
的解释，能有涓滴之助于微言大义之领略。"① 对三传进行比较
的著述始于汉末马融的《三传异同说》（未传后世），其后有唐
陆淳《春秋集传辩疑》、宋刘敞《春秋权衡》、清顾栋高《三传
异同表》，近代以来又有廖平《春秋三传折衷》。傅隶朴之《春
秋三传比义》恰好是秉承前人之论，其着重点当在"比"（比
较）上，其基本研读方法为"经传互证"，以传来阐发《春秋》
经义之微婉，以经来匡正传之谬误。傅隶朴《春秋三传比义》
将"属辞比事"中的"比"扩展为一种更广泛的学术研究方
法，有比同，亦有比异；有三传互比，亦有史事互比；有前贤
与后儒论说之比，亦有典籍互证之比，但"春秋大义"必赖史
事方能呈现，"属辞比事"之法遂获新意。从史事文本写作基本
层面出发，"属辞比事"可以上升到阐释理解层面，形成反推史
实的能动力，从而建构起一种互动式的研究方法。

　　除此之外，"属辞比事"还可以成为一种具有普适性的文学
创作方法和学术研究方法，钱锺书先生在《谈艺录》中谈及自
己的治学方法时说："及入大学，专习西方语文。尚多暇日，许
敦宿好。妄企亲炙古人，不由师授。择总别集有名家笺释者讨
索之，天社两注，亦与其列。以注对质本文，若听讼之两造然；
时复检阅所引书，验其是非。欲从而体察属词比事之惨淡经营
（着重号为笔者所加），资吾操觚自运之助。渐悟宗派判分，体
裁别异，甚且言语悬殊，对强阻绝，而诗眼文心，往往莫逆冥

---

① 傅隶朴：《春秋三传比义·自序》，《春秋三传比义》，台湾商务印书馆1983年版。

契。"① 显然，钱锺书此处所言的 "属词比事" 就含义上来讲是不同于《礼记·经解》中的 "属辞比事"② 的，钱锺书认为 "属词比事" 是黄庭坚作诗的基本方法，黄庭坚的诗歌理论强调 "夺胎换骨" 和 "点铁成金"，即在诗歌创作实践中可以师承前人之词或前人之意，"以故为新"，常袭用前人诗意而略改其词，讲究用词的来历，追求字字有出处，通过相似的遣词造句来传递情意。因为 "以故为新" 有对前人诗意的袭蹈，这就需要在描绘同一类事物的时候采用不同的言辞，或用类似的言辞表达对不同事物的见解，所以与 "属辞比事" 所强调的事同辞异或事异辞同有相通之处。

周振甫先生在论及钱锺书先生治学经验和如何提高诗歌鉴赏力时指出：

> 钱先生十六岁时从读选本入手，有《古文辞类纂》《骈体文钞》《十八家诗抄》，即对古文、骈文、大家名家诗都读了。进一步结合任渊注来读《山谷集》《后山集》，用法官断案的眼光，把作者和注者看作两造，看注释是否符合作者的情意，用老吏断狱的方法来作判断。这样就要查对书证，寻根究柢，索阅所引书，验其是非。这种老吏断狱的读书法，确实是做到切实的研究。钱先生这样做的用意，还不在于看任渊注的是否正确，在于通过纠正任渊注的疏失与不足，找出黄庭坚诗用词的来历，进而探索他的诗句中所表达的情意，结合他所表达的情意和用词造句来探索

---

① 钱锺书：《谈艺录》（补订本），中华书局1984年版，第346页。

② 意思和言语的结合为 "词"，是对事物的描绘和言语，而 "辞" 则为文字篇章之组合，"辞" 从本源上当为 "词"，"辞" 实根源于 "词"，自秦汉以来就存在 "辞" 同 "词" 之间混用的情况，《史记·儒林列传》："是时天子方好文词。"《晋书·王接传》："挚虞、束皙等并详览载籍，多识旧章，奏议可观，文词雅赡，可谓博闻之士也。" 所以，钱锺书此处所言之 "属词比事" 可与《礼记·经解》中的 "属辞比事" 通用（可参见本书第六章，着重号为笔者所加，以表强调）。

他的表达方法，即"体察属词比事之惨淡经营"，运用到自己的创作中去，"资吾操觚自运之助"。通过这样研究，懂得作者怎样形成各个流派，具有怎样不同的风格，甚至用词造句也有不同，从而探索到作者的诗眼文心，诗眼即作者在用词上的惨淡经营，文心即作者在表达情意上的用心。这样的研究，就接触到刘勰讲的"擘肌分理"，对作品的词语结构作细致分析，得出他所要表达的情意，和所运用的艺术技巧。也像严羽说的"取心析骨"，"取心"即指探索作者的灵魂，"析骨"即指分析作者的文词。

　　钱先生又说："欲从而体察属词比事之惨淡经营"，《对话》[①]中讲到："王：钱先生曾说，'我有兴趣的是具体的文艺鉴赏和评判'。他正是从苦心搜集的大量资料基础上，加以选择、排比、综合、分析，也就是说，一切从具体特殊的审美经验和事实出发，来进行经验的描述、一般的概括和理论的推演，从具体上升到抽象，来把握古今中外相同和相通的'文心'或人类一般的艺术思维。例如徐俯有一联名句：'一百五日寒食雨，二十四番花信风。'《宋诗选注》指出此联名句曾为南宋陆游、楼钥、彭陶孙、钱厚等人所摹仿，又为金人张公药所沿袭，连类引证，充分反映了江西诗派'脱胎换骨'的时代风尚和影响。"按陆游《春日绝句》："二十四番花有信，一百七日食犹寒。"陆游的诗句显然摹仿徐俯，一百五日指距冬至一百五日为寒食节，一百七日已过了寒食节，所以徐俯句显得自然。这里既体会到属词比事的不同，也看到江西诗派的影响[②]。

由此可见，"属辞比事"之法在钱锺书那里已经成为其进行

---

① 《对话》即《关于〈宋诗选注〉的对话》。

② 周振甫、冀勤编著：《钱钟书〈谈艺录〉读本》，上海教育出版社1992年版，第3—5页。

学术研究的一种非常重要的方法，他创造性地将"属辞比事"运用到学术研究中去，从而让"属辞比事"之法具有更多现代学术研究的品格，即苦心搜集研读各种文献资料，进而采取筛选、描述、分类、排比、概括、分析、综合等方法，来体会和把握古今中外相同的艺术思维，这也是一种具象到抽象、由审美体验到理论提升总结的研究方法，即刘勰所说的"擘肌分理"（通过对词语结构等艺术技巧的分析来把握作家所要表达的思想情感）和严羽所说的"取心析骨"（对作品文辞结构进行分析来探索创作者的内在思想灵魂）。

综上，"属辞比事"从对《春秋》典籍的基本研究方法扩展到史学的研究方法和具有普适性原则的学术研究方法，并进而上升为哲学层面的研究方法，上升为解决现实问题之方法，到汉代则成为判例之法，罗喻义言："昔者汉世治春秋，用以折大狱、断国论。董仲舒作《春秋决事比》，朝廷有大议，使使者就其家问之，其对皆有明法。何休以《春秋》驳汉事，服虔又以《左传》驳何休所驳汉事六十条。故曰：属辞比事，《春秋》教也。"① "属辞比事"对汉代社会产生了深刻的影响，此是另外之话题，暂且不述②。

---

① （明）罗喻义：《〈春秋明微〉序》，（清）朱彝尊《经义考》卷二〇七，文渊阁《四库全书》本。

② 可参见刘宁的论文《属辞比事：判例法与〈春秋〉义例学》，《北京大学学报》（哲学社会科学版）2009 年第 2 期。

第五章 从清华简《系年》与《春秋》 经传记录国君死亡事件看 "《春秋》笔法"

通过对清华简《系年》中国君死亡事件不同记述方式的整理，并与《春秋》经传相互对照可知，清华简《系年》在记载国君的正常死亡时与《左传》有相通之处，都有"即世"和"卒"的记述方式。清华简《系年》在记述一国之君杀另外一国君的时候都采用"杀"字，而不用"弑"字，其基本句式表现为"某杀某"，这点与《春秋》经传的记载类似。清华简《系年》在记载国君被该国臣子所杀的时候，很多采用了"杀"字，这与《春秋》经传在记述时采用"弑"字表明褒贬明显不同。清华简《系年》对孺子王被楚灵王所杀、楚灵王被公子比所杀都没有非常明确地采取"某杀某"的记述方式，这可能与清华简《系年》的记述者为楚国人有关，对本国国君的遇害采取了"内讳"的方式。对"弑君"事件的不同处理，可佐证孔子确实对《春秋》进行了修订及"《春秋》笔法"的存在。

第一节 《系年》与《春秋》经传纪事 编年的方式不同

收入整理报告《清华大学藏战国竹简（二）》的清华简《系年》（以下简称《系年》）于 2011 年 12 月出版发行①，该报

---

① 清华大学出土文献研究与保护中心：《清华大学藏战国竹简（二）》，中西书局 2011 年版。

告"原无篇题,因篇中多有纪年,文字体例与若干内容又近似西晋汲冢出土的〈竹书纪年〉,故拟题为《系年》"①,其内容主要记录春秋至战国早期晋、楚两国的霸业发展史,但《系年》记述西周到春秋战国前期的史事,因此其对某些历史事件的记述可同《春秋》经传相互印证,从而得见先秦历史著述之间的差异。

关于《系年》的性质目前学界尚无定论,如宋镇豪认为,《系年》是楚国史官所作的具有纪年大事意义的史书。美国芝加哥大学教授夏含夷认为,中国上古时期主要有两种纪年形式的史书,一种是单国的历史编年,一种是多个国家综合、比较的编年体,《系年》属于后者。中国文化遗产研究院研究员胡平生认为,《系年》可能是一部相关史料的摘抄本,可能是楚国史官从周王室史官或从其他有纪年记录的史官记录中将有关楚国或者楚、晋关系的材料整理、编纂而成的,并非独立成篇的古书。② 许兆昌、齐丹丹所发表的论文《试论清华简〈系年〉的编纂特点》一文则认为:"其述史,因事成篇,纪事本末;其谋篇,统一规划,布局宏大;其叙事,重视时间,前后照应;其所载史迹,记事为主,少量记言。""从体例看,各章皆具因事成篇的特点,应是一部具有纪事本末体性质的早期史著。"③ 由此可见,《系年》的纪事特点一方面与《竹书纪年》有相同之处,另一方面又有很大的不同之处。关于《系年》作者,李学勤最初则认为"《系年》一篇字体是楚文字,但不能由此直接推论这是楚国人的著作"④,其后则认为其作者为楚国人⑤。从

---

① 清华大学出土文献研究与保护中心:《清华大学藏战国竹简(二)》,中西书局 2011 年版,第 135 页。

② 胡平生:《清华简〈系年〉或有助填补周代研究空白》,《中国社会科学报》2011 年 12 月 22 日。

③ 许兆昌、齐丹丹:《试论清华简〈系年〉的编纂特点》,《古代文明》2012 年第 2 期。

④ 李学勤:《清华简〈系年〉及有关古史问题》,《文物》2011 年第 3 期。

⑤ 李学勤:《由清华简〈系年〉论〈纪年〉的体例》,《深圳大学学报》(社会科学版)2012 年第 2 期。

《系年》各章记述的内容来看，"其一至四章述及西周事迹，说明周王室如何衰落，晋、楚、秦、卫等诸侯国怎样代兴。第五章以下叙述春秋到战国前期的史事"①。综合考察《系年》的记述内容，可将全部二十三章其划分为四个部分：第一章为第一部分，归纳了西周史事；第二、三、四、五章为第二部分，分述诸侯国发展简史，诸侯代兴；第六、七、八、九、十、十四、十七、十八、二十章为第三部分，以晋国为中心，描述晋国的史事；第十一、十二、十三、十五、十六、十九、二十一、二十二、二十三章为第四部分，以楚国为中心，描述楚国的史事。在全部二十三章中，晋国与楚国所占的章数竟然同为九章，其中第六章和第十八章分别记述了晋楚之间的外交和战争关系。在记述晋国和楚国史事的时候，并非分别叙述，而是采取了穿插的方式，时间先后顺序被打乱，如第十五章，言及楚庄王、楚共王、楚灵王、楚景平王、楚昭王，但该章未言及楚灵王的即位；第十六章则回述了楚共王的史事；第十八章则追溯楚灵王之前的楚康王、孺子王，显然，年代顺序被打乱不应当是整理者的错误，因为每简背后原有顺序编号。这一显著特点，明显与编年体史书按时间先后顺序记述不同，试比较《系年》第七章与《春秋·隐公三年》的记载：

《系年》第七章：

> 晋文公立七年，秦、晋围郑，郑降秦不降晋，晋人以不悆。秦人豫戍于郑，郑人属北门之管于秦之戍人，秦之戍人使归告曰："我既得郑之门管也，来袭之。"秦师将东袭郑，郑之贾人弦高将西市，遇之，乃以郑君之命劳秦三帅。秦师乃复，伐滑，取之。晋文公卒，未葬，襄公亲率

① 清华大学出土文献研究与保护中心：《清华大学藏战国竹简（二）》，中西书局2011年版，第135页。

师御秦师于崤，大败之。秦穆公欲与楚人为好，焉脱申公仪，使归求成。秦焉始与晋执乱，与楚为好。

《春秋·隐公三年》：

　　三年春王二月，己巳，日有食之。三月庚戌，天王崩。夏四月辛卯，君氏卒。秋，武氏子来求赙。八月庚辰，宋公和卒。冬十有二月，齐侯、郑伯盟于石门。癸未，葬宋穆公。

通过比较，我们会发现《系年》纪年方式大体采用"某公某年"的方式，而《春秋》的纪年方式则显得更为具体，不仅有鲁国国君的纪年、周王的纪年，同时还有月份和具体日期的记载，杜预说："《春秋》者，鲁史记之名也。记事者，以事系日，以日系月，以月系时，以时系年，所以纪远近，别同异也。故史之所记，必表年以首事，年有四时，故错举以为所记之名也。"[1] 这显然同《春秋》的编年记述方式不同。

第二节　关于《春秋》笔法

《春秋》是鲁国的一部编年体史书，它记载了从隐公元年（前722）到哀公十四年（前481）鲁国十二公，总共二百四十二年的历史。从编年史的角度来讲，《春秋》应当是一部极为平常的史书，但是孟子说："世衰道微，邪说暴行有作。臣弑其父者有之，子弑其父者有之。孔子惧，作《春秋》。《春秋》，天子之事也。故孔子曰：'知我者其惟《春秋》乎，罪我者其惟

---

① 《春秋左传正义》，（清）阮元校刻：《十三经注疏》，第1703页。

《春秋》乎.'"① 他还说:"王者之迹熄而《诗》亡,《诗》亡然后《春秋》作。晋之《乘》、楚之《梼杌》、鲁之《春秋》,一也:其事则齐桓、晋文,其文则史。孔子曰:'其义则丘窃取之矣。'"② 自此开始,后世儒家无论是今文学家还是古文学家,便根据孟子所给予《春秋》的种种阐释开始了对其"义例""微言大义""书法"的发掘,从而形成了贯穿两千年《春秋》学史的"《春秋》笔法"。

《史记·太史公自序》云:

夫《春秋》,**上明三王之道,下辨人事之纪,别嫌疑,明是非,定犹豫,善善恶恶,贤贤贱不肖,存亡国,继绝世,补敝起废,王道之大者也**。(黑体为笔者所加,下同)……《春秋》以道义。拨乱世反之正,莫近于《春秋》。《春秋》文成数万,其指数千。万物之散聚皆在《春秋》。**《春秋》之中,弑君三十六,亡国五十二,诸侯奔走不得保其社稷者不可胜数**。察其所以,皆失其本已。故《易》曰"失之豪厘,差以千里"。故曰"臣弑君,子弑父,非一旦一夕之故也,其渐久矣"。故有国者不可以不知《春秋》,前有谗而弗见,后有贼而不知。为人臣者不可以不知《春秋》,守经事而不知其宜,遭变事而不知其权。为人君父而不通于《春秋》之义者,必蒙首恶之名。③

《史记·孔子世家》:

子曰:"弗乎弗乎,君子病没世而名不称焉。吾道不行

---

① 《孟子正义》,(清)阮元校刻:《十三经注疏》,第 2714 页。

② 同上书,第 2727—2728 页。

③ (汉)司马迁:《史记》,中华书局 1999 年版,第 2492 页。

矣，吾何以自见于后世哉?" 乃因史记作《春秋》，上至隐公，下讫哀公十四年，十二公。据鲁，亲周，故殷，运之三代。约其文辞而指博。故吴楚之君自称王，而《春秋》贬之曰 "子"；践土之会实召周天子，而《春秋》讳之曰 "天王狩于河阳"：推此**类以绳当世。贬损之义，后有王者举而开之。《春秋》之义行，则天下乱臣贼子惧焉。**①

这几条引文都毫无例外地提及孔子作《春秋》的缘起和目的，并认为《春秋》是有微言大义的，《汉书·艺文志》云 "昔仲尼没而微言绝"②，《汉书·楚元王传》中刘歆亦云："及夫子没而微言绝，七十子终而大义乖。"③ 所谓 "微言大义" 指孔子用精妙简洁的文辞来表达深刻的含义，即司马迁所说的 "约其文辞而指博"。周振甫则认为 "微言" 是 "言外之意，要旨"④。《史记·太史公自序》重点指出此种大义的重要表现就在于对 "弑君" "弑父" 的反驳，通过 "上明三王之道，下辨人事之纪，别嫌疑，明是非，定犹豫，善善恶恶，贤贤贱不肖，存亡国，继绝世，补敝起废"，以此来成 "礼义之大宗"。皮锡瑞说："《春秋》有大义，有微言。所谓大义者，诛讨乱贼以戒后世是也；所谓微言者，改立法制以致太平是也。"⑤

当然，对 "《春秋》笔法" 的是否存在亦不乏怀疑者，汉代的王充指出："孔子因旧故之名，以号《春秋》之经，未必有奇说异意，深美之据也。"⑥ 他又说："盖纪以善恶为实，不以日月为意。若夫《公羊》《穀梁》之传，日月不具，辄为意使。

---

① （汉）司马迁：《史记》，中华书局 1999 年版，第 1563 页。
② （东汉）班固：《汉书》，中华书局 1962 年版，第 1701 页。
③ 同上书，第 1968 页。
④ 周振甫：《文心雕龙注释·史传第十六》，人民文学出版社 1981 年版，第 174 页。
⑤ （清）皮锡瑞：《论〈春秋〉大义在诛讨乱贼，微言在改立法制，孟子之言与〈公羊〉合，朱子之注深得孟子之旨》，《经学通论》，中华书局 2017 年版，第 366 页。
⑥ 黄晖：《论衡校释》（四），中华书局 1990 年版，第 1139 页。

失平常之事，有怪异之说；径直之文，有曲折之义，非孔子之心。"① 朱熹也指出："《春秋》所书，如某人为某事，本据鲁史旧文笔削而成。今人看《春秋》，必要谓某字讥某人。如此，则是孔子专任私意，妄为褒贬！孔子但据直书而善恶自著。"②"《春秋》大旨，其可见者：诛乱臣，讨贼子，内中国，外夷狄，贵王贱伯而已。未必如先儒所言，字字有义也。想孔子当时只是要备二三百年之事，故取史文写在这里，何尝云某事用某法？某事用某例邪？"③ 当代学人杨伯峻甚至对孔子是否修订《春秋》表示了怀疑："孔丘实未尝修《春秋》，更不曾作《春秋》……那么《春秋》与孔丘究竟有什么关系呢？我认为孔丘曾经用《鲁春秋》作过教本，传授弟子。"④

　　春秋时代，王道衰微，诸侯纷起，邪说暴行产生，弑君、弑父有之，礼崩乐坏起兴，是故孔子修《春秋》，以彰显王道大义，以达拨乱反正之目的，由此形成"《春秋》笔法"。

　　《春秋》微言大义主要表现为对"弑君""弑父"的反驳，其事实的主要依据就在于"弑君三十六""亡国五十二"，诸侯亡国奔走不可胜数。《春秋繁露·盟会要第十》云："是以君子以天下为忧也，患乃至于弑君三十六，亡国五十二，细恶不绝之所致也。"⑤《汉书·楚元王传》载刘向言："当是时，祸乱辄应，弑君三十六，亡国五十二，诸侯奔走，不得保其社稷者，不可胜数也。"⑥《说苑·建本》载公扈子言："《春秋》之中，弑君三十六，亡国五十二，诸侯奔走，不得保其社稷者甚众，未有不先见而后从之者也。"⑦《春秋繁露》和《汉书》都说

---

①　黄晖：《论衡校释》（四），中华书局 1990 年版，第 1140 页。

②　（宋）黎靖德：《朱子语类》（第六册），王星贤点校，中华书局 1986 年版，第 2146 页。

③　同上书，第 2144 页。

④　杨伯峻：《春秋左传注》（一），中华书局 1990 年版，第 15 页。

⑤　（清）苏舆：《春秋繁露义证》，钟哲点校，中华书局 1992 年版，第 141 页。

⑥　（东汉）班固：《汉书》，中华书局 1962 年版，第 1937 页。

⑦　向宗鲁：《说苑校证》，中华书局 1987 年版，第 69 页。

"弑君三十六""亡国五十二"，那么实际情况又是怎么样的呢？就春秋时期实际上弑君和亡国的数字来看，弑君实不足三十六，而亡国也不足五十二，汪克宽说："通诸一《经》弑君二十有五，称世子弑者三，楚商臣、蔡般、许止；公族而削其属与氏者四，卫州吁、齐无知、宋督、宋万；称公子者三，齐商人、郑归生、楚比；大夫而称氏称名者六，晋里克、赵盾、陈夏征舒、齐崔杼、陈乞、卫宁喜；称人者三；称国者四；称阍称盗者各一。"① 而顾栋高却说："春秋弑君者二十有五，称人者三，称国者四。"由是而得弑君之数为三十二，而顾栋高同时又说："夫弑君之贼，大抵当国者居多，其情必不肯以实赴。今使后世有杀人者不得其名姓，则有当日之勘验，有司之鞠审，大吏之驳诘，而后真犯始出。《春秋》无是也，天王不问，列国不问，苟本国之臣子与为比党，而以委罪于微者赴，则鲁史无从而得其是非之实，只得从其赴而书之。"② "臣弑其君，子弑其父，其以实赴者几何，其罪必有所诿，大都微者当之也。"③ 正是因为顾栋高所说的这些原因，才使得虽然同是弑君事件，但在实际的书写过程中却有书"弑"与书"杀"以及不书的区别，这就造成了弑君事件总数的不一致。《系年》对当时国君死亡的记载有十七例。

第三节　《系年》记载国君死亡事件与《春秋》经传对照

《春秋》微言大义主要表现为对"弑君""弑父"的反驳，其事实的主要依据在于"弑君三十六""亡国五十二"，诸侯亡

---

① （元）汪克宽：《春秋经传附录纂疏》卷二，文渊阁《四库全书》本。
② （清）顾栋高：《春秋乱贼表叙》，《春秋大事表》（第三册），中华书局 1993 年版，第 2496 页。
③ 同上书，第 2505 页。

国奔走不可胜数。《系年》亦有关于国君死亡事件的记录，我们可以结合《春秋》经传对二者进行对照研究，由此考察二者在记录历史事件方面的差异。

《春秋》经传在记述国君被杀的时候多采用"弑""杀""薨""卒"以及"不书"等方式。

（1）采用"弑"的

隐公四年：戊申，卫州吁弑其君完。

桓公二年：二年春，王正月，戊申，宋督弑其君与夷及其大夫孔父。

庄公八年：冬十有一月癸未，齐无知弑其君诸儿。

（2）采用"杀"的

襄公二十九年：阍杀吴子余祭。

哀公四年：春王二月庚戌，盗杀蔡侯申。

（3）采用"薨"的

隐公十一年：冬十有一月壬辰，公薨。

闵公二年：秋八月辛丑，公薨。

（4）采用"卒"的

庄公三十二年：冬十月己未，子般卒。

文公十八年：冬十月，子卒。

襄公七年：十有二月，公会晋侯、宋公、陈侯、卫侯、曹伯、莒子、邾子于鄬。郑伯髡顽如会，未见诸侯，丙戌，卒于鄵。①

昭公元年：冬十一月己酉，楚子麇卒。②

哀公十年：三月戊戌，齐侯阳生卒。

---

① 《左传·襄公七年》："郑僖公之为大子也，于成之十六年与子罕适晋，不礼焉。又与子丰适楚，亦不礼焉。及其元年朝于晋，子丰欲愬诸晋而废之，子罕止之。及将会于鄬，子驷相，又不礼焉。侍者谏，不听；又谏，杀之。及鄵，子驷使贼夜弑僖公，而以疟疾赴于诸侯。"

② 《左传·昭公元年》："冬，楚公子围将聘于郑，伍举为介。未出竟，闻王有疾而还。伍举遂聘。十一月己酉，公子围至，入问王疾，缢而弑之，遂杀其二子幕及平夏。"

而《系年》中记录国君死亡时大体采用以下的方式。

第一，即世，其意思为亡卒，按照现在的理解为正常死亡，《系年》中记载即世的国君分别为：

第二章，武公即世，庄公即世。

第四章，文公即世。

第十一章，穆公即世。

第十五章，庄王即世，灵王即世，景平王即世。

第十八章，康王即世，孺子王即世，晋庄平公即世，景平王即世。

第十九章，景平王即世，昭王即世。

第二十章，阖卢（即阖闾）即世。

第二十三章，声王即世。

《左传》记载君主或王后去世，也用"即世"，如《左传·成公十三年》："无禄，献公即世"，"无禄，文公即世"。《左传·成公十六年》："自我先君宣公即世。"《左传·襄公二十九年》："子西即世，将焉辟之？"《左传·昭公十九年》："其即世者，晋大夫而专制其位。"《左传·昭公二十六年》："穆后及大子寿早夭即世。"

第二，早逝，即去世得早。

《系年》第十八章，昭公、倾公皆早世①。据《左传》，晋昭公在位六年，晋倾公在位十四年。

第三，卒。

《系年》中国君死亡记载"卒"的地方有八处：

第四章，戴公卒。

第六章，献公卒，乃立奚齐。

晋惠公卒，怀公即位。

---

① 可分别见《春秋·昭公十六年》："秋八月己亥，晋侯夷卒。"《春秋·昭公三十年》："夏六月庚辰，晋侯去疾卒。"

第八章，晋文公卒，未葬。

第九章，晋襄公卒，灵公高幼。

第十二章，楚师未还，晋成公卒于扈。

第十六章，景公卒，厉公即位。

第二十二章，宋悼公将会晋公，卒于鼬。

许慎《说文解字》："隶人给事者衣为卒"①，后来指人死后敛尸备葬，指人的死亡。《礼记·曲礼》："天子死曰崩，诸侯死曰薨，大夫死曰卒，士曰不禄，庶人曰死。"《公羊传·隐公三年》："大夫曰卒"，但实际上对诸侯国君的死亡，当时并没有完全采用《礼记》中的划分方式，杨伯峻《春秋左传词典》指出"卒"有八种含义，其中一种为"死，逝世"②，陈克炯《左传详解词典》指出"卒"有九种含义，其中一种为"动词，死。诸侯、大夫死皆称卒"③。如《春秋·哀公十年》："三月戊戌，齐侯阳生卒。"《春秋·隐公元年》："公子益师卒。"

第四，在记述国君被杀的时候则采用"杀"，"杀"是一个中性的词语，记录本身不带有记录者个人的情感好恶。在《系年》中记录国君被杀大体分如下情况。

（1）诸侯杀携惠王

携惠王并非正统的周王，《系年》第二章记载："邦君诸正乃立幽王之弟余臣于虢，是携惠王。立廿又一年，晋文侯仇乃杀惠王于虢。"本章前部分其中详述了周幽王立储所引发的动乱，结果造成周二王并立，后来携惠王被晋文侯所杀，从而结束周二王并立的局面。《左传·昭公二十六年》："至于幽王，天不吊周，王昏不若，用愆厥位。携王奸命，诸侯替之，而建王嗣，用迁郏鄏。"孔颖达疏："《汲冢书纪年》云：'平王奔西申，而立伯盘以为大子，与幽王俱死于戏。先是，申侯、鲁侯

---

① （清）段玉裁：《说文解字注》，江苏广陵古籍刻印社1997年版，第397页。

② 杨伯峻：《春秋左传词典》，中华书局1988年版，第355页。

③ 陈克炯：《左传详解词典》，中州古籍出版社2004年版，第202页。

及许文公立平王于申, 以本大子, 故称天王。幽王既死, 而虢公翰又立王子余臣于携, 周二王并立。二十一年, 携王为晋文公所杀。'以本非适, 故称携王。束晳云:'案《左传》携王奸命, 旧说携王为伯服, 伯服古文作伯盘, 非携王。伯服立为王积年, 诸侯始废之而立平王。'其事或当然。"① 由《系年》可知, 周幽王死亡之后, 曾经有九年无王, "周亡王九年", 对照《左传》, 周幽王去世九年后, 周平王在晋文侯的支持下取得王位, 这与孔颖达的疏文显然不同。与周平王并立的还有携惠王, 据《系年》可知, 携惠王在周幽王被杀之后就被拥立, 但携惠王并没有被诸侯所承认。携惠王之所以未被诸侯所认可, 大体有两种原因: 一是携惠王余臣是周幽王的弟弟, 君王去世后首先继承王位的应当是君王的儿子, 而非君王的兄弟, 而周平王是周幽王正妻所生, "周幽王取妻于西申, 生平王", 是名正言顺的王位继承人。二是拥立携惠王的诸侯为虢公, 虢国在当时是小国, 实力显然不如晋国, 所拥立的携惠王其号召力自然不如晋国。由此可知, 晋文侯杀携惠王的时候, 周平王已经被拥立, 否则晋文侯杀携惠王就成了 "弑君", 这在当时是不可想象的, 为了维护周平王, 杀携惠王自然就成了一种正义的 "讨贰" 行为。所以晋文侯杀携惠王自然也就不是什么乱臣贼子作乱犯上的行为。对于此次杀 "君" 事件,《春秋》经传并没有详细的记载。

（2）诸侯国君杀诸侯国君

《系年》第二章, 齐襄公杀郑子亹:"齐襄公会诸侯于首止, 杀子眉寿, 车辕高之渠弥, 改立厉公, 郑以始正。"

《春秋·桓公十八年》:"秋七月。"《左传·桓公十八年》:"秋, 齐侯师于首止, 子亹会之, 高渠弥相。七月戊戌, 齐人杀子亹, 而辕高渠弥。" 子亹, 即《系年》中的眉寿。

---

① 《春秋左传正义》,（清）阮元校刻:《十三经注疏》, 第 2114 页。

《史记·郑世家》记载："子亹自齐襄公为公子之时，尝会斗，相仇，及会诸侯，祭仲请子亹无行。子亹曰：'齐强，而厉公居栎，即不往，是率诸侯伐我，内厉公。我不如往，往何遽必辱？且又何至是！'卒行。于是祭仲恐齐并杀之，故称疾。子亹至，不谢齐侯，齐侯怒，遂伏甲而杀子亹。"

《春秋啖赵集传纂例》引刘贶《书》引《纪年》及《释》说："郑杀其君某。"《释》说："是子亹。"① 按此说，则子亹当为郑所杀，但《系年》则与此明显不同，由此可知《竹书纪年》"随意注解"所出现的差错。

《系年》第六章，"晋人杀怀公而立文公，秦晋焉始会好，戮力同心"。

《左传·僖公二十四年》：

> 二月甲午，晋师军于庐柳。秦伯使公子絷如晋师。师退，军于郇。辛丑，狐偃及秦、晋之大夫盟于郇。壬寅，公子入于晋师。丙午，入于曲沃。丁未，朝于武宫。戊申，使杀怀公于高粱。不书，亦不告也。

《史记·晋世家》：

> 子圉遂亡归晋。十四年九月，惠公卒，太子圉立，是为怀公。子圉之亡，秦怨之，乃求公子重耳，欲内之。子圉之立，畏秦之伐也。乃令国中诸从重耳亡者与期，期尽不到者尽灭其家。狐突之子毛及偃从重耳在秦，弗肯召。怀公怒，囚狐突。突曰："臣子事重耳有年数矣，今召之，是教之反君也。何以教之？"怀公卒杀狐突。秦缪公乃发兵送内重耳，使人告栾、郤之党为内应，杀怀公于高粱，入

---

① （唐）陆淳纂：《春秋啖赵集传纂例》卷一，中华书局 1985 年版，第 9 页。

重耳。重耳立，是为文公。

《系年》的记述与《史记》的记述明显不同，《系年》明确指出是晋人杀晋怀公，而《史记》则指出是秦缪公杀的晋怀公。

《系年》第十八章，载楚灵王杀蔡灵侯："灵王先起兵，会诸侯于申，执徐公，遂以伐徐，克赖、朱邡，伐吴，为南怀之行，县陈、蔡，杀蔡灵侯。"

《春秋·昭公十一年》：

夏四月丁巳，楚子虔诱蔡侯般杀之于申。楚公子弃疾帅师围蔡。

《左传·昭公十一年》：

楚子在申，召蔡灵侯。灵侯将往，蔡大夫曰："王贪而无信，唯蔡于感。今币重而言甘，诱我也，不如无往。"蔡侯不可。三月丙申，楚子伏甲而飨蔡侯于申，醉而执之。夏四月丁巳，杀之。刑其士七十人。公子弃疾帅师围蔡。

(3) 大夫杀国君

《系年》第二章，郑国大夫高渠弥杀郑昭公："武公即世，庄公即位；庄公即世，昭公即位。其大夫高之渠弥杀昭公而立其弟子眉寿。"

此次事件《春秋》无记载。

《左传·桓公十七年》：

初，郑伯将以高渠弥为卿，昭公恶之，固谏，不听。昭公立，惧其杀己也，辛卯，弑昭公，而立公子亹。君子谓"昭公知所恶矣"。公子达曰："高伯其为戮乎！复恶已甚矣。"

《系年》第六章，晋里克杀奚齐，又杀悼子。

　　晋献公之婢（嬖）妾曰骊姬，欲其子奚齐之为君也，乃谗太子共君而杀之，或（又）谗惠公及文公，文公奔狄，惠公奔于梁。献公卒，乃立奚齐。其大夫里之克乃杀奚齐，而立其弟悼子，里之克或（又）杀悼子。

　　《春秋·僖公九年》："冬，晋里克杀其君之子奚齐。"
　　《左传·僖公九年》："冬十月，里克杀奚齐于次。书曰'杀其君之子'，未葬也。荀息将死之，人曰：'不如立卓子而辅之。'荀息立公子卓以葬。十一月，里克杀公子卓于朝。荀息死之。"
　　《春秋·僖公十年》："晋里克弑其君卓及其大夫荀息。"
　　《春秋》及《左传》指出晋国大夫里克杀掉了晋献公的儿子奚齐，但《系年》则指出"奚齐"是被立为国君的，故此处显然是一种弑君的行为。
　　《公羊传·僖公九年》："冬，晋里克弑其君之子奚齐。"
　　杨伯峻《春秋左传注》："'杀'，《公羊》作'弑'，段玉裁《经韵楼集·〈春秋经〉杀弑二字辩别考》谓此必当作'弑'，盖未必然；奚齐非君，不得言弑。"[1] 杨说与《系年》互证，可见杨说之误。
　　《系年》第十七章，齐国崔杼杀齐庄公。"齐崔杼杀其君庄公，以为成于晋。"
　　《春秋·襄公二十五年》："夏五月乙亥，齐崔杼弑其君光。"

---

① 杨伯峻：《春秋左传注》（一），中华书局 1990 年版，第 325 页。

《左传·襄公二十五年》记载，齐庄公与崔杼的妻子私通，于是崔杼将齐庄公杀害。

　　　　庄公通焉，骤如崔氏，以崔子之冠赐人。侍者曰："不可。"公曰："不为崔子，其无冠乎?"崔子因是，又以其间伐晋也，曰："晋必将报。"欲弑公以说于晋，而不获间。公鞭侍人贾举，而又近之，乃为崔子间公。夏五月，莒为且于之役故，莒子朝于齐。甲戌，飨诸北郭。崔子称疾，不视事。乙亥，公问崔子，遂从姜氏。姜入于室，与崔子自侧户出。公拊楹而歌。侍人贾举止众从者而入，闭门。甲兴，公登台而请，弗许；请盟，弗许；请自刃于庙，弗许。皆曰："君之臣杼疾病，不能听命。近于公宫，陪臣干掫有淫者，不知二命。"公逾墙，又射之，中股，反队，遂弑之。

《系年》第十五章，陈公子征舒杀其君陈灵公："庄王立十又五年，陈公子征舒杀其君灵公，庄王率师围陈。"

《春秋·宣公十年》："癸巳，陈夏征舒弑其君平国。"

《左传·宣公十年》："陈灵公与孔宁、仪行父饮酒于夏氏。公谓行父曰：'征舒似女。'对曰：'亦似君。'征舒病之。公出，自其厩射而杀之。二子奔楚。"

（4）杀国君自立

《系年》第十八章，楚灵王杀孺子王："孺子王即世，灵王即位。"

《春秋·昭公元年》："冬十月己酉，楚子麇卒。"

《左传·昭公元年》："冬，楚公子围将聘于郑，伍举为介。未出竟，闻王有疾而还。伍举遂聘。十一月己酉，公子围至，入问王疾，缢而弑之，遂杀其二子幕及平夏。"

此处《系年》仅仅只说孺子王去世，并没有记述楚灵王的弑君行为。

（5）君王被杀，记述为"见祸"

《系年》第十六章，"厉公亦见祸以死，亡（无）后"。

《春秋·成公十八年》："庚申，晋弑其君州蒲。"

《左传·成公十八年》："十八年春王正月庚申，晋栾书、中行偃使程滑弑厉公，葬之于翼东门之外。"晋厉公被杀分别被记述在成公十八年的经文和传文中。

《系年》第十八章，楚灵王被杀，亦记述为"见祸"。

"灵王见祸，景平王即位。"

《春秋·昭公十三年》："夏四月，楚公子比自晋归于楚，弑其君虔于干溪。楚公子弃疾杀公子比。"

对于"祸"，许慎《说文解字》解释为："祸，害也，神不福也。"① 通过《左传》可知，晋厉公及楚灵王都是不行君道而被杀的，但《系年》的记述者将其记述为"见祸"，意即遇害。

第四节 相关结论

由此可知，在记述国君死亡的时候，《系年》与《春秋》既有相同之处，又有明显的区别。

第一，通过与《春秋》经传的对照，《系年》在记载国君的正常死亡时与《左传》有相通之处，都有"即世"的记述方式。

第二，《系年》在记述一国之君杀另一国君的时候都采用"杀"字，而不用"弑"字，其基本句式表现为"某杀某"，如"晋人杀怀公""杀蔡灵侯"，这点与《春秋》经传的记载类似，如《春秋·昭公十一年》："夏四月丁巳，楚子虔诱蔡侯般杀之

---

① （清）段玉裁：《说文解字注》，江苏广陵古籍刻印社 1997 年版，第 8 页。

于申。楚公子弃疾帅师围蔡。"这些都是基本历史事件的记述，不涉及"《春秋》笔法"。

第三，《系年》在记载国君被该国臣子所杀的时候，大多采用"杀"字。但与《系年》形成鲜明对照的则是，《春秋》经传在记述时采用"弑"字，如《左传·桓公十七年》"辛卯，弑昭公"，《春秋·僖公十年》"晋里克弑其君卓及其大夫荀息"，《春秋·襄公二十五年》"夏五月乙亥，齐崔杼弑其君光"，《春秋·宣公十年》"癸巳，陈夏征舒弑其君平国"等，段玉裁《经韵楼集·〈春秋经〉杀弑二字辩别考》指出："凡《春秋》传于弑君或云'杀'者，述其事也；《春秋》必云'弑'者，正其名也。'弑'者，臣杀君也。"[1] "凡举其事曰'杀'，正其罪曰'弑'。"[2] 这充分表明了记述者本身的褒贬态度。杜预《春秋释例·书弑例第十五》指出："《传》例曰：'凡弑君，称君，君无道也；称臣，臣之罪。'称君者，惟书君名，而称国、称人以弑，言众之所共绝也。称臣者，谓书弑者主名，以垂来世，终为不义而不可赦也。然君虽不君，臣不可以不臣。故宋昭之恶，罪及国人，晋荀林父讨宋曰：'何故弑君？'犹立文公而还，深见贬削。诸怀贼乱以为心者，固不容于诛也，若郑之归生，齐之陈乞，楚之公子比，虽本无其心，《春秋》之义，亦同大罪，是以君子慎所立也。"[3] 弑君采用特定的笔法，以彰显大义，这就是《春秋》之"微言大义"在弑君事实上的具体呈现。

第四，值得注意的是，《系年》在记述楚国或晋国国君被杀的时候，采用的记述方式明显与前面他国臣子杀国君的记述方式不同。如楚国孺子王的死亡，《系年》第十八章记录为"孺子王即世，灵王即位"，《春秋》记为"楚子麇卒"，《左传》记为

---

① （清）段玉裁：《经韵楼集》，上海古籍出版社 2007 年版，第 65 页。

② 同上书，第 66 页。

③ （晋）杜预：《春秋释例》卷三，中华书局 1985 年版，第 54 页。

"公子围至，入问王疾，缢而弑之"。

再如《系年》中，晋厉公的被杀记述为"厉公亦见祸以死"，楚灵王的被杀亦记述为"灵王见祸"，这显然与《春秋》直接记载为"弑君"事件不同，"见祸"即为遭遇祸害，其褒贬意味虽然没有"被弑"更强，但也明显表达出记述者对这两次事件的态度。《系年》对孺子王被楚灵王所杀、楚灵王被公子比所杀都没有非常明确地采取"某杀某"的记述方式，这大概与《系年》的记述者为楚国人有关，对本国国君的遇害采取了"内讳"的方式。

通过对《系年》中记载国君死亡事件的梳理可知，其与《春秋》在写作上确实存在很大的不同。对"弑君"事件的不同处理，从侧面证明了"《春秋》笔法"的存在。

第六章 论"《春秋》之'书法'，实即文章之修词"

第一节 钱锺书对"《春秋》笔法"基本性质的断语

"《春秋》之'书法'，实即文章之修词"是钱锺书对"《春秋》书法"基本性质的断语，它出自钱锺书《管锥编》第三册①，这里的"《春秋》书法"即我们今天所说的"《春秋》笔法"。除了该句断语之外，《管锥编》中对"《春秋》笔法"性质的论述还有以下几处。

其一：

> 然则五例所赞"微""晦"，韩愈《进学解》所称"谨严"，无乃因呕以为恭，遂亦因难以见巧耶？古人不得不然，后人不识其所以然，乃视为当然，又从而为之词。于是《春秋》书法遂成史家楷模，而言史笔几与言诗笔莫辨。②

此处主要针对《春秋》文辞简略而言，古人多称赞其"辞

---

① 钱锺书：《管锥编》（第三册），中华书局1986年版，第967页。
② 钱锺书：《管锥编》（第一册），中华书局1986年版，第164页。

约义隐",刘知幾《史通·叙事》云:"《春秋》变体,其言贵于省文。"而钱锺书则通过引述孙鑛、章学诚、阮元等人言语来说明古时候由于没有今日纸笔之便,只能采用漆文竹简进行记录,费时又费力,在这样的情况下,钱锺书认为:"《春秋》著作,其事烦剧,下较汉晋,殆力倍而功半焉。文不得不省,辞不得不约,势使然尔。"① 这就点明了《春秋》文辞简略的性质,为了省文,就不得不十分重视文辞的运用,这实际上是"《春秋》书法"何以成为"文章之修词"的客观原因。

其二:

> 昔人所谓"《春秋》书法",正即修词学之朔,而今考论者忽焉。②

其三:

> 《公羊》《穀梁》两传阐明《春秋》美刺"微词",实吾国修词学最古之发凡起例;"内词""未毕词""讳词"之类皆文家笔法,剖析精细处骎骎入于风格学。③

以上两则引文则说明了"《春秋》笔法"是我国修辞学的源头,但如今有很多人在探究"《春秋》笔法"的时候却忽略了其修辞学上的重大意义。

钱锺书的断语得到了诸多学者的肯定,张高评说:

> 依笔者管见,历代所谓《春秋》书法,可归纳为两类:其一,侧重内容思想者,如《左传》所谓"惩恶而劝善",

---

① 钱锺书:《管锥编》(第一册),中华书局 1986 年版,第 163 页。
② 钱锺书:《管锥编》(第五册),中华书局 1986 年版,第 21 页。
③ 钱锺书:《管锥编》(第三册),中华书局 1986 年版,第 967—968 页。

"上之人能使人昭明，善人劝焉，淫人惧焉"，以及《公羊》学家阐扬之"微言大义"，多属焉。其二，侧重修辞文法，如《左传》所谓"微而显，志而晦，婉而成章，尽而不汙"，"微而显，婉而辨"，杜预所谓正例变例，皆属之。钱锺书曾称："昔人所谓'《春秋》书法'，正即修词学之朔，而今考论者忽焉"。即指修辞学、文章义法而言。①

从张高评的话中我们可知，"《春秋》笔法"涉及思想和文章修辞两方面，但实际上这两方面是完全统一的，思想其实是文章修辞要达到的目的，而文章修辞是表达思想的手段。从这点来讲，两者实质是内容和形式的关系。它们在三传中同样存在，只不过由于《左传》学家及公羊家、穀梁家等侧重点不同，所以才造成了分离，但实际上公羊家、穀梁家都是比较讲究文章修辞的。

第二节　修辞释名

"修辞"一词连用，最早见于《周易·乾·文言》："子曰：'君子进德修业。忠信，所以进德也；修辞立其诚，所以居业也。'"孔颖达疏为："修辞立其诚，所以居业者，辞谓文教，诚谓诚实也；外则脩理文教，内则立其诚实，内外相成，则有功业可居，故云居业也。"②此处孔颖达对"修辞"的理解为"脩理文教"，这与我们今天所理解的"修饰文辞或言辞"之意显然不同。郑子瑜说："孔氏'以修理文教'释'修辞'，这

---

① 张高评：《黄泽论〈春秋〉书法——〈春秋师说〉初探》，《春秋书法与左传学史》，台北五南图书出版股份有限公司 2002 年版，第 155—156 页。此外李洲良的论文《春秋笔法的内涵外延与本质特征》（《文学评论》2006 年第 1 期）亦认为："文法作为修辞手法从'《春秋》笔法'产生之日起就已存在，并蕴含于经法、史法之中。如果说经法乃惩恶劝善、经邦济世之原则和法度，那么文法乃是昭示经法、史法这些原则、法度的修辞载体。"

② 《周易正义》，（清）阮元校刻：《十三经注疏》，第 15—16 页。

《易经》里的'修辞'和我们现在所说的'修辞'不同。"① 此外,在孔颖达那里还有"修"与"脩"字的不同。

为了全面理解"修辞"一词,则需要把二字分开来进行。"修",《说文解字》:"饰也,从彡,攸声。"段玉裁注:"饰,即今之拭字。拂拭之则发其光采,故引申为文饰。女部曰:'妆者,饰也。'用饰引申之义。此云修饰也者,合本义、引申义而兼举之。不去其尘垢,不可谓之修;不加以缛采,不可谓之修。修之从彡者,洒刷之也,藻绘之也。"② 朱骏声《说文通训定声》:"修从彡,是文饰为本义,芟除为转注;饰从巾,是拭治为本义,文饰为转注。"③ 由此可知"修"之目的是发光采,而所谓"文饰"则为其本义。

"脩",《说文解字》:"脯也,从肉,攸声。"段玉裁注:"经传多假脩为修治字。"④ 朱骏声《说文通训定声》:"按:段脯也,捶而施姜桂干之。假借为修,治也。"⑤ 按此可知,"脩"实假借为"修",二者实有"修饰"之意并通用。

《论语·宪问》:"子曰:'为命:裨谌草创之,世叔讨论之,行人子羽修饰(着重号为笔者所加,下同)之,东里子产润色之。"朱熹注"修饰"为"修饰,谓增损之"⑥。

《左传·成公十四年》:"故君子曰:'《春秋》之称,微而显,志而晦,婉而成章,尽而不汙,惩恶而劝善,非圣人,谁能修之?'"

《公羊传·庄公七年》:"不修《春秋》曰'雨星不及地尺而复'。君子修之曰:'星陨如雨。'"

① 郑子瑜:《中国修辞学史稿》,上海教育出版社1984年版,第3页。
② (清)段玉裁:《说文解字注》,上海古籍出版社1981年版,第424页。
③ (清)朱骏声:《说文通训定声》,中华书局1984年版,第238页。
④ (清)段玉裁:《说文解字注》,上海古籍出版社1981年版,第174页。
⑤ (清)朱骏声:《说文通训定声》,中华书局1984年版,第238页。
⑥ (宋)朱熹:《四书章句集注》,文渊阁《四库全书》本。

　　以上几处"修"皆为"修饰文辞""增饰"之意。郑子瑜针对《说文解字》和《论语》的说法以为："这都是从狭义来解说或使用'修'字。如果从广义来说，'修'字实含有调整或适用的意思。"①

　　辞（辭），《说文解字》："讼也，从屬辛；屬辛，犹理辜也。"段玉裁注："辞，说也，今本说讹讼，《广韵》七'之'所引不误。"② 朱骏声："按分争、辩讼谓之辞。"③ 由此可知，言说分争为"辞"。《周易·系辞下》："其旨远，其辞文，其言曲而中。"孔颖达疏："'其辞文'者，不直言所论之事，乃以义理明之，是其辞文饰也。"④ 此处之辞文实有修饰文辞的意思。

　　词，《说文解字》："意内而言外也。从司，从言。"段玉裁注："有是意于内，因有是言于外谓之晋。……意即意内，晋即言外。言意而晋见，言晋而意见。意者，文字之义也；言者，文字之声也；晋者，文字形声之合也。……晋与辛部之辞，其义迥别。辞（辭）者，说也，从屬辛；屬辛，犹理辜；谓文辞足以排难解纷也。然则辞谓篇章也。晋者，意内而言外，从司言；此谓摹绘物状及发声助语之文字也。积文字而为篇章，积晋而为辞。孟子曰：'不以文害辞'，不以晋害辞也。孔子曰：'言以足志'，晋之谓也；'文以足言'，辞之谓也。《大行人》'故书讶晋命，郑司农云："晋当为辞"'。"⑤ 按此可知，意思和言语的结合为"词"，是对事物的描绘和言语，而"辞"则为文字

---

① 郑子瑜：《中国修辞学的变迁》，台北书林出版有限公司1996年版，第50页。关于"修辞"之义另可参见陈望道《修辞学发凡·引言》（上海教育出版社2001年版），在该书中，陈望道把修辞分为广义和狭义，狭义为修饰文辞，广义为调整或适用语辞，它们是四种相互交叉的关系，即修饰文辞、修饰语辞、调整或适用文辞、调整或适用语辞。本书从研究"《春秋》笔法"的修辞特点出发，所以这里的修辞当属于文辞的范围。

② （清）段玉裁：《说文解字注》，上海古籍出版社1981年版，第742页。

③ （清）朱骏声：《说文通训定声》，中华书局1984年版，第170页。

④ 《周易正义》，（清）阮元校刻：《十三经注疏》，第89页。

⑤ （清）段玉裁：《说文解字注》，上海古籍出版社1981年版，第430页。

篇章之组合。朱骏声《说文通训定声》："词，意内而言外也。从司，从言，按从言，司声。《说文》隶《司部》，非。今字作左形右声。按'言以足志，文以足言'，皆谓之词。"① 比较段氏和朱氏的说法可知，段氏以为辞由词组成，那么"修辞"之"辞"本当为"辞"，而朱氏则以为"文以足言"为词，那么"修辞"之"辞"从本源上当为"词"。其实二者的说法并不矛盾，"词"组合而成"辞"，"辞"实根源于"词"，从修辞为修饰文辞或言辞的角度来讲，二者实际上是通用的。于是我们看到了自秦汉以来"辞"同"词"之间的混用，《史记·儒林列传》："是时天子方好文词。"《晋书·王接传》："挚虞、束皙等并详览载籍，多识旧章，奏议可观，文词雅赡，可谓博闻之士也。"此两处"文词"当为"文辞"，皆指文章而言。

再看钱锺书所用之"修词"，从"《春秋》笔法"侧重文字的运用上来看，使用"词"而非"辞"是十分恰当的，《公羊传·昭公元年》："今将尔，词曷为与亲弑者同？"《公羊传·昭公十二年》："其词则丘有罪焉耳。"随着修辞学本身的发展，篇章结构等也逐渐被纳入了修辞的范围，从"《春秋》笔法"存于三传的角度来看，钱锺书所说"修词"实际上是等同"修辞"的，所以本书亦采用通用的"修辞"。

第三节　"《春秋》笔法"展现修辞之特征

修辞是对文辞的修饰或调整适用，其目的就在于达到特殊的效果。就"《春秋》笔法"本身来讲，其主要是孔子通过笔削鲁国《春秋》来达到弘扬大义的目的，笔削是手段，大义是宗旨，而"乱臣贼子惧"则是效果。

就文辞的范围来讲，其应当包括以下几个方面。

---

① （清）朱骏声：《说文通训定声》，中华书局 1984 年版，第 170 页。

第一层：字词层面，即用字、遣词。字组成词，词由字构成，但字其实亦可成词。遣词则包括词语的选择、词语声音的配合、词与词之间的搭配使用等。孙良明说："所谓'春秋书法'，通俗明白地说就是《春秋》一书的遣字（词）造句之法，《公羊传》《穀梁传》是通过解说'春秋书法'即《春秋》遣字（词）造句之法来阐述其中所蕴含的'义理'。"① 就此层面来讲，《春秋》主要表现在对字词的选择和准确使用上，此亦为《春秋》正名之层次。在《春秋》中，正名之处可以说比比皆是。如《春秋·隐公九年》："三月癸酉，大雨，震电。庚辰，大雨雪。"《左传·隐公九年》："九年春王三月癸酉，大雨霖以震，书始也。庚辰，大雨雪，亦如之。书，时失也。凡雨，自三日以往为霖，平地尺为大雪。"杨伯峻注为："意谓《经》文所以书此者，当时误以王三月为夏正正月，不当有雷电，既有雷电，则不当有大雪。乃雷电之后八日复有大雪，皆节候不得其正，故言时失。"② 此处就指出了何为"霖"和"大雪"，表现出对词语的精确使用。

再以著名的"五石六鹢"句来作一分析。

　　　《春秋·僖公十六年》：十有六年春王正月戊申朔，陨石于宋五。是月，六鹢退飞，过宋都。

　　　《左传·僖公十六年》：十六年春，陨石于宋五，陨星也。六鹢退飞，过宋都，风也。

　　　《公羊传·僖公十六年》：曷为先言霣而后言石？霣石记闻，闻其磌然，视之则石，察之则五。是月者何？仅逮是月也。何以不日？晦日也。晦则何以不言晦？《春秋》不书晦也。朔有事则书，晦虽有事不书。曷为先言六而后言

---

① 孙良明：《中国古代语法学探究》，商务印书馆 2002 年版，第 11 页。
② 杨伯峻：《春秋左传注》（一），中华书局 1990 年版，第 64 页。

鹢? 六鹢退飞, 记见也, 视之则六, 察之则鹢, 徐而察之
则退飞。五石六鹢何以书? 记异也。外异不书, 此何以书?
为王者之后记异也。

《榖梁传·僖公十六年》: 先陨而后石何也? 陨而后石
也。于宋四竟之内曰宋。后数, 散辞也。耳治也。是月,
六鹢退飞过宋都。是月也, 决不日而月也。六鹢退飞过宋
都, 先数, 聚辞也, 目治也。子曰: 石, 无知之物, 鹢微,
有知之物。石无知, 故日之; 鹢微有知之物, 故月之。君子
之于物, 无所苟而已。石鹢且犹尽其辞, 而况于人乎? 故五
石六鹢之辞不设, 则王道不亢矣。

"陨石于宋五"是一个先听觉而后视觉的过程。先听到巨大
的声响, 再进行察看知道是陨石, 然后进行计数, 知道有五块
陨石散落在各处, 这是一个视角转换的过程。"六鹢退飞, 过宋
都"则整个是一个视觉的过程, 先看见有六个东西在天上, 再
察看知道是六只鹢在退飞。"陨石于宋五"五个字表达了一个
闻、视、察、数的认知过程, "六鹢退飞, 过宋都"则表达了一
个见、视、察的视觉过程。它们都包含着认知事物的逻辑先后
顺序, 符合人的认知过程, 这也是孔子正名采取的具体方式,
即按照时间先后顺序来正名。《榖梁传》所云"故五石六鹢之辞
不设, 则王道不亢矣"则表明"五石六鹢"之词的确定是同王
道紧密联系在一起的, 范宁云: "不遗细微故王道可举。"[①] 反
之, 则可以这样理解, 要是连细微的语辞都不能辨别清楚, 那
么所谓的王道则显然是不能彰显的, 这就是正名以小见大的修
辞作用。《左传》对其解释时引入"天人感应"的观念: "周内
史叔兴聘于宋, 宋襄公问焉, 曰: '是何祥也? 吉凶焉在?'对
曰: '今兹鲁多大丧, 明年齐有乱, 君将得诸侯而不终。'退而

---

① 《春秋榖梁传注疏》, (清) 阮元校刻: 《十三经注疏》, 第 2398 页。

告人曰:'君失问。是阴阳之事,非吉凶所生也。吉凶由人。吾不敢逆君故也。'"周内史从自身的角度对这一异常现象作出自己的解释,认为这是自然现象,而并非吉凶的应兆。从其君前与君后的不同表现可以看出周内史本身观念的自然转变,也可以看出视角本身的弹性。每一个人都可以按自己的理解作出自己的回答,在不同人的面前,说话人本身的态度是不同的。由于角度的变化,所造成的修辞效果是很不相同的。

《春秋》对字词的强调,从词性上来讲,大致可以分为名词、动词、状语词、介词、连词等。以五十凡例为例,名词类则有:

　　　隐公九年:凡雨,自三日以往为霖,平地尺为大雪。
　　　桓公元年:凡平原出水为大水。
　　　庄公二十八年:凡邑,有宗庙先君之主曰都,无曰邑。邑曰筑,都曰城。
　　　僖公九年:凡在丧,王曰"小童",公侯曰"子"。
　　　宣公十六年:凡火,人火曰火,天火曰灾。
　　　宣公十七年:凡大子之母弟,公在曰公子,不在曰弟。

而动词类则有:

　　　庄公三年:凡师,一宿为舍,再宿为信,过信为次。
　　　庄公十一年:凡师,敌未陈曰败某师,皆陈曰战,大崩曰败绩。得俊曰克,覆而败之曰取某师,京师败曰王师败绩于某。
　　　庄公二十七年:凡诸侯之女,归宁曰来,出曰来归;夫人归宁曰如某,出曰归于某。
　　　庄公二十九年:凡师,有钟鼓曰伐,无曰侵,轻曰袭。
　　　文公三年:凡民逃其上曰溃,在上曰逃。

文公十五年：凡胜国，曰灭之；获大城焉，曰入之。

宣公十八年：凡自内虐其君曰弑，自外曰戕。

成公十八年：凡去其国，国逆而立之，曰"入"；复其位，曰"复归"；诸侯纳之，曰"归"；以恶曰"复入"。

襄公十三年：凡书取，言易也；用大师焉曰灭；弗地曰入。

昭公四年：凡克邑，不用师徒曰取。

定公九年：凡获器用曰"得"，得用焉曰"获"。

而状语词则有"既者何？尽也"，介词如"及者何？累也"，连词如"遂者何？生事也""乃者何？难之也"等。

第二层：句法层面，即句式的变化、句型的选择、句子之间的衔接、句式的语气等。词语组成句子，由此就有词语在句子中如何使用的问题。

就句法层面来讲，前面所举"五石六鹢"句就集中体现了句子中词语使用的先后问题，"王正月戊申朔"表明事件发生的时间，"五"在"陨"之后表明"陨石"的数量，"陨石于宋五"句翻译为现代语言则为"在宋国从天上坠落石头五块"，而"六鹢退飞，过宋都"则可翻为"六只鹢鸟后退着飞，经过宋国国都"①，"于宋"译为"在宋国"，由此在"陨石于宋"中则显然有一个状语后置的问题。按照现代语法习惯，数量词对名词的修饰当在名词的前面，但在"陨石于宋五"句中则发生了两类语法变化，一为状语后置，二为量词后置，通过这样的变化，可以明见的是"陨石于宋五"所强调的是陨石的数量。相对于"陨石于宋五"呈现的是一种事件的状态而言，"六鹢退飞，过宋都"呈现的则是事件发生的动作。"六鹢"向前飞是常态，但是一个"退"字则表明了其非常态的情况，对"退"字的使用

---

① 沈玉成：《左传译文》，中华书局 1981 年版，第 92 页。

一方面表明了《春秋》对字词的重视，另一方面则把其化为"飞"的状语来修饰"飞"字，从而与"陨石于宋五"共同形成了一月两次非常态事件的陈述，这就造成了"五石"与"六鹢"之间的对应关系，于是有了特殊的修辞效果。"五石六鹢"句虽然具备了句法结构中最基本的主、谓、宾，但通过量词、状语的调整，最后给我们呈现的却是"陨石于宋五"强调的是"五"（量词），"六鹢退飞，过宋都"强调的是"退"（状语）和"过宋都"（补语），这可以说是"《春秋》笔法"在句法上的特殊修辞呈现。

再举一例：

《春秋·僖公二十二年》：秋八月丁未，及邾人战于升陉。

《左传·僖公二十二年》：八月丁未，公及邾师战于升陉，我师败绩。邾人获公胄，县诸鱼门。

僖公二十一年，邾国灭须句，须句子出奔鲁国。因为僖公母亲即庄公之妾成风的娘家是须句，僖公遂于二十二年春讨伐邾国，并占领了须句，让须句的国君回到了自己的国内。邾国于是借须句的原因出师伐鲁，而僖公认为邾国是小国，十分轻视它，八月八日两军在升陉交战。由于轻敌，虽然僖公亲征，鲁国仍然战败了。而邾国则获得了僖公的头盔，并把它悬挂在本国的城门上，可见当时僖公战败的狼狈样。以上是这次事件发生的整个经过。

从"秋八月丁未，及邾人战于升陉"这句话本身看来，这里的记述采取了内讳的手法，并没有明确指出僖公战败，原因就在于该句在句式上省略了主语"公"，此句完整的句式当为《左传》所说的"公及邾师战于升陉"。主语"公"的省略完全是为了内讳的目的，不书主语"公"则显然达到了特殊的修辞效果。另外我们可以看到即使把主语"公"加上，此句为"（公）及邾人战于升陉"，"及"在这里是"与"的意思，《公羊传·隐公元年》："及者何？与也。"那么"（公）及邾人战于升陉"此句的主语就应当有两个，即"（公）及邾人"，"邾人"为邾国的军队，要是言僖公同一国的军队交战，这在语法逻辑上是讲不通的，那么这里就可确定省略了率领邾国军队将领的人名，故《穀梁传》对此解释为："内讳败，举其可道者也。不言其人，以吾败也。不言'及'之者，为内讳也。"杨士勋疏此为："不言其人，以吾败也，谓不言邾之主名也；不言及者，为内讳也，谓不言鲁之主名也。"①

另有词语运用的先后问题，如：

《春秋·定公二年》：夏五月壬辰，雉门及两观灾。

杨伯峻注：此谓诸侯之雉门相当于天子之应门，诸侯宫之南门也。……诸侯三门，库门、雉门、路门是也。两观在雉门之两旁，积土为台，台上为重屋曰楼（非今居人之楼），可以观望，故曰观。②

《公羊传·定公二年》：其言雉门及两观灾何？两观微也。然则曷为不言雉门灾及两观，主灾者两观也。时灾者两观，则曷为后言之？不以微及大也。何以书？记灾也。

《穀梁传·定公二年》：其不曰雉门灾及两观何也？灾自两观始也，不以尊者亲灾也。先言雉门，尊尊也。

此次火灾《左传》并无记载，据《公羊传》《穀梁传》的记载可知，火灾先是从雉门两边的两观开始燃烧起来的，然后才波及雉门。按照起火燃烧的先后次序，应当是先两观才是雉

①　《春秋穀梁传注疏》，（清）阮元校刻：《十三经注疏》，第 2400 页。
②　杨伯峻：《春秋左传注》（四），中华书局 1990 年版，第 1528 页。

门，但是因为雉门是诸侯宫城的大门，所以在记事的时候就不能先言两观再言雉门，这样写的目的是为了凸显雉门的重要，同时也表现出对王君的尊重，由此可知将起火的先后顺序颠倒，其修辞目的有二：一是表示对王君的尊重，不让君主亲历火灾；二是凸显主次之别，不让不重要的东西排在前面，故《文心雕龙·宗经》云："雉门两观，以先后显旨。"之所以记录此次着火事件主要是为了记录灾害的情况。

另：

《春秋·定公二年》：冬十月，新作雉门及两观。

《公羊传·定公二年》：其言新作之何？修大也。修旧不书，此何以书？讥。何讥尔？不务乎公室也。

《穀梁传·定公二年》：言新，有旧也。作，为也，有加其度也。此不正，其以尊者亲之何也？虽不正也，于美犹可也。

定公五月雉门及两观失火，冬十月重新修建，叙述时上选择了"新"和"作"二词，其目的是说明重新修建的雉门规模比以前更大。按照惯例，修建旧的建筑是不应当记录的，这里进行记录是为了谴责和讥刺季孙不重视国家大事，修辞意味的效果十分明显。此句采用的修辞手法除了对词语运用的强调外，此处有语气轻重的修辞，还有先后顺序的问题，以便同"夏五月壬辰，雉门及两观灾"形成对照，所以"新作雉门及两观"一句就有了三种修辞手法，即语辞运用表达语气、先后、对照，修辞的目的是表达对季孙不重视国家大事的谴责。

第三层：段落层面。句子组成段落，由是则有段落与段落之间的承接关系问题。

《春秋》为鲁国的编年体史书，其记事以时间为基本线索，这就造成了一个完整的事件往往绵延数年的现实，而且对一国事件记事之后马上就有对别国的事件记事，遂有记事不完整的印象。《春秋》记事极为简略，句子长短不一，几乎每一句都可成为一段落，尽管如此，段落与段落之间仍然存在修辞的问题，这点集中体现在对一个事件的完整记述上。

以上所举定公二年"夏五月壬辰，雉门及两观灾"及"冬十月，新作雉门及两观"而言，火灾之后重新修建是为了进行记事上的承接，而对"新作"的强调则是为了与夏五月的失火形成对照，由此可知段落与段落之间的修辞意味是十分显然的。又如：

《春秋·隐公四年》：四年春王二月，莒人伐杞，取牟娄。

戊申，卫州吁弑其君完。

夏，公及宋公遇于清。

宋公、陈侯、蔡人、卫人伐郑。

秋，翚帅师会宋公、陈侯、蔡人、卫人伐郑。

九月，卫人杀州吁于濮。

冬十有二月，卫人立晋。

《左传·隐公三年》：卫庄公娶于齐东宫得臣之妹，曰庄姜，美而无子，卫人所为赋《硕人》也。又娶于陈，曰厉妫，生孝伯，早死。其娣戴妫，生桓公，庄姜以为己子。

公子州吁，嬖人之子也。有宠而好兵，公弗禁。庄姜恶之。石碏谏曰："臣闻爱子，教之以义方，弗纳于邪。骄、奢、淫、泆，所自邪也。四者之来，宠禄过也。将立州吁，乃定之矣；若犹未也，阶之为祸。夫宠而不骄，骄而能降，降而不憾，憾而能眕者，鲜矣。且夫贱妨贵，少陵长，远间亲，新间旧，小加大，淫破义，所谓六逆也；君义，臣行，父慈，子孝，兄爱，弟敬，所谓六顺也。去顺效逆，所以速祸也。君人者，将祸是务去，而速之，无乃不可乎?"弗听。其子厚与州吁游,禁之,不可。桓公立,乃老。

《左传·隐公四年》:四年春,卫州吁弑桓公而立。

从该年的经文中可知,此年一共发生了七件事情,除去二月"莒人伐杞,取牟娄"为无传之经外,《左传》对此皆有记载,本年发生的事件共有五件与卫国有关,且都以州吁为核心,其原因就在于"卫州吁弑其君完"而自立。此次弑君事件为《春秋》书弑君的开始,所以对整个事件发生经过的记录是比较详细的。据《左传》可知,卫国公子州吁为庄公宠爱姬妾的儿子,受到庄公的宠爱而十分喜欢武事,而庄公却并未加以禁止。而卫桓公,即完,为卫庄公在陈国所娶妻厉妫妹妹戴妫的儿子,卫庄公之所以再娶,原因在于其原配夫人庄姜没有儿子,而厉妫生的儿子又夭折了。在卫桓公即位十六年之后,州吁杀害了国君桓公而自立。"卫州吁弑其君完"这句话的修辞一方面体现在"弑"字的使用,据五十凡例之第三十五"凡弑君,称君,君无道也;称臣,臣之罪也"可知,称州吁之名本身就蕴含着对州吁的贬斥,而《穀梁传·隐公四年》云:"大夫弑其君,以国氏者,嫌也,弑而代之也。"这里是说以卫国来代替州吁的姓氏而不称大夫或公子原因在于州吁有弑君篡国的嫌疑,杜预《春秋释例·氏族例第八》云:"然则总而推之《春秋》之义,诸侯之卿,当以名氏备书与经。其加贬损则直称人,若有褒异则或称官,或但称氏。若内卿有贬,则特称名。文不言鲁人,故异于外也。若无褒无贬,传所不发者,则就旧文,或未赐族,或时有详略也。推寻经文,自庄公以上,诸弑君者皆不书氏,闵公以下皆书氏。"[1] 对州吁不书氏则充分表明了对他的贬斥意味,于是具有修辞的效果。

---

① (晋)杜预:《春秋释例》,中华书局 1985 年版,第 33 页。

州吁弑君即位之后,在一年之内先后两次伐郑,而这正好回应了《左传·隐公三年》所云州吁"有宠而好兵"之语,形成了前后呼应。据杨伯峻《春秋左传注》:"本文(即隐公三年之传文)当与'四年春,卫州吁弑桓公而自立'以下传文连接为一篇,后人分《经》之年与《传》之年相附,遂割裂分列,宜并下年《传》文读之。"[1] 杨氏所说的传文即上述所引隐公三年之传文,这样合并之后来阅读,才能得出完整的州吁弑君事件起始经过及结果。州吁即位之后,"未能和其民",石碏之子厚跟从州吁前往陈国,希望通过陈桓公向周天子(桓王)的陈请来获得觐见周天子的机会,但是陈国却扣押了二人,遂有"九月,卫人使右宰丑莅杀州吁于濮。石碏使其宰獳羊肩莅杀石厚于陈"(《左传·隐公四年》)之事。州吁被杀,"冬十有二月,卫人立晋(即卫宣公)",《左传·隐公四年》:"书曰'卫人立晋',众也",这表明州吁被杀完全符合卫国的民意,而卫国立桓公同样也是民意的选择,其隐含的修辞意味在于只有顺乎民意的君主才会得到民众的拥护,而违背民意的君主如州吁则只会落得众叛亲离的下场。这样,该年通过对卫国州吁事件的连续记述就形成了事件与事件之间的相互照应,而通过对具体事件的记录则连成了本年事件与事件之间的承接与特殊的修辞效果。

第四层:篇章层面。段落组成篇章,由是则有相关谋篇布局的讲究,这些包括材料的选择组织、开头与结尾,采用何种表现方式,如详述与略述、顺叙、倒叙、补叙等叙述方式的运用。

其实就篇章来讲,《春秋》每年发生的事件都是一部短的篇章,但是因为其以时间为线索来划分每年发生的事件,《春秋》的篇章其实又是不完备的,一部完备的篇章需要以对一次事件

---

[1] 杨伯峻:《春秋左传注》(一),中华书局1990年版,第33页。

的完整记述为标准，这样就会发现，所谓完备的事件有时就会绵延数年，于是造成了对《春秋》的理解难度，所谓"断烂朝报"的说法就是基于这样的现实而言的。

以上述隐公四年州吁弑君事件为例，则会发现像《左传·隐公三年》对州吁"有宠而好兵"的记事其实对后面州吁弑君并落得众叛亲离的下场具有预言的作用，而对石碏言语的记述则为篇章的追叙之法，石碏最后大义灭亲（因为厚为其儿子），故《左传·隐公四年》记君子言云："石碏，纯臣也。恶州吁而厚与焉，'大义灭亲'，其是之谓乎？"

又如：

> 《春秋·昭公三十年》：春王正月，公在乾侯。
> 《春秋·昭公三十一年》：春王正月，公在乾侯。
> 《春秋·昭公三十二年》：春王正月，公在乾侯。

按上述所言，可以把《春秋》每一年的记事看作一部小的篇章，那么此处从昭公三十年开始连续三年书"公在乾侯"则显然有篇章之间的组合关系。昭公失国在二十五年，而连续三年书"公在乾侯"，一方面揭示了本国季氏专权导致的昭公出奔，另一方面又委婉地对昭公内不容于国人且不能用人、外不容于诸侯表示出深深的遗憾，其修辞的效果是十分明显的。

第四节　"《春秋》之书法，实即文章之修词"断语所展现的修辞学意义

"《春秋》书法，实即文章之修词"的断语点明了"《春秋》笔法"的本质在于文辞上的修饰和调整，而"《春秋》笔法"这种对文辞的强调和修饰实际上开拓了后来的修辞学。

《周易·乾·文言》中"修辞立其诚"第一次将"修"与

"辞"连用，将"辞"与个人的修身立命以及齐家紧密结合在一起，后来才演变为作文、修饰言辞的总原则。此处的"诚"是指在使用文辞的时候一定要有真实的内容和情感，是故王应麟云："修其内则为诚，修其外则为巧言。"① 因为修辞有内外之结合，所以其从产生之初就具有强烈的功利性目的，试看修辞之重要作用：

> 《诗经·大雅·板》：辞之辑矣，民之洽矣；辞之怿矣，民之莫矣。②

此处指出了文辞必须和顺悦美，才能达到使国家安定，民心相和的教化目的。

> 《墨子·非命下》：今天下之君子之为文学、出言谈也，非将勤劳其惟舌，而利其唇呡也，中实将欲为其国家、邑里、万民、刑政者也。③

此处指出了文辞不仅体现了个人的语言修养，而且同国家兴盛、社会安定、人民和谐、政治稳定有密切的关系，即修辞还有利于我们通常所说的政通人和。

> 《礼记·经解》：属辞比事，《春秋》教也。……属辞比事而不乱，则深于《春秋》者也。
> 郑玄注："属"犹"合"也，《春秋》多记诸侯朝聘会同，有相接之辞，罪辩之事。
> 孔颖达疏："者"属"合"也，比，近也。《春秋》聚

---

① （宋）王应麟：《困学纪闻》，辽宁教育出版社 1998 年版，第 1 页。

② 《毛诗正义》，（清）阮元校刻：《十三经注疏》，第 549 页。

③ （清）孙诒让：《墨子间诂》，中华书局 2001 年版，第 283 页。

合会同之辞，是属辞，比次褒贬之事是比事也。①

此处的"属"为合并类别的意思。"属辞比事"意即将同类的事件连缀在一起，采用不同的语辞进行记事。《礼记》所云"属辞比事，《春秋》教也"，一方面指明了《春秋》记事的主要特点，另一方面则表明其主要的目的在于教化。

《文心雕龙·宗经》：《春秋》辨理，一字见义，五石六鹢，以详略（备）② 成文；雉门两观，以先后显旨；其婉章志晦，谅以邃矣。《尚书》则览文如诡，而寻理即畅；《春秋》则观辞立晓，而访义方隐。此圣人（文）殊致，表里之异体者也。

关于"五石六鹢"的分析可参见本章第三节对其句法的分析，"五石六鹢"体现了观察的细致，故此云"以详略成文"。此处同样指明了"《春秋》笔法"修辞的重要作用在于辨理，通过考察《春秋》的语辞则可知其记事的旨趣。

通过以上引言的列举可知《春秋》通过其特殊的笔法形成特殊的修辞，其对于立言、立诚、辨理、教化实在具有极为重要的功能和作用，这就是"《春秋》笔法"修辞的巨大意义所在，也是"《春秋》书法，实即文章之修辞"的修辞学意义所在。"《春秋》笔法"已经在字法、词法、句法、段落、篇章等方面具备了后世所言修辞学的诸多内容和修辞格，因此说它是我国修辞学的开端诚然若是也。周振甫说："《春秋》要通过事

---

① 《礼记正义》，（清）阮元校刻：《十三经注疏》，第 1609 页。

② 范文澜在《文心雕龙注》一书此处作"略"，其注为："陈先生（即陈汉章，字伯弢）曰：'五石六鹢以详略成文，《文学志》略字作备，与《穀梁传》所云尽其辞合，不当作略字。'"（范文澜：《文心雕龙注》，人民文学出版社 1958 年版，第 28 页）是故周振甫之《文心雕龙注释》（人民文学出版社 1981 年版）此处兼采"略"与"备"。

实来表达作者的用意，作者的用意并不明白说出，只能通过用
字或表达法来透露，所以构成隐晦的写法，成为修辞学上的婉
曲格和讳饰格。"①

　　本章主要针对钱锺书所言"《春秋》书法，实即文章之修
词"展开论述，以为此一断语实是对"《春秋》笔法"基本特
质的最精辟概括。通过相关举例可知，"《春秋》笔法"在字
法、句法、段落、篇章四个方面充分展现了其修辞的特点。
"《春秋》笔法"对后世的修辞学影响巨大，除了可将其视作吾
国修辞学的开端之外，其还影响了后世诸如婉曲格和讳饰格等
修辞格的形成，其对"正名""惩恶而劝善"等内容的强调则
凸显了修辞的功能性目的（如立言、立诚、辨理、教化），这亦
是钱锺书此一断语所展现的修辞学意义所在。

---

　　① 周振甫：《文心雕龙今译》，中华书局 1986 年版，第 18 页。

第七章 "三体五例"展现修辞

"《春秋》笔法"的"三体"之说出自杜预《春秋经传集解序》：

> 其发凡以言例，皆经国之常制，周公之垂法，史书之旧章；仲尼从而修之，以成一经之通体。其微显阐幽、裁成义类者，皆据旧例而发义，指行事以正褒贬。诸称"书""不书""先书""故书""不言""不称""书曰"之类，皆所以起新旧，发大义，谓之变例。然亦有史所不书，即以为义者，此盖《春秋》新意，故《传》不言"凡"、曲而畅之也。其经无义例，因行事而言，则《传》直言其归趣而已，非例也。①

杜预所谓的"三体"即：

一、发凡，即"发凡以言例"，故可称为"凡例"；

二、变例，即"据旧例而发义，指行事以正褒贬"，亦即所谓"起新旧，发大义"，比如书、不书、故书、不言、不称、书曰之类；

三、非例，即"经无义例，因行事而言，故《传》直言其归趣"。

---

① （晋）杜预等注：《春秋三传》，上海古籍出版社1987年版。

第一节　凡例之说

凡例是"发凡以言例"的简说，所谓"发"，郑玄注《礼记正义》："发，起也。"[1] 按此可知，发与起当为同义词，可解释为产生、发起。凡，《说文解字》："最括也。"[2] 段玉裁《说文解字注》所引《说文解字》原文为："冣括而言也。"其注为：

> 冣者，积也。才句切。括者，絜也。絜者，束也。絜者，麻一耑，束之成一耑也。冣括者，总聚而絜束之也。意内言外曰"詈"，其意冣括，其言凡也。……按，《周礼》多言凡。六典，凡也；治典、教典、礼典、政典、刑典、事典，目也。郑注："言冣目者，谓其总数也"，若其他言"凡祭祀""凡宾客""凡礼事""凡邦之吊事"，言"师掌官成以治凡"，亦皆聚括之谓。举其凡，则若网在纲。杜预之说《春秋》曰："《传》之义例，总归诸凡。"凡之言氾也，包举氾滥一切之称也。[3]

据此可知，"凡"为会聚一切、包揽一切之意。从此来说，"凡"是一个会聚全部的整体词。《说文解字》中多"凡某皆从某"之类语句，语句中的"凡"皆为包揽会聚一切之意。《春秋繁露·深察名号第三十五》："号凡而略，名详而目。目者，遍辨其事也，凡者，独举其大也。享鬼神者号，一曰祭。祭之

---

① 《礼记正义》，（清）阮元校刻：《十三经注疏》，第 1675 页。

② （东汉）许慎：《说文解字》，中华书局 1963 年版，第 286 页。此处的"最"相当于段玉裁注所言之"冣"或"聚"。另《公羊传·隐公元年》："会犹最也。"此处的"最"亦相当于"聚"或"冣"，其音为"jù"。

③ （清）段玉裁：《说文解字注》，江苏广陵古籍刻印社 1997 年版，第 681 页。

散名：春曰祠，夏曰礿，秋曰尝，冬曰烝。猎禽兽者号，一曰田。田之散名：春苗、秋蒐，冬狩，夏狝；无有不皆中天意者。物莫不有凡号，号莫不有散名，如是。"①　《公羊传·僖公五年》："一事而再见者，前目而后凡也。"据此可知，"凡"另有总结相同事物的含义。

　　例，《说文解字》释为"比也"。段玉裁注："此篆盖晚出。汉人少言例者，杜氏说《左传》乃云'发凡言例'。例之言迾也。迾者，遮迾以为禁。经皆作列、作厉，不作迾。……《释文》：'例本作列。'盖古比例字祇作列。"②比，《说文解字》："比，密也，二人为从，反从为比。凡比之属皆从比。"③按此可知，"例"赖"比"而后成，众多相同的事件连接在一起方能成"例"，所以"孤事"不能成"例"，"例"亦可作"皆"讲。《公羊传·僖公元年》："元年春，王正月。公何以不言即位？继弑者，子不言即位。此非其子也，其称子何？臣、子一例也。"何休注："礼：诸侯臣诸父兄弟，以臣之继君，犹子之继父也。其服皆斩衰，故《传》称'臣子一例'。"④庄公被弑在闵公二年八月，第二年僖公即位，《史记》《汉书》"僖"多作"釐"，《史记·鲁周世家》："季友闻之，自陈与湣公弟申如邾"，又云："釐公亦庄公少子"，可知僖公名申，并非闵公的儿子，其为闵公的弟弟，但他仍然是闵公的臣子，所以《公羊传》说"臣、子一例"，意思是说臣子或儿子都是一样的。此处的"例"可当"皆"意讲，《左传·宣公十七年》："凡称弟，皆母弟也。"《春秋》和三传中仅此"一例"处。

　　"发凡以言例"在后世亦被称作"发凡以起例"，该语为杜

---

①　（清）苏舆：《春秋繁露义证》，钟哲点校，中华书局 1992 年版，第 287—288 页。

②　（清）段玉裁：《说文解字注》，江苏广陵古籍刻印社 1997 年版，第 381 页。

③　（东汉）许慎：《说文解字》，中华书局 1963 年版，第 169 页。

④　《春秋公羊传注疏》，（清）阮元校刻：《十三经注疏》，第 2246 页。

预所首创。其言"皆经国之常制,周公之垂法,史书之旧章",意为"发凡"为周公所创造,是治国的常用方法和制度,后世加以沿袭并记载于鲁国史书中。杜预所言"仲尼从而修之,以成一经之通体",意为孔子所修《春秋》沿袭周公之"凡",裁成义例以成《春秋》之基本体例,进而发起新例,即杜预所称之"变例",那么显而易见的是,周公之先"凡"则为"正例",故杜预《春秋经传集解序》云:"《传》之义例,总归诸凡,推变例以正褒贬。"①

杜预《春秋释例》云:"丘明之传,有称周礼以正常者,诸称'凡'以发例是也。有明经所立新意者,诸显义例而不称'凡'者是也。称'凡'者五十,其别四十有九。"② 孔颖达疏《春秋序》云:"《释例·终篇》云:'称凡者五十,其别四十有九。'盖以母、弟二凡,其义不异故也。计周公垂典,应每事设法,而据经有例,于传无凡多矣,《释例》四十部,无凡者十五。然则周公之立凡例,非徒五十而已。盖作传之时已有遗落,丘明采而不得故也。且凡虽旧例,亦非全语,丘明采合而用之耳。"③ 据此可得《左传》之五十凡例。

案:凡例第三十九和第四十见于《左传·宣公十七年》:

凡大子之母弟,公在曰公子,不在曰弟。④ (凡例第三十九)

---

① (晋)杜预等注:《春秋三传》,上海古籍出版社1987年版。

② (晋)杜预:《春秋释例·终篇》,中华书局1985年版,第661页。

③ 《春秋左传正义》,(清)阮元校刻:《十三经注疏》,第1705页。

④ 杨伯峻注此为:"此是一通例。然母弟虽其父不存,亦有称'公子'者,如庄二十五年、二十七年《经》两书'公子友如陈',季友为庄公母弟,其时桓公已死。又如昭元年虢之会称'陈公子招',八年则书'陈侯之弟招杀陈世子偃师',盖因其事之不同,行文之便,或称弟,或称公子,固未必拘于书例也。"[杨伯峻:《春秋左传注》(二),中华书局1990年版,第775页]

　　凡称弟,皆母弟也。① (凡例第四十)

　　因为二者所言的意思其实是相同的,都说明了称弟即为同母之弟,所以区别明显的只有四十九凡例。依照孔颖达所述,其实周公之立凡,不仅仅五十凡例,在左丘明作《左传》之前已经有所遗漏,故五十凡例并非全部的义例,《春秋释例·终篇》云:"诸凡虽是周公之旧典,丘明撮其体义,约以为言,非纯写故典之文也。"②

　　凡例之说,自杜预之后就遭到了诸多人的反驳,如唐人啖助云:

　　　刘歆云:"左氏亲见夫子。"杜预云:"凡例皆周公之旧典礼经。"按其《传》例云:"弑君称君,君无道也;称臣,臣之罪也。"然则周公先设弑君之义乎?又云:"大用师曰灭,弗地曰入。"又周公先设相灭之义乎?又云:"诸侯同盟,薨则赴以名。"又是周公令称先君之名以告邻国乎?虽夷狄之人,不应至此也。又云:"平地尺,为大雪。"若以为灾沴乎?则尺雪、丰年之征也,若以为常例顺书乎?不应二百四十二年唯两度大雪,凡此之类,不可类言。则刘杜之言,浅近甚矣。③

　　今人杨向奎说:"夫所谓'凡'者,全称肯定或否定之辞。

---

　　① 杨伯峻注此为:"此又是一通例。考之全《经》,有虽母弟而不称弟者,但无非母弟而称弟者,则此例并无例外。以定十一年《经》为例,辰是宋景公之母弟,故称'弟辰'。他若公子地,则是辰之庶兄,故十年《经》称'公子地',而不称'弟',分别甚为明显。"[杨伯峻:《春秋左传注》(二),中华书局 1990 年版,第 775 页]
　　② (晋)杜预:《春秋释例·终篇》,中华书局 1985 年版,第 661 页。
　　③ (唐)陆淳纂:《春秋啖赵集传纂例》卷一《赵氏损益义第五》,中华书局 1985 年版,第 8—9 页。

有一例外,即难言'凡',况多例外乎?"①

啖助主要从"弑君""灭""入""同盟书名""尺雪"等义例是否恰当来对凡例提出质疑,认为刘歆、杜预的说法过于穿凿浅近,因为这些所谓义例假如真是周公创制的话,那么周公显然不可能预先设定"弑君之义""相灭之义""令称先君之名以告邻国",然后再来创制所谓的义例,毕竟周公完全不可能预知后世发生之事。从"瑞雪兆丰年"的角度来讲,"尺雪"当为丰年之征兆,而非灾异之象征,何况二百四十二年之间仅仅有两处书大雪,这显然不太符合气候事实。而杨向奎之说则从举一反全的逻辑出发来对所谓"凡"提出质疑,由此可知对五十凡例的反驳主要集中在其是否包括全部义例,笔者以为所谓"凡例"固然有例外之处,但是《春秋》经过"笔削"亦是事实,而书法之存在更是不容置疑,只不过有解经是否恰当之分别,杨向奎说:"盖书法乃谓某事之当然,凡例则说明其所以然。至其义例是否有当,乃当别论者也。"② 其言甚是。

第二节　举凡例、变例展现修辞

一　凡例之考察当与变例结合

《左传·隐公七年》:七年春,滕侯卒。不书名,未同盟也。凡诸侯同盟,于是称名,故薨则赴以名,告终称嗣也,以继好息民,谓之礼经。

杜预注:此言凡例,乃周公所制礼经也。十一年不告

① 杨向奎:《略论"五十凡"》,《绎史斋学术文集》,上海人民出版社1983年版,第216页。

② 杨向奎:《论〈左传〉之性质及其与〈国语〉之关系》,《绎史斋学术文集》,上海人民出版社1983年版,第192—193页。

之例，又曰不书于策。明礼经皆当书于策。仲尼修《春秋》，皆承策为《经》。丘明之《传》博采众记，故始开凡例，特显此二句。他皆放此。①

案：《左传·隐公元年》的传文为《左传》五十凡例之第一，《左传》阐明此一凡例的重要意义在于此为开篇之第一例，凡例皆承接周公所制礼经。
　　另：

> 《春秋·僖公二十三年》：冬十有一月，杞子卒。
> 《左传·僖公二十三年》：十一月，杞成公卒。书曰"子"。杞，夷也，② 不书名，未同盟也。凡诸侯同盟，死则赴以名，礼也。③ 赴以名则亦书之，不然则否，辟不敏也。④

案：《左传》阐释此凡例目的在于揭示在此后经文中，凡是诸侯卒不书名的是未同盟的关系，凡是为同盟关系的诸侯则书其名，赴告以名。按此可知，此一凡例中最重要的词语在于"书名"二字，不书名与书名则暗示着诸侯之间的关系，这亦是采用此种笔法所需要达到的修辞效果。如《左传·昭公三年》："丁未，滕子原卒。同盟，故书名。"《左传·昭公三十一年》："薛伯谷卒，同盟，故书。"
　　以下为《左传》所言之五十凡例。

---

① （晋）杜预：《春秋经传集解》，上海古籍出版社1997年版，第41页。
② 杜预注："成公始行夷礼以终其身，故于卒贬之。杞实称伯，仲尼以文贬称子，故《传》言'书曰子'以明之。"（《春秋经传集解》，上海古籍出版社1997年版，第332页）
③ 杜预注："隐七年已见，今重发不书名者，疑降爵故也。此凡又为国史承告而书例。"（《春秋经传集解》，上海古籍出版社1997年版，第332页）
④ 杜预注："同盟然后告名，赴者之礼也。承赴，然后书策，史官之制也。内外之宜不同，故《传》重详其义。"（《春秋经传集解》，上海古籍出版社1997年版，第332页）

1. 隐公

（1）七年：凡诸侯同盟，于是称名，故薨则赴以名，告终、称嗣也，以继好息民，谓之礼经。

（2）九年：凡雨，自三日以往为霖，平地尺为大雪。

（3）十一年：凡诸侯有命，告则书，不然则否。师出臧否，亦如之。虽及灭国，灭不告败，胜不告克，不书于策。

2. 桓公

（4）元年：凡平原出水为大水。

（5）二年：凡公行，告于宗庙；反行，饮至、舍爵、策勋焉，礼也。特相会，往来称地，让事也。自参以上，则往称地，来称会，成事也。

（6）三年：凡公女，嫁于敌国，姊妹，则上卿送之，以礼于先君；公子，则下卿送之。于大国，虽公子，亦上卿送之。于天子，则诸卿皆行，公不自送。于小国，则上大夫送之。

（7）五年：凡祀，启蛰而郊，龙见而雩，始杀而尝，闭蛰而烝。过则书。

（8）九年：凡诸侯之女行，唯王后书。

3. 庄公

（9）三年：凡师，一宿为舍，再宿为信，过信为次。

（10）十一年：凡师，敌未陈曰败某师，皆陈曰战，大崩曰败绩。得俊曰克，覆而败之曰取某师，京师败曰王师败绩于某。

（11）二十五年：凡天灾，有币、无牲。非日月之眚不鼓。

（12）二十七年：凡诸侯之女，归宁曰来，出曰来归；夫人归宁曰如某，出曰归于某。

（13）二十八年：凡邑，有宗庙先君之主曰都，无曰邑。邑曰筑，都曰城。

（14）二十九年：凡马，日中而出，日中而入。

（15）二十九年：凡师，有钟鼓曰伐，无曰侵，轻曰袭。

（16）二十九年：凡物，不为灾，不书。

（17）二十九年：凡土功，龙见而毕务，戒事也；火见而致用，水昏正而栽，日至而毕。

（18）三十一年：凡诸侯有四夷之功，则献于王，王以警于夷；中国则否。诸侯不相遗俘。

4. 僖公

（19）元年：凡侯伯，救患、分灾、讨罪，礼也。

（20）四年：凡诸侯薨于朝、会，加一等；死王事，加二等。

（21）五年：凡分、至、启、闭，必书云物，为备故也。

（22）八年：凡夫人，不薨于寝，不殡于庙，不赴于同，不袝于姑，则弗致也。

（23）九年：凡在丧，王曰小童，公侯曰子。

（24）二十年：凡启塞，从时。

（25）二十三年：凡诸侯同盟，死则赴以名，礼也。赴以名，则亦书之，不然则否，辟不敏也。

（26）二十六年：凡师，能左右之曰以。

（27）三十三年：凡君薨，卒哭而袝，袝而作主，特祀于主，烝、尝、禘于庙。

5. 文公

（28）元年：凡君即位，卿出并聘，践修旧好。

（29）二年：凡君即位，好舅甥，修昏姻，取元妃以奉粢盛，孝也。孝，礼之始也。

（30）三年：凡民逃其上曰溃，在上曰逃。

（31）七年：凡会诸侯，不书所会，后也。后至，不书其国，辟不敏也。

（32）十四年：凡崩、薨，不赴，则不书。祸、福，不告，亦不书。

（33）十五年：凡胜国，曰灭之；获大城焉，曰入之。

（34）十五年：凡诸侯会，公不与，不书，讳君恶也。与而不书，后也。

6. 宣公

（35）四年：凡弑君，称君，君无道也；称臣，臣之罪也。

（36）七年：凡师出，与谋曰及，不与谋曰会。

（37）十年：凡诸侯之大夫违，告于诸侯曰："某氏之守臣某，失守宗庙，敢告。"所有玉帛之使者则告；不然，则否。

（38）十六年：凡火，人火曰火，天火曰灾。

（39）十七年：凡大子之母弟，公在曰公子，不在曰弟。

（40）十七年：凡称弟，皆母弟也。

（41）十八年：凡自内虐其君曰弑，自外曰戕。

7. 成公

（42）八年：凡诸侯嫁女，同姓媵之，异姓则否。

（43）十二年：凡自周无出，周公自出故也。

（44）十五年：凡君不道于其民，诸侯讨而执之，则曰某人执某侯，不然则否。

（45）十八年：凡去其国，国逆而立之，曰入；复其位，曰复归；诸侯纳之，曰归；以恶曰复入。

8. 襄公

（46）元年：凡诸侯即位，小国朝之，大国聘焉，以继好、结信、谋事、补阙，礼之大者也。

（47）十二年：凡诸侯之丧，异姓临于外，同姓于宗庙，同宗于祖庙，同族于祢庙。

（48）十三年：凡书取，言易也；用大师焉曰灭；弗地曰入。

9. 昭公

（49）四年：凡克邑，不用师徒曰取。

10. 定公

（50）九年：凡获器用曰得，得用焉曰获。

杨向奎对五十凡例评价说：

　　《左传》之言"凡",可分三类:若其言"书""不书",如"凡诸侯之女行,唯王后书","凡物不为灾不书",是为史官修史时法创,今简谓之"史法",凡例中属于此者共九条。若其言"曰"、言"为",如"凡师能左右之曰以","凡平原出水为大水",为修史时之属辞,今简谓之"书法",凡例属于此者共二十二条。若其言"礼"、言"常",如"凡天灾有币无牲,非日月之眚不鼓","凡侯伯救患分灾讨罪,礼也",今简谓之"礼经",凡例中属于此者共十九条。"礼经"之类,因《经》《传》记载甚少,难以比类,且不晓当时礼制详情,故少论列。①

　　杨氏按其自己说法,将以上所列五十凡例分为三类。
　　史法类:3、8、16、21、25、31、32、34、35;
　　书法类:2、4、7、9、10、12、13、15、23、26、30、33、36、38、39、40、41、44、45、48、49、50;
　　礼经类:1、5、6、11、14、17、18、19、20、22、24、27、28、29、37、42、43、46、47。
　　据杜预所言"据旧例而发义,指行事以正褒贬","起新旧,发大义"可知,所谓变例是依旧例而发义,像"书""不书""先书""故书""不言""不称""书曰"等都属于变例,由此可知,非例是经过改造之后的凡例,故对凡例的考察需要同非例结合起来进行。孔颖达曰:"诸传之所称'书'、'不书'、'先书'、'故书'、'不言'、'不称'及'书曰'七者之类,皆所以起新旧之例,令人知'发凡'是旧,七者是新发,明经之大义,谓之变例,以'凡'是正例,故谓此为'变例'。犹

_____

　　① 杨向奎:《略论"五十凡"》,《绎史斋学术文集》,上海人民出版社 1983 年版,第216 页。

《诗》之有'变风'、'变雅'也。"① 故非例尤显《春秋》之义例。

二 书

（一）书"士縠"举例

《春秋·文公二年》：夏六月，公孙敖会宋公、陈侯、郑伯、晋士縠盟于垂陇。

杜预注：士縠出盟诸侯，受成于卫，故贵而书名氏。②

《左传·文公二年》：书士縠，堪其事也。

杜预注：晋司空，非卿也，以士縠能堪卿事，故书。③

案：文公元年，晋国以卫国不前来朝见派兵进攻卫国，当年六月八日，晋国占领戚地并俘虏了孙昭子。在这样的情况下，卫国请求陈共公向晋国求和，同时又让本国的孔达"帅师伐晋"，遂有垂陇之会。"堪"意为胜任，即士縠能胜任同诸侯会盟的使命。垂陇之盟，以晋为主，而在此之前，诸侯会盟未有以一国大夫为主的情况。《左传·文公二年》记载："晋人以公不朝来讨，公如晋。夏四月己巳，晋人使阳处父盟公以耻之。书曰'与晋处父盟'，以厌之也。适晋不书，讳之也。"晋国以文公不朝为由来讨伐鲁国，这样，文公就不得不前往晋国朝见，然而晋襄公却在四月十三日派大夫阳处父同文公会盟，显然可见晋襄公对文公的轻视之意。在文公之前，尚无诸侯大夫同鲁国会盟的先例，故《春秋》并不书文公入晋，此为讳书笔法。书"与晋处父盟"，省略氏族"阳"，则是为了表示对晋国厌

---

① 《春秋左传正义》，（清）阮元校刻：《十三经注疏》，第 1706 页。

② （晋）杜预：《春秋经传集解》，上海古籍出版社 1997 年版，第 425 页。

③ 同上书，第 429 页。

恶，《公羊传·文公二年》："何以不氏？讳与大夫盟也。"赵匡曰："按此乃是深责晋之无礼，非为公讳也。"①赵匡之言甚是，由此可见"《春秋》笔法"的基本倾向态度。

正是由于文公四月受辱于晋国，故六月垂陇之会，文公并未亲自前往，穆伯公孙敖得以参加会盟。《春秋》记事以鲁国为主，故垂陇之会鲁国公孙敖排在首位。垂陇之会以晋国司空士縠主盟，就士縠本身的官阶——大司空而言，他尚不具备卿大夫的官阶，然而却能完成同诸侯的会盟，故《左传》书"堪其事也"，意即士縠以大司空的官阶能胜任卿大夫的职责同诸侯会盟，此为《左传》所记之书法。针对这点，啖助反驳说："既命之卿，例皆书名，不论堪与不堪。若言士縠是未命特书者，则此会不闻有美，何足异乎？若不堪其事，自当罪尔？"②按啖助的说法，既然士縠受命于晋襄公，从义例上来讲就应当书士縠的名字，无须说他胜任或不能胜任，对此杨伯峻亦认为："自此以后至宣公以前，霸国之大夫会盟书名，霸国之大夫及一国二国之大夫，如宋华元、郑公子归生、卫孙免，侵伐亦书名。……此盖史者据形势而渐变书法。"③但是士縠毕竟是以大司空的身份来主盟，故其名只能排在宋公、陈侯、郑伯等之后，此盖《春秋》尊诸侯等级之意也。

垂陇之会盟的主要目的是："谋卫也，于是卫执孙达以说于晋。"④但是垂陇之盟书晋国大夫士縠之名的深刻含义显然并不仅在于此，宋人沈棐云："按经元年卫人伐晋，故士縠盟诸侯及大夫以讨之。然自春秋以来，未有大夫专盟，敖与士縠首启其恶。自是，诸国大夫例专盟会，故《春秋》谨书之以惩其不轨

① （唐）陆淳纂：《春秋集传辩疑》，中华书局1985年版，第74页。
② 同上。
③ 杨伯峻：《春秋左传注》（二），中华书局1990年版，第522页。
④ （宋）苏辙：《春秋集解》卷六，文渊阁《四库全书》本。

也。"① 宋人崔子方对此评价时亦云："此五国之盟，何以不言'同'？晋方使处父盟公，又使士縠盟诸侯，晋之罪也，故不言'同'，以见公侯主大夫而盟，非所同也。垂陇，晋地，犹之七年扈之盟尔。扈之盟，不叙诸侯，不名晋大夫，此则叙诸侯而名士縠何也？扈之盟，公在，是而垂陇之盟公不在，是为其讥也，薄特以见，非所同而已。"②

《春秋·文公七年》："秋八月，公会诸侯、晋大夫盟于扈。"

《左传·文公七年》："秋八月，齐侯、宋公、卫侯、陈侯、郑伯、许男、曹伯会晋赵盾盟于扈，晋侯立故也。公后至，故不书所会。凡会诸侯，不书所会，后也。后至，不书其国，辟不敏也。"

案：文公七年，扈之盟，因为文公后到，所以《春秋》不书会盟的诸侯及参加会盟的晋大夫之名。实际上，当年参加扈之盟的有齐侯、宋公、卫侯、陈侯、郑伯、许男、曹伯（共公）等诸侯，因为晋灵公初立，尚在襁褓之中，故晋国参加会盟的是晋国大夫赵盾。扈之盟与垂陇之盟的差别就在于文公亲自参加了扈之盟，故崔子方言"为其讥也"，就是说文公讥刺晋国的无礼。

由沈棐及崔子方之言可知，此处书"士縠"之名意在揭示春秋时代的一个基本现实：大夫主盟暗示大夫主政，国家政治由大夫把持，诸侯权柄逐渐下移，进而发展到大夫同诸侯之间的对抗，这样就必然会危及诸侯国家的稳定，孔子曰："天下有道，则礼乐征伐自天子出；天下无道，则礼乐征伐自诸侯出。"（《论语·季氏》）胡安国云："晋遂以大夫盟诸侯也，大夫而

---

① （宋）沈棐：《春秋比事》卷十二，文渊阁《四库全书》本。

② （宋）崔子方：《春秋经解》卷六，文渊阁《四库全书》本。

于诸侯敌，于是始，是故书士縠，而后凡役书大夫。"① 宋人洪咨夔亦对此有极为精辟的评说："晋襄公暴而诈，轻而无礼，出师必身在戎行，至会盟则命其臣与诸侯抗轩，轩然以坎蛙自尊，其意欲卑列国而国柄已隐然下移矣。公孙敖，庆父之子，即孟孙氏，公即位，以来会诸侯，盟宋、陈、郑三国君，皆敖臣而敌君也。履霜坚冰至，晋鲁之政所以皆在大夫。"② 其言甚是。

由上而知，书"士縠"所展现的修辞意义在于：

1. 士縠以大司空之职能胜任卿大夫主盟之责，虽为主盟，但由于身份的限制，只能排在宋、陈、郑等诸侯之后，此为表层之含义。

2. 公孙敖以大夫身份参加会盟，起因在于晋襄公以大夫阳处父同文公会盟，轻视文公，故省处父之氏族"阳"，表明了文公对晋襄公的厌恶之情和对晋襄公无礼的责备，此为第二层深意。

3. 公孙敖以大夫身份、士縠以大司空身份参加会盟，暗示了诸侯权柄逐渐下移，进而造成了大夫与国君之间的敌对，晋国和鲁国的朝政逐渐由大夫把持，晋国遂有"箕郑父、先都、士縠、梁益耳、蒯得作乱"（《左传·文公八年》），由此可见《春秋》委婉显幽之笔法。

（二）土功书"不时"与"时"举例

1. 土功书有"不时"

《左传·隐公七年》：夏，城中丘。书（着重号为笔者所加，后同），不时也。

《左传·隐公九年》：夏，城郎。书，不时也。

---

① （宋）胡安国：《春秋传》卷十四，文渊阁《四库全书》本。
② （宋）洪咨夔：《春秋说》卷十二，文渊阁《四库全书》本。

案：隐公七年、九年，皆用周正，同为建丑之年，杨伯峻说："周正之夏，当夏正之春，正农忙季节，若非急难，不宜大兴土功，故云'不时'。"①

《左传·庄公二十九年》：二十九年春，新作延厩，书，不时也。凡马，日中而出，日中而入。②

案：日中为春分、秋分之称，即白天和黑夜的长短相等，春分正是百草丰茂时节，恰好适合马匹野外放牧；而秋分却是水枯草萎的时节，马匹则适于返回马厩，故春天新修马厩不合时节。此"不书"恰好是对"凡马，日中而出，日中而入"这一凡例的具体解释，显然孔子从此凡例中生发了新的义例。

《左传·僖公二十年》：二十年春，新作南门③。书，不时也。凡启塞，从时。

《左传·成公十八年》：筑鹿囿，书，不时也。

案：《春秋》三书筑囿，其两处分见昭公九年"筑郎囿"和定公十三年"冬，筑蛇渊囿"，郎与蛇渊为地名，则"鹿"亦当为地名。"囿"为养殖禽兽和种植树木的地方。《左传》没有记载定公十三年的"筑蛇渊囿"，但据经文可知，筑囿的时间为冬天，其应当是得"时"。

---

① 杨伯峻：《春秋左传注》（一），中华书局 1990 年版，第 65 页。

② 杜预注："日中，春秋分也。治厩当以秋分，因马向入而修之，今以春作，故曰'不时'。"（《春秋经传集解》，上海古籍出版社 1997 年版，第 202 页）

③ 杜预注："鲁城南门也，本名稷门。僖公更高大之，今犹不与诸门同，改名高门也。言新以易旧，言作以兴事，皆更造之文也。"（《春秋经传集解》，上海古籍出版社 1997 年版，第 317 页）由此可知，所谓"新作"是在旧的建筑上进行改造。

《左传·定公十五年》：冬，城漆，书，不时告也。

案：《春秋·襄公二十年》言"邾庶其以漆、闾丘来奔"，故漆地已属鲁国。此年修筑漆城时间为秋季，而并非冬季，但因为筑城必须在农闲时间，此时秋季筑城就不能告于祖庙，于是故意延迟到冬季才告祖，故《左传》言"不时告也"。据此可知，此条经文除了有贬斥筑城"不时"的行为之外，还有对告祖进行欺骗行为的贬斥，其贬斥之语气程度显然更重于前面所言的"不时"，真可谓一言双关，"此时无贬更有贬"！

杨伯峻注："不时者，谓既非国防之所急，而又妨碍农功。"① 由此可知所谓"不时"可理解为不是干某事的时候。

2. 土功书"时"

《左传·桓公十六年》：冬，城向。书，时也。
《左传·庄公二十九年》：冬十二月，城诸及防，书，时也。
《左传·文公十二年》：城诸及郓，书，时也。

案：《春秋·文公十二年》云"季孙行父帅师城诸及郓"，在此条经文上言"冬十有二月戊午，晋人、秦人战于河曲"，故可知此处的筑城当在冬季，故《左传》言"时也"。《左传·昭公元年》云"莒、鲁争郓，为日久矣"，而诸城和郓城皆与莒国相邻，此时二城皆为鲁国所有，为防止莒国派兵来争，故需大夫率领军队前往筑城。由此可知，"季孙行父帅师城诸及郓"的经文除了向我们传达其筑城"得时"这一基本信息之外，还充分反映出鲁国和莒国对郓城的争夺，进而揭示出春秋时代复杂

---

① 杨伯峻：《春秋左传注》（一），中华书局 1990 年版，第 54 页。

的诸侯国关系。除此之外，《春秋》中书"帅师筑城"的地方还有襄公十五年："季孙宿、叔孙豹帅师城成郛。"[①] 及哀公三年："季孙斯、叔孙州仇帅师城启阳。"（无《左传》文）

《左传·宣公八年》：城平阳，书，时也。
《左传·成公九年》：城中城，书，时也。

案：《春秋·定公六年》亦云："冬，城中城。"（无《左传》文）《穀梁传·成公九年》云："城中城者，非外民也。"据此可知，此"中城"当为鲁国国都曲阜之内城，筑城时间为冬季，故《左传》言"时也"。

《左传·襄公十三年》：冬，城防。书事，时也。于是将早城，臧武仲请俟毕农事，礼也。
《左传·昭公九年》：冬，筑郎囿。书，时也。

案：以上七条《春秋》中言筑城者，皆冬季，而冬季农事完毕，筑城会增加国防力量，故《左传》皆言"时也"，即适合干某事的时候。

以上言土功，土功凡例见于《左传·庄公二十九年》："凡土功，龙见而毕务，戒事也；火见而致用，水昏正而栽，日至而毕。"是说，只要是土木工程，当见到苍龙星（夏正九月、周正十一月早晨出现在东方）而农事也完成了，那么就要做好施工的相关准备了；当见到大火星（夏正十月之初早晨出现在东方）则要把所需工具收集在工场上，在黄昏时候见到在

_____

① 据《春秋》可知，襄公十五年夏季，齐国军队侵犯鲁国北部边境，包围成地，襄公出兵，到达遇地的时候，齐国已退兵，但是成地外城已被毁坏，故有季孙宿、叔孙豹帅师城之举。虽然时间为夏季，但由于兴土功是为了增加成地防御，其义甚明，故《左传》无须指出"时也"。

南方的营室星（十月黄昏时候出现在南方），就要筑墙打夯并立板，到冬至以后就不能再施工了，此凡例言土功的具体时间段为九月（农事完毕）到十二月（冬至之前），否则在其他时间进行土功就是"不时"。《春秋》中书筑城者共二十九处，《左传·僖公二十年》所言"凡启塞，从时"亦归于土功之例，杜预注云："门户道桥谓之启，城郭墙堑谓之塞，皆官民之开闭，不可一日而阙，故特随坏时而治之。今僖公修饰城门，非开闭之急，故以土功之制讥之。《传》嫌启塞皆从土功之时，故别起从时之例。"①

由上述所举例可知，凡土功，《左传》中言"时也"皆据土功凡例而得，而言"不时"则皆有贬斥之意，这就是所谓孔子修《春秋》所发展出来的新意和变例。我们可以通过土功凡例获得《春秋》对各次土功记录的具体时间，进而推断其"时"与"不时"，故土功凡例除了是推断的具体依据外，还是言"时"与"不时"的具体原因，这样，"时"与"不时"就同褒贬大义取得了内在的联系，即言"时"就意味着肯定，而言"不时"则意味着贬斥否定。由此我们完全可以这么认为：凡例是变例的具体依据，同时亦是孔子进行褒贬大义的联系纽带，通过对相关文辞的修饰和调整凡例就成了变例，由于同褒贬大义的连接，变例遂取得了自己的修辞效果和意义。

三　不书，以"不书即位"举例

《左传》中言"不书"之处共六十二处，一般情况下在"不书"之后有相关原因的解释。以"不书即位"为例，《春秋》记事之成例为在每一国君即位的第一年书"元年春王正月，公即位"，但是鲁国十二公之中却有五公，即隐公、庄公、闵公、僖公、定公未作这样的书写，故有"不书即位"之

---

① （晋）杜预：《春秋经传集解》，上海古籍出版社 1997 年版，第 318 页。

变例。

（一）隐公：摄也

《春秋·隐公元年》：元年春王正月。

杜预注：隐公之始年，周王之正月也。凡人君即位，欲其体元以居正，故不言一年一月也。隐虽不即位，然摄行君事，故亦朝庙告朔也。①

《左传·隐公元年》：元年春，王周正月，不书即位，摄也。

杜预注：假摄君政，不修即位之礼，故史不书于策，《传》所以见异于常。②

案：惠公的原配妻子是孟子，孟子逝世以后，惠公新娶了小妾声子，而隐公恰好是声子的儿子。声子并不是惠公的正妻，其第二任妻子是宋国的仲子，仲子生了桓公，妻妾生子不同贵贱，故可知隐公卑而桓公贵。在惠公逝世之后，隐公代行国君之政，虽为摄政，其实仍奉桓公为君，故《春秋》不书"公即位"。杜预云："谥法，不尸其位曰隐。"③

宋人刘敞对"隐公之摄"进行辩驳时云："若隐公本当立，则《传》应云'不书即位，让也'，不应乃云'摄也'。未有当其位而云摄者也，未有摄其位而云让者也。知摄让之名所为施，则知隐公之当立与不当立矣。且若隐公本当立，则羽父无缘请杀桓公也；推羽父所以请杀桓公者，盖见隐公本不当立，今久摄不迁，疑隐公欲遂有之也。使隐公本当立者，则羽父必能知桓公之已绝望，何故求杀之哉？且桓公之母为夫人，隐公之母

---

① （晋）杜预：《春秋经传集解》，上海古籍出版社1997年版，第3页。

② 同上书，第5页。

③ 同上书，第1页。

为妾，妾主不同贵贱可知矣。然此《传》言桓隐贵贱自未足信。而杜氏于其中又错贵贱之分，何为未足信乎？曰：'让则不摄，摄则不让。'《传》谓隐公摄是非其位而据之者也，于王法所不得为，于王法所不得为，则桓之弑隐恶少减矣。《春秋》不宜深绝之，今以其深绝之，知隐公乃让也，非摄也。今以摄言隐公是不尽《春秋》之情也。何谓错贵贱之分乎？吾既言之于前矣，盖注与《传》违，《传》与《经》违，非深知《春秋》之情者不能考也。"① 总结刘敞之观点，其认为隐公本不应当被立为国君却被立为国君，所以隐公说要"让位"于桓公。之后，隐公既然被立为国君，那么就不能言隐公摄政，如果言隐公"摄政"则不能清楚理解隐公要让位于桓公之深意，也就减少了桓公弑隐公的罪恶，这就显然是没有理解孔子不书"即位"的深刻含义。针对隐公是否为"摄政"，杨伯峻说："然据下文《传》'公摄位而欲求好于邾'，'公立而求成焉'等句，是隐公行国君之政，而实奉桓公为君，非立之为太子。桓公之被立为太子，惠公未死时已如此，不待隐公再立之。桓公虽非初生婴儿，其年亦甚幼小，不能为君，故隐公摄政焉耳。……讫隐公之世，不称即位，惠公之葬弗临，于桓公母仲子之死则用夫人之礼，于己母则仅称'君氏卒'，是不用夫人礼，处处皆足以明之。摄位称公亦犹周公摄位称王，固周礼也。"② 杨伯峻之言甚是。

隐公十一年，羽父以杀掉桓公为条件向隐公求取大宰之职，但是隐公以桓公年少、自己要让位于桓公的缘由拒绝了羽父的请求。羽父害怕，反而向桓公进谗言，说隐公要杀桓公，于是二人密谋杀掉隐公。十月十五日，羽父派人杀掉了隐公。杜预云："天子既已定之，诸侯既已正之，国人既已君之，而隐终有让国授桓之信，所以不行即位之礼也。"③ 故可知，隐公虽为摄

---

① （宋）刘敞：《春秋权衡》卷一，文渊阁《四库全书》本。

② 杨伯峻：《春秋左传注》（一），中华书局1990年版，第4—5页。

③ （晋）杜预：《春秋释例》，中华书局1985年版，第2页。

政，其实周天子及诸侯各国皆已视其为鲁国国君，隐公不让羽父杀桓公，并言自己本有让位于桓公之心，隐公之贤明由此可见，然而桓公却同羽父密谋杀掉了隐公，桓公以己之恶弑贤明之君，《春秋》之贬斥大义由此可见。

（二）闵公：乱故

《春秋·闵公元年》：元年春王正月。
《左传·闵公元年》：元年春，不书即位，乱故也。
杜注：国乱不得成礼。[1]

案：庄公有三个弟弟，依长幼次序分别为庆父、叔牙、季友。庄公重病之时曾向叔牙询问谁可以继承王位，叔牙认为"庆父材"，即叔牙愿意推举庆父为王。庄公又向季友询问，季友则回答愿意以生命奉立子般（子般为庄公同党氏之女孟任所生之子），庄公就把叔牙推举庆父的事情告诉了季友。季友假借庄公之命让叔牙前往铖巫氏家，然后让铖季逼迫叔牙饮下毒酒，叔牙遂在归途之中死于逵泉，这样庄公就只剩下庆父和季友两个弟弟。庄公三十二年（前662）八月五日，庄公死于自己居住之地路寝。子般因季友的支持得以继位，但是居住在党氏家里。十月二日，庆父指使圉人荦（荦为人名）将子般杀害在党氏家里，于是季友不得不逃往陈国，这样，闵公得以成为鲁君。闵公是庄公夫人哀姜的妹妹叔姜的儿子，即齐侯的外甥，因为有齐国的支持才得立为鲁君。庄公去世之后，整个鲁国为了争夺王位陷入混乱，而争夺的过程却又是曲折多变的。子般即位，未及两月就被庆父派人所杀，故闵公在仓促之间即位，其继承的并非庄公之位，而是子般的王位，故《公羊传·闵公元年》云："公何以不言即位？继弑君不言即位。孰继？继子般也。"

---

① （晋）杜预：《春秋经传集解》，上海古籍出版社1997年版，第214页。

由此可知，闵公元年的不书"公即位"其主要原因就在于庄公
之弟庆父和季友等对王位继承人的争夺，即位之礼，因国乱
而缺。

　　刘敞曰："杜云'国乱不得成礼'皆非也。去年十月子般
卒，子般卒则闵公立已三月，乱亦定矣，言'乱不得成礼'非
也。且必若云何以能朝庙乎？朝庙岂非即位乎？"① 刘敞在这里
显然忽略了闵公是继被弑国君子般之位，《穀梁传·桓公元年》
云："继故不言即位，正也。继故不言即位之为正，何也？曰先
君不以其道终，则子弟不忍即位也。继故而言即位，则是与闻
乎弑也。继故而言即位，是为与闻乎弑，何也？曰先君不以其
道终，己正即位之道而即位，是无恩于先君也。"就是说如果前
一君主不是正常死亡，而是被杀的话，后一君主言即位就有参
与弑君的嫌疑，且对先君没有情意，《穀梁传》之说甚是。其时
庆父当朝，闵公年仅八岁，甚为年幼，季友尚在陈国，庆父杀
子般、意图自立的目的尚未达到，显然鲁国之乱并未完全平定。
另《春秋·闵公元年》云"夏六月，葬庄公"，庄公去年八月
去世，至下葬之时已十一个月，按照《左传·隐公元年》所载，
诸侯五个月而下葬，根据《春秋》记载，其下葬延缓了三个月，
由此亦可证闵公元年之时鲁国之乱尚未平定。元人赵汸云："又
有以不书'公即位'为夫子所削者，盖由不信左氏之过。左氏
知鲁史有不书之例，而考之不详，于隐公不书即位曰'摄也'
是矣，于庄公不书即位曰'文姜出故也'、闵公不书即位曰'乱
也'、僖公不书即位曰'公出故也'，不举其大而举其细，随事
为说，义不相通，故说者得以排之。唯《穀梁》谓'继故不称
即位，正也，先君不以其道终，则子弟不忍即位'，此说必有所
传，而学者不能折中，故即位一也，书亦有罪，不书亦有罪，

---

① （宋）刘敞：《春秋权衡》卷三，文渊阁《四库全书》本。

而义愈不通矣，由学者皆不知有存策书大体之法，故其失多类此。"① 由赵汸之说可知，刘敞之缺失一方面在于《左传》本身随事而言，对鲁史不书之例考察不详细；另一方面则在于刘敞并未深入了解鲁史的存策书大体之法②，因此完全可这么认为，闵公"不书即位"的真实原因就在于鲁国本身的动乱，闵公即位之礼本缺，鲁史并未加以记载，故并非孔子笔削而为。

（三）僖公：公出复入

《春秋·僖公元年》：元年春王正月。

《左传·僖公元年》：元年春，不称即位，公出故也。公出复入，不书，讳之也。讳国恶，礼也。

杜预注"不称即位，公出故也"：国乱，身出复入，故即位之礼有阙。③

杜预注：掩恶扬善，义存君亲，故通有讳例，皆当时臣子率意而隐，故无深浅常准。圣贤从之以通人理，有时而听之可也。④

案：闵公即位，庆父当政。二年八月二十四日，庆父指使卜齮将闵公杀害于宫城中门，欲自立为王，季友带着闵公弟弟僖公出逃到邾国，这样季友和僖公才免遭杀害。庆父与哀姜通奸，哀姜想立庆父为王，于是导致了闵公被杀。虽然闵公被弑，但因为齐国的反对，庆父谋求为王的计划失败，于是不得不逃

---

① （元）赵汸：《春秋属辞》卷一，文渊阁《四库全书》本。按此可知赵汸所言之策书大体为史书对国家大事件的记载，这形成了史书的基本体例。

② 赵汸曰："然古者非大事不登于策，小事则简牍载之，故曰'国之正史也'。今以《春秋》所书準西周末乱之时，其书于策者，不过公即位、逆夫人、朝聘会同、崩薨卒葬、祸福告命、雩社禘尝、蒐狩城筑、非礼不时与夫灾异庆详之感，而一国纪纲本末略具，善恶亦存其中，盖策书大体不越乎此而已。"（《春秋属辞》卷一）

③ （晋）杜预：《春秋经传集解》，上海古籍出版社1997年版，第235页。

④ 同上。

往莒国。季友和僖公出逃到邾国之后，力图复国，在庆父出逃之后重新回到鲁国，僖公才得以被立为鲁君。《左传》所言僖公元年"不称即位"是因为僖公出奔，孔颖达疏："去年八月闵公死，僖公出奔邾；九月，庆父出奔莒，公即归鲁；言公出故者，公出而复归，即位之礼阙，为往年公出奔之故，非言应即位之时公在外也。"① 僖公出奔之后重新回到鲁国，《春秋》并未加以记载，其原因在于避讳言鲁国的祸乱，所以是符合礼节的，故孔颖达疏："国内有乱，致令公出，不书公出复入，讳国乱也。国乱，国之恶事；讳国恶，是礼也。时史讳而不书，仲尼因而不改，嫌讳非礼，故以礼居之。"② 傅隶朴则认为："按僖公之出，乃因成季见闵公遇弑，恐公遭害，庄公绝嗣，乃以公往邾避难，及哀姜孙，庆父奔，成季乃以公入而立之，公之出入，都不是国君身份，如郑忽之以在位之君出，又以复国入，故出入都书。僖公之出入不书，乃是史例当然，并非有所讳，更无国恶之可言。"③ 观孔氏和傅氏相争之言可知，僖公之出入皆非以国君身份，从史书专书国君身份的出入来看，不书僖公之出入乃是遵从史例。

（四）庄公：文姜出故

《春秋·庄公元年》：元年春王正月。

《左传·庄公元年》：元年春，不称即位，文姜出故。

案：鲁国十二公之中，元年不书"公即位"的为隐公、庄公、闵公、僖公，《左传》中言"不书即位"的为隐公、闵公，言"不称即位"的为庄公、僖公，虽然有"不书"和"不称"

---

① 《春秋左传正义》，（清）阮元校刻：《十三经注疏》，第1790页。

② 同上。

③ 傅隶朴：《春秋三传比义》，台湾商务印书馆1983年版，第277页。

之差异，但因其皆未言"公即位"，故此处将它们列一起。

桓公十八年，桓公带着夫人文姜与齐襄公在泺地相会，随后前往齐国，但是夫人却同齐襄公通奸，桓公知悉此事之后，对文姜严加指责，文姜遂把此事告诉了齐襄公。《公羊传·庄公元年》云："夫人谮公于齐侯，公曰：'同非吾子，齐侯之子也。'"同即庄公，生于桓公六年，《史记·齐世家》云："四年，鲁桓公与夫人如齐。齐襄公故尝私通鲁夫人。鲁夫人者，襄公女弟也，自釐公时嫁为鲁桓公妇，及桓公来而襄公复通焉。"显然齐襄公同文姜通奸由来已久，但是他们在桓公四年通奸，而公子同生于六年，说公子同是齐襄公的儿子，这在时间上不符，可见文姜是在向齐襄公进谗言。齐襄公听见文姜如此之说，感到十分愤怒，当然其真实心理是自己同妹妹通奸的事被自己妹夫桓公知悉之后恼羞成怒。夏四月初十这一天，在招待完桓公的宴会之后，齐襄公指使彭生在帮助桓公上马车之时，手持木棒将桓公杀害于马车之中，此即《左传》所言"公薨于车"。

桓公被害于齐国，文姜因为有参与弑君、杀夫的嫌疑，不敢回鲁国，只能久居在齐国，故《左传》言"不称即位，文姜出故"，是说因文姜出奔在齐国，庄公就不忍心行即位之礼。杜预注云："文姜与桓俱行，而桓为齐所杀，故不敢还。庄公父弑母出，故不忍行即位之礼。据文姜未还，故《传》称文姜出也。姜于是感公意而还。不书，不告庙。"[1] 但实际上据《春秋·庄公元年》"三月，夫人孙于齐"可知，文姜在庄公即位之后曾回到鲁国。对《左传》之言"不称即位，文姜出故"做进一步的分析可知，庄公父仇未报，他作为一名国君怎么能为一位有参与弑君、杀夫之嫌疑的淫母行即位之礼呢？这显然于情理上不通。《穀梁传·庄公元年》云："继弑君不言即位，正也。继弑不言即位之为正，何也？曰先君不以其道终，则子不忍即位

---

① （晋）杜预：《春秋经传集解》，上海古籍出版社 1997 年版，第 131 页。

也。"其言实得经义之正。

文姜同齐襄公本是兄妹，他们二人的通奸就是兄妹通奸，实际上是一种乱伦的关系，这是完全违背礼法的。

另案：

《春秋·桓公三年》：九月，齐侯送姜氏于讙。

《左传·桓公三年》：齐侯送姜氏于讙，非礼也。凡公女，嫁于敌国，姊妹，则上卿送之，以礼于先君；公子，则下卿送之。于大国，虽公子，亦上卿送之。于天子，则诸卿皆行，公不自送。于小国，则上大夫送之。

此言嫁娶，为五十凡例第六，意为凡是本国公侯的女子出嫁到同等地位的国家，如果是国君的姊妹，则由本国的上卿护送出嫁，以此表达对前代君王的尊敬；如果是国君的女儿，则由本国的下卿护送出嫁。如果是出嫁到大国，即使是国君的女儿，亦由上卿护送出嫁。要是嫁给天子，本国的卿大夫都必须前去护送，而国君不亲自护送。出嫁到小国，由上大夫进行护送。由此可见，不管出嫁女子的身份如何，亦不管出嫁到哪国，更不管进行婚嫁的两国相互地位如何，都没有本国君主亲自护送的礼节。文姜为齐襄公的妹妹，本应当由本国的卿大夫护送出嫁，而齐襄公却亲自护送到讙，显然于礼数上不合。《春秋》做这样的记载，其深刻含义就在于在此处暗示文姜同齐襄公的暧昧关系，这就为以后桓公入齐与被杀埋下了伏笔。前面既然已经于礼数上不合，那么后面齐襄公和文姜通奸就更不合于礼数，既然不重视礼数，那么齐襄公和文姜联合杀桓公就是一种合乎逻辑的结果，遂具有深刻的贬斥意义，从而取得修辞上的效果。

对夫人文姜的贬斥尚不仅见于此，《春秋》中另有数处书文姜外出之处，如以下几例。

1.《春秋·庄公元年》：夫人孙于齐。

相比较以下经文条目可知，此条经文有两处重点，一处是不书"文姜"，《左传》解释为"不书姜氏，绝不为亲，礼也"，所谓"绝不为亲"是断绝与齐国的亲戚关系，还是断绝庄公母子之亲情呢？不得而知。傅隶朴对此二者进行相关驳斥之后认为："《经》不书姜氏，乃史官之省略或漏阙，并非夫子笔削，《左传》之义是臆测。"① 另一处重点是"孙"，《公羊传·庄公元年》云："孙犹孙也。内讳奔谓之孙。"前言桓公被杀，庄公即位之后，文姜应当曾短暂归鲁，但此处言"姜氏孙于齐"则表明，文姜之出奔，并未告鲁国。故此处对文姜有深刻的贬斥，一方面通过不书文姜来表明文姜有参与弑君的嫌疑；另一方面通过婉辞"孙"来揭示文姜同齐襄公之间的特殊关系，常言说"一日夫妻百日恩"，先王桓公尚未下葬，而其夫人却出奔到杀害桓公的齐国，其无情无义由此可见一斑，贬斥之意味较前更深一步。

2.《春秋·庄公二年》：冬十有二月，夫人姜氏会齐侯于禚。

3.《春秋·庄公四年》：四年春王二月，夫人姜氏享齐侯于祝丘。

4.《春秋·庄公五年》：夏，夫人姜氏如齐师。

5.《春秋·庄公七年》：七年春，夫人姜氏会齐侯于防。

6.《春秋·庄公七年》：冬，夫人姜氏会齐侯于穀。

以上言文姜同齐襄公私会，《左传·庄公二年》云"书，奸也"，《左传·庄公七年》又云"齐志也"，文姜同齐襄公私会，凡会于齐国境内，则是文姜主动前往，故言"奸"也，如庄公二年之会于禚（禚为齐地），庄公七年冬之会于穀（穀为齐地）；会于鲁国境内，则是齐襄公主动邀请文姜前往，故言"齐志也"，如庄公七年春"会齐侯于防"（防为鲁地）。像庄公四

---

① 傅隶朴：《春秋三传比义》，台湾商务印书馆 1983 年版，第 147 页。

年"姜氏享齐侯于祝丘"，享即为设宴款待，祝丘为鲁地。春秋时代，诸侯之间颇多享燕，但并不书于《春秋》内，《左传》中多见"享"处，如桓公十八年的"享公"，即为齐襄公设宴招待桓公，《春秋》中书"享"处仅此一例，诸侯之间的"享"尚且不书于《春秋》，而文姜享齐襄公却见于《春秋》，此为直书其事，足见文姜之非礼。

另：《春秋·庄公十五年》：夏，夫人姜氏如齐。

此言出嫁之女的归宁，即通常所说的回娘家问候。《左传·庄公二十七年》云"凡诸侯之女，归宁曰来，出曰来归；夫人归宁曰如某，出曰归于某"，文姜为齐僖公之女，与齐襄公、齐桓公同为兄妹，按照当时之礼法，如果父母尚在，则可以亲自归宁，如果父母皆亡，其只能遣派上卿到娘家问候，这里言"姜氏如齐"，则是文姜亲自前往娘家，其不合礼数由此可见，显然具有贬斥之意。

通过以上的排比列事，从桓公三年齐襄公亲自送文姜于谨不合迎娶之礼开始，到桓公十八年的兄妹通奸，庄公元年的孙于齐、二年至七年的几度私会齐侯、四年的享齐侯，再到十五年的归宁如齐，文姜这样一个无情无义的淫妇形象就逐渐呈现出来。《春秋》对文姜数度不合礼数的记载，则可见孔子对"礼"的重视，其显然昭示着这么一个现实：春秋时代确实是一个礼崩乐坏的时代，不合礼数则会造成严重的恶果，并被载入史册，成为千秋万代遭人唾弃的典型，孔子笔削《春秋》之大义由此更见深度。

通过以上对隐公、庄公、闵公、僖公四例"不书即位"的分析可知，凡公即位，皆需举行告庙大典，然后以策书告知各国诸侯，这样史官才能据以书载于史册之中，此为《春秋》之策书大体之例。《左传》之言"不书即位"实际上是左氏对《春秋》"不书即位"的解释。隐公摄位，故不书即位，《左传》之解释甚是。闵公"不书即位"实因国乱，故不书即位，实际上是即位之礼缺，史书未予记载；僖公、庄公的"不书即位"，实因二公未行即位之礼，史书未加记载，《左传》之解释皆显穿凿。对于四例"不书即位"，三传皆从自己的角度对其进行了相关阐释。

《穀梁传·桓公元年》云："继故不言即位，正也。继故不言即位之为正，何也？曰先君不以其道终，则子弟不忍即位也。继故而言即位，则是与闻乎弑也。继故而言即位，是为与闻乎弑何也？曰先君不以其道终，己正即位之道而即位，是无恩于先君也。"《穀梁传·庄公元年》云："继弑君不言即位，正也。继弑不言即位之为正，何也？曰先君不以其道终，则子不忍即位也。"《穀梁传·闵公元年》云："继弑君不言即位，正也。亲之非父也，尊之非君也，继之如君父也者，受国焉尔。"通观《穀梁传》所言，其皆可作为庄、闵、僖三公"不书即位"的最佳解释，它们都总归于"继故不言即位"之义例下，前代君王如果不是正常死亡的话，子弟便会不忍心举行即位典礼，如果言"即位"的话，就有弑君之嫌疑，故桓公弑隐公言"即位"；桓公被杀于齐国，文姜是同谋，故庄公不言即位以表达对桓公的恩情；闵公同子般本是兄弟，但子般未行即位之礼，闵公同子般就不是君臣的关系，其从子般那里继承了国家的权力，因为子般是被庆父所杀，故"不书即位"。

（五）不书变未书，以"天王崩"为例

《左传》言"不书"之处会发生变化的，即"不书"变为"未书"。

> 《春秋·襄公二十八年》：十有二月甲寅，天王崩。
> 《左传·襄公二十八年》：癸巳，天王崩。未来赴，亦未书，礼也。……王人来告丧，问崩日，以甲寅告，故书之，以征过也。

案：《春秋》言"天王崩"始于隐公三年："三月庚戌，天

王（即周平王）崩。"据《左传·隐公三年》"三年春，王正
月，壬戌，平王崩。赴以庚戌，故书之"所载，庚戌为三月十
二日，而壬戌为三月二十四日，之所以将死亡的日期提前，杜
预以为："欲诸侯之速至，故远日以赴。"① 故意将死亡的日期提
前，是为了让诸侯能够按时参加天子的会葬，以免迟到，故
"赴以庚戌"，史书记载从赴告之日。

《春秋》记载"天王崩"之处共有九处，除了以上所言隐
公三年和襄公二十八年之外，还有桓公十五年"三月乙未，天
王崩"（即三月十一日，周桓王驾崩，风桓王名林，从隐公四年
到桓公十五年在位二十三年，其继承人为周庄王，《左传》无记
载）、僖公八年"冬十有二月丁未，天王崩"②，文公八年"秋
八月戊申（二十八日），天王（周襄王）崩"，宣公二年"冬十
月乙亥（六日），天王（即周匡王，《左传》无记载）崩"（在
周匡王之前尚有周顷王，于文公十四年崩，在位六年，未赴告，
故《春秋》未书），成公五年"冬十有一月己酉（十二日），天
王（周定王）崩"，襄公元年"九月辛酉（十五日），天王（即
周简王，《左传》无记载）崩"，昭公二十二年"夏四月乙丑
（十八日），天王（周景王）崩"。实际上据《史记·周本纪》
所载，从隐公元年到哀公十四年二百四十二年间，周王室共历
十二王（不计王子猛及敬王③），即平王、桓王、庄王、僖王、
惠王、襄王、顷王、匡王、定王、简王、灵王、景王。《春秋》

---

① （晋）杜预：《春秋经传集解》，上海古籍出版社1997年版，第17页。

② 据《左传·僖公七年》"闰月，惠王崩。襄王恶大叔带之难，惧不立，不发丧，而告难
于齐"，周惠王实际崩于七年冬天。僖公五年，诸侯首止之盟立周襄王郑，并非周惠王之愿。周
惠王崩，周襄王担心受周惠王宠爱的大叔带造成的祸乱，从而影响自己不能即位，故秘不发丧，
而告难于齐国。僖公八年，经诸侯洮之盟后，周襄王确定王位，该年冬天王人前来鲁国告丧，故
《春秋》从赴告而书"八年十有二月丁未（十八日），天王崩"。

③ 昭公二十二年夏四月十八日，周景王崩。王子朝和王子猛争夺王位，王子猛立于五月，
逾年未及改称元年即于十月而亡，故不称王（周人谥曰"悼王"）。周敬王立于昭公二十三年，
崩于哀公十九年，故二者皆不计入《春秋》所历周王之内。

书王崩且葬者有五：桓王、襄王、匡王、简王、景王；书王崩而不书葬者有四：平王、惠王、定王、灵王；王崩和王葬皆不书者有三：庄王、僖王、顷王。周天子驾崩和安葬是何等大事，《春秋》中竟然有不书王崩和王葬之处，这一方面有不来赴告的原因，另一方面则充分展现了王室衰微、天子权势下降的现实。

襄公二十八年，天王（周灵王）实际在十一月癸巳（二十五日）死亡，但因王室未派人来赴告，《春秋》没有记载该日，"未书"相当于"不书"，即不加记载，可见它是"不书"的变化之辞，这是符合礼数的。按照隐公三年的书写方式，赴告应当提前通知，但此处却将赴告之日（即十二月十六日）视为灵王死亡之日（十一月二十五日），日期延后了二十一天，故史官根据王人之告记载，以此来揭发王人告丧不谨慎之罪，杜预云："此缓告非有事宜，直臣子怠慢，故以此发例。"① 天子死亡是何等大事，竟然没有人提前赴告诸侯，而告丧之人却滥报死亡日期，显然没把灵王死亡日期的重要性放在心上。这一方面反映了周王室选人之不恰当，另一方面又充分反映了王室之衰微，连普通的报丧之人都可以这么随便地将日期进行更改，此处的修辞意义从而得以充分展现。

四　先书

《左传》中言"先书"之处有四，"先书"即为书写的先后，涉及事件发生先后、排名先后、书写先后等问题。

（一）先书"宋督弑君"

　　《春秋·桓公二年》："二年春，王正月，戊申，宋督弑其君与夷及其大夫孔父。"

　　《左传·桓公二年》："二年春，宋督攻孔氏，杀孔父而

---

① （晋）杜预：《春秋经传集解》，上海古籍出版社 1997 年版，第 1109 页。

取其妻。公怒，督惧，遂弑殇公。君子以督为有无君之心，而后动于恶，故先书弑其君。"

案：此处的"先书"显然涉及事件发展的时间先后问题，在时间上是宋国华督先杀了本国大夫孔父并娶了对方的妻子，《左传·桓公元年》："宋华父督见孔父之妻于路，目逆而送之，曰：'美而艳。'"此处对华督见孔父美貌之妻的记述则为华督杀孔父埋下了伏笔。宋殇公对华督杀孔父大怒，然后华督才弑君。此处把事件的先后顺序颠倒，目的就在于揭示华督的无君之心。华督先有无君之心，然后才会杀孔父并娶其妻子，最后发展到弑君。此处修辞之意甚明。

(二) 先书"齐卫王爵"

《春秋·桓公十年》：冬十有二月丙午，齐侯、卫侯、郑伯来战于郎。

《左传·桓公六年》：北戎伐齐，齐使乞师于郑。郑大子忽帅师救齐。六月，大败戎师，获其二帅大良、少良，甲首三百，以献于齐。于是诸侯之大夫戍齐，齐人馈之饩①，使鲁为其班，后郑。郑忽以其有功也，怒，故有郎之师。

《左传·桓公十年》：冬，齐、卫、郑来战于郎，我有辞也。初，北戎病齐，诸侯救之，郑公子忽有功焉。齐人饩诸侯，使鲁次之。鲁以周班后郑。郑人怒，请师于齐。齐人以卫师助之，故不称侵伐。先书齐、卫，王爵也。

---

① 杨伯峻注为："凡馈人以食物，其熟者曰饔，其生者曰饩。饩有牛、羊、豕、黍、粱、稷、禾等。亦可作动词用，馈人以生食也。《礼记·聘义》有'饩客于舍，五牢之具陈于内，米三十车，禾三十车，刍薪倍禾，皆陈于外。乘禽日五双，群介皆有饩牢'云云，可见其周到。"[《春秋左传注》(一)，中华书局 1990 年版，第 113 页。] 从此亦可见按分封等级不同，那么获得的馈赠亦有所区别，郑公子忽表示愤怒的真实原因在于自己功劳最大获得的馈赠却少于鲁国。

案：桓公六年，北戎伐齐，诸侯出师救齐，郑国公子忽有功于齐，但是在齐国赠送给诸侯生食的时候，郑国的排名却在鲁国之后，郑国公子忽对此甚为恼怒，向齐国请师，遂有郎之战。鲁国见伐，从"我有辞"来讲，其理由甚直，而郎之战虽然以郑国为首，但从周朝分封爵位的高低来讲，其当在齐国、卫国之后，所以该处仍把齐国、卫国排在郑国之前。从《春秋》定名位身份的角度来讲，鲁国分封排在郑国之前，郑国公子忽认为自己对齐国功劳最大，但在馈赠时齐国却将鲁国排在其前，他对此表示了愤怒和不满并讨伐鲁国，由此可见郑国对按周朝分封次序进行馈赠的不满，更可见《春秋》对名位身份的强调和记述此次事件的褒贬态度。

（三）先书"虞贿"

《春秋·僖公二年》：虞师、晋师灭下阳。

《左传·僖公二年》：晋荀息请以屈产之乘与垂棘之璧假道于虞以伐虢。公曰："是吾宝也。"对曰："若得道于虞，犹外府也。"公曰："宫之奇存焉。"对曰："宫之奇之为人也，懦而不能强谏。且少长于君，君昵之，虽谏，将不听。"乃使荀息假道于虞，曰："冀为不道，入自颠𫐉，伐鄍三门。冀之既病，则亦唯君故。今虢为不道，保于逆旅，以侵敝邑之南鄙。敢请假道，以请罪于虢。"虞公许之，且请先伐虢。宫之奇谏，不听，遂起师。夏，晋里克、荀息帅师会虞师，伐虢，灭下阳。先书虞，贿故也。

《左传·僖公五年》：冬十二月丙子，朔，晋灭虢。虢公丑奔京师。师还，馆于虞，遂袭虞，灭之。执虞公及其大夫井伯，以媵秦穆姬，而修虞祀，且归其职贡于王。故书曰："晋人执虞公。"罪虞，且言易也。

案：僖公二年，虞接受晋国的贿赂让道于晋，并与晋师一同伐虢，结果造成虢国祭祀之地下阳被攻占。此次出兵，晋国为主导，虞国从之，但是何以虞师却在晋师之前呢？原来这里主要是为了指出，由于虞国接受了晋国的贿赂，对于伐虢极力支持，所以虞师排在晋师之前。但是这里还有另外一层意思，从僖公五年的传文我们知道，虢国被灭，晋师回师途中却袭击了虞国，并抓住了虞公及其大夫井伯。从"'晋人执虞公'。罪虞，且言易也"来看，前面的"先书虞"就具有了一种反讽的修辞效果，前面伐虢那么积极，结果却不想晋会灭其国，"先书虞"同样为后面的"晋师执虞公"埋下了伏笔，前面是虞师在前，而后面是晋师执虞公，前后形成了鲜明的对照，因此也就有了贬斥的效果。

（四）不先书"郓与乾侯"

《春秋·昭公三十年》：三十年春王正月，公在乾侯。

《左传·昭公三十年》：三十年春王正月，公在乾侯，不先书郓与乾侯，非公，且征过也。

杜预注：征，明也。二十七年、二十八年，公在郓，二十九年公在乾侯，而《经》不释朝正之礼者，所以非责公之妄，且明过谬犹可掩，故不显书其所在，使若在国然。自是郓人溃叛，齐、晋卑公，子家忠谋，终不能用。内外弃之，非复过误所当掩塞，故每岁书公所在。①

《春秋·昭公三十一年》：三十有一年春王正月，公在乾侯。

《左传·昭公三十一年》：三十一年春王正月，公在乾侯，言不能外内也。

杜预注：公内不容于臣子，外不容于齐、晋，所以久

① （晋）杜预：《春秋经传集解》，上海古籍出版社 1997 年版，第 1584 页。

在乾侯。①

《春秋·昭公三十二年》：三十有二年春王正月，公在乾侯。

《左传·昭公三十二年》：三十二年春王正月，公在乾侯，言不能外内，又不能用其人也。

杜预注：其人，谓子家羁也。言公不能用其人，故于今犹在乾侯。②

案：昭公失国始于昭公二十五年，《春秋·昭公二十五年》："九月己亥，公孙于齐，次于阳州。"此处说"孙"其实是为了避讳，言昭公自逊而去其位。阳州本为鲁国城邑，襄公三十一年为齐国所有，《左传·襄公三十一年》："齐子尾害闾丘婴，欲杀之，使帅师以伐阳州"，《左传·定公八年》："公侵齐，门于阳州"，故此处云"次于阳州"。《春秋·昭公二十六年》："三月，公至自齐，居于郓。"《左传·昭公二十六年》："三月，公至自齐，处于郓，言鲁地也。"杨伯峻注："'至自齐'，'至'为至本国。又言'居'言'处'，皆明所居所处是本国之地。若在齐则云'次于阳州'；而在晋，则云'在乾侯'，所用动词不同。但下年《经》言'居于郓'，则齐地也。"③据经文可知，昭公在接下来的二十七年、二十八年都在郓，二十九年则在乾侯，那么既然这三年昭公都出居在外，却为何不在二十七年、二十八年书"公在郓"或在二十九年书"公在乾侯"，却在三十年、三十一年、三十二年连续三年书"公在乾侯"呢？

通过连续三年"公在乾侯"的书写可知，二十九年昭公在郓城，但"冬十月，郓溃"，杜预注此为："民逃其上曰溃，溃

① （晋）杜预：《春秋经传集解》，上海古籍出版社1997年版，第1590页。

② 同上书，第1596页。

③ 杨伯峻：《春秋左传注》（四），中华书局1990年版，第1470页。

散叛公。"《公羊传·昭公二十九年》："邑不言溃，此其言溃何？郛之也。曷为郛之？君存焉尔。"何休注此为："据国曰溃，邑曰叛。"徐彦疏为："昭公居之，故从国，言溃明罪在公也，不言国之言郛也者，公失其国也。不讳者，责臣子当忧而纳之，杀耻不如救危也。"① 《穀梁传·昭公二十九年》："溃之为言，上下不相得也。上下不相得则恶矣，亦讥公也。昭公出奔，民如释重负。"范宁注："公既出奔，不能改德修行，居郛小邑，复使溃，乱德之不建如此之甚。"又云："《传》明昭公有过，非但季氏之罪。"② 昭公居郛却使民修筑外城，结果造成了郛民的溃散，于是昭公只好再次出奔前往乾侯，这就出现了三十年书"公在乾侯"的结果，而实际情况却是昭公外不容于齐、晋等诸侯国，内不容于本国的臣子，于是只好出奔在外。虽然昭公出奔在外固然有本国权臣专权的原因，但是亦有自身的原因，如"郛人溃改"，通过这样三年的反复记述，从"非公、且征过也"到"不能外内"，再到"不能外内，又不能用其人"，其意思一层递进一层，既指出了昭公久在乾侯的原因，又委婉地点明了昭公本人的过失，出于内讳的原因，所以在此处只好书"公在乾侯"。通过反复阅读这三句话，笔者以为这其中既包含了对本国季氏专权的贬斥，又对昭公内外不容、不能用人等表示了遗憾，实在有一种"哀其不幸，怒其不争"的无奈之情，圣人之意可谓深矣！所以顾栋高云："昭公失国，贼由季氏，而经以自孙、自居、自在为文。不斥季孙之名氏者，非为季氏讳也，臣子立文，自应如此。若书季孙意如出公居于郛，便不成体统，圣人所不忍言。《春秋》谨名分之书，季孙之罪自于上下文见之尔。此事圣人所亲历，深恶痛恨，尝不惜大声疾呼，而其书法只自如此，则凡列国君之见逐，止书出奔。以为专归罪

① 《春秋公羊传注疏》，（清）阮元校刻：《十三经注疏》，第 2330 页。
② 《春秋穀梁传注疏》，（清）阮元校刻：《十三经注疏》，第 2441 页。

其君者，岂识《春秋》之旨哉！"①

五 故书、故书曰

(一) 故书

《左传》中言"故书"，一般情况下是前言原因，后言结果。《左传》中言"故书"共七处。

其一，赴告故书。

> 《左传·隐公三年》：三年春，王三月，壬戌，平王崩。赴以庚戌，故书之。

案：此言春秋时代的赴告，孔颖达曰："邻国相命，凶事谓之赴，他事谓之告。"② 所谓赴告，是王室或诸侯各国相互派遣使者通报有关王室或诸侯的重大事件。春秋时代的赴告制度源于西周的分封制度，其目的是掌握当时各诸侯国的动态，以便做出相应的应对举措。《周礼·秋官司寇·小行人》云："若国札丧，则令赙补之；若国凶荒，则令赒委之；若国师役，则令槁禬之；若国有福事，则令庆贺之；若国有祸栽，则令哀吊之。"③ 春秋时代的赴告内容大致可分为诸侯国君及其夫人之死、灾祸天变、侵伐战争、国君大夫出奔、国之乱、分封子弟、战胜或战败、诸侯同盟八个方面，春秋时代的史书均奉行"赴或告则书；不赴或不告，则不书"的原则。而隐公三年的赴告则是向诸侯各国通告周平王的死亡，因为是不祥的事件，故采用"赴"，周平王实际卒于三月二十四日，但是因为赴告的日期为庚戌（十二日）之日，所以经书以赴告之日为准，书以"三月

---

① （清）顾栋高：《春秋乱贼表》，《春秋大事表》第三册，中华书局1993年版，第2518页。
② 《春秋左传正义》，（清）阮元校刻：《十三经注疏》，第1705页。
③ 《周礼注疏》，（清）阮元校刻：《十三经注疏》，第894页。

庚戌，天王崩"。

其二，故书以官。

　　《春秋·文公八年》：宋人杀其大夫司马。宋司城来奔。
　　《左传·文公八年》：宋襄夫人，襄王之姊也，昭公不
礼焉。夫人因戴氏之族，以杀襄公之孙孔叔、公孙钟离及
大司马公子卬，皆昭公之党也。司马握节而死，故书以官。
司城荡意诸来奔，效节于府人而出。公以其官逆之，皆复
之。亦书以官，皆贵之也。

　　案：宋襄公为宋昭公的祖父，其夫人宋襄夫人则为宋昭公的
祖母。宋昭公对祖母不敬，宋襄夫人于是借助戴氏族人杀掉了宋
昭公的党羽，即孔叔、公孙钟离及公子卬。公子卬在被杀的时候
手握符节而死，符节为大司马的信物，故书以官职，以褒扬公子
卬忠于自己的职守，"握节而死"是"书以官"的原因。司城荡
意诸（意诸是公子荡之孙）出奔到鲁国之时，把符节交给府人收
藏，借以说明他并不凭官职而往，以免有损宋国尊严。文公敬重
其为人，仍然以大司空的官职欢迎他，故仍然书其官职而不书其
名。《春秋》之中，大夫而书官职者为特例，故杜预云："司马死
不舍节，司城奉身而退，故皆书官而不名，贵之。"① 由此可知，
此处的"故书"为变例，蕴含褒扬大义的修辞效果。

其三，故书"九月"。

　　《春秋·文公十四年》：齐公子商人弑其君舍。
　　《左传·文公十四年》：齐人定懿公，使来告难，故书
以"九月"。

---

① （晋）杜预：《春秋经传集解》，上海古籍出版社1997年版，第462页。

案：据《史记·齐世家》，齐桓公有十多个儿子，在他去世之后立为国君的有五个，依次为无诡、孝公、昭公、懿公、惠公。齐孝公去世之后，齐昭公杀齐孝公之子而自立。而齐懿公见争位不成就广交贤士，安抚百姓，积极为夺取王位做准备。文公十四年，齐昭公卒，其子舍在五月被立为国君，虽然舍即位并未逾年，但经书仍然称"君"。舍在齐国毫无威望，七月乙卯夜，公子商人在坟墓前杀舍自立为国君，是为齐懿公。九月，齐国派遣使者来鲁国通告舍被杀，从赴告，故书以"九月"。从"告难"的用词来看，虽然从赴告书"九月"，而且齐懿公也深得民心，但他毕竟是弑君之贼，所以此处就含有深刻的贬斥意味。

其四，来归故书。

《春秋·成公八年》：冬十月癸卯，杞叔姬卒。
《左传·成公八年》：冬，杞叔姬卒。来归自杞，故书。

案：此言诸侯之女的来归。何谓来归？《左传·庄公二十七年》云："凡诸侯之女，归宁曰来，出曰来归。"此凡例归于五十凡例第十二。所谓出，即被丈夫家所抛弃；来归，即为回到娘家不再返回，来归者皆为弃妇。《春秋》言诸侯之女来归共三处，分别见于文公十五年"十有二月，齐人来归子叔姬"、宣公十六年"秋，郯伯姬来归"、成公五年"春王正月，杞叔姬来归"。杞叔姬为僖公之女，杞伯在成公四年来朝见僖公，实欲出之并解释原因，这为五年杞叔姬的来归埋下了伏笔。杞叔姬于五年来归，八年卒，因为其被杞伯所出，故书其卒以存怜悯同情之心，毕竟在二百四十二年的历史中，诸侯之女嫁入别国被出仅出现三次，且从被出到其卒仅三年时间，由此可见杞叔姬是由于被出然后才郁郁而终。成公九年，《春秋》书"杞伯来逆叔姬之丧以归"，杞叔姬被杞伯所出，故仅称"叔姬"，以示同杞国断绝关系。杞伯来接杞叔姬之灵柩是因为"鲁之请"，可见鲁国在杞叔姬事件中是采取主动的。

另：文公十五年的"齐人来归子叔姬"则显然不同于宣公十六年"郯伯姬来归"和成公五年"杞叔姬来归"。杞叔姬为齐昭公妃子，生公子舍，齐昭公死，舍被立为国君，因为毫无威信，不到两月就被商人杀于坟墓之前。公子商人自立为国君，是为齐懿公，而齐国人却并未追究其弑君之罪，反而一心拥护他。子叔姬夫死子亡，鲁国襄仲派人向周王报告，请求周王遣使代鲁国向齐国请求让子叔姬回鲁国，然而齐人却由此迁怒于周王使者，抓了单伯和子叔姬以辱鲁国，由此可见齐国对鲁国借宠信于周王室来向齐国求情十分不满，故文公十四年《春秋》书"齐人执单伯，齐人执子叔姬"，周王室之衰微、鲁国之羸弱、齐懿公之专横，由此可见一斑，修辞之褒贬借事而明现。文公十五年，鲁国季文子为了单伯和子叔姬被齐国所执之事前往晋国，实际是向晋国请求帮助。当年六月，单伯被齐国释放，同年十二月，子叔姬回到鲁国。齐国释放子叔姬实际上是畏惧晋国，因为晋侯等八国诸侯十一月在扈地结盟，以讨伐齐国，但由于齐国向晋侯行贿，此次讨伐并未成功。齐国为了保全颜面仍说是因为周王派人求情，故《左传》云"王故也"。《春秋》书"齐人来归子叔姬"之所以不同于"杞叔姬来归"，一方面在于子叔姬返回并非为齐侯所出，而是鲁国的请求；另一方面则由于齐国对晋国的畏惧。该话语包含有对齐国违抗王命而执子叔姬的贬斥，并深刻揭示了齐国前执子叔姬，后迫晋国压力释放子叔姬的两面性。

其五，故书征过。

《左传·襄公二十八年》：王人来告丧，问崩日，以甲寅告，故书之，以征过也。

案：此处言王人告丧弄错周灵王驾崩日期，把告丧之日

（甲寅）误当作了周灵王驾崩之日，前后日期差误甚大，故书之以贬斥王人，此处之"故书"有强烈的贬义，可参见前面所言"不书变未书"。

其六，同盟故书。

《左传·昭公三年》：丁未，滕子原卒。同盟，故书名。
《左传·昭公三十一年》：薛伯谷卒，同盟，故书。

案：以上两条统归于五十凡例第一"凡诸侯同盟，于是称名，故薨则赴以名，告终、称嗣也，以继好息民，谓之礼经"（《左传·隐公七年》）和第二十五"凡诸侯同盟，死则赴以名，礼也。赴以名，则亦书之，不然则否，辟不敏也"（《左传·僖公二十三年》）。《春秋》书"滕侯卒"始于隐公七年，宣公九年和成公十六年亦书"滕子卒"，皆不书滕君之名，其原因就在于鲁国和滕国并非同盟，也不赴以名。滕子原自襄公五年、九年、十一年、十九年、二十年、二十五年和鲁国分别会盟于戚、戏、亳城北、祝柯、澶渊、重丘，滕子原卒，按照同盟凡例，故书以名。自滕子原之死书卒、书名开始，凡滕君之死皆书卒、书名，如昭公二十八年"滕子宁卒"、哀公四年"滕子结卒"、哀公十一年"滕子虞毋卒"。

而昭公三十一年书薛伯名和卒也是"同盟，故书"的具体表现，《春秋·庄公三十一年》书"薛伯卒"，而薛伯同鲁国之间的同盟关系始于成公二年，在此之后襄公九年、十一年、十九年、二十年、二十五年同鲁国分别盟于戏、亳城北、祝柯、澶渊、重丘。之后，定公十二年"薛伯定卒"、哀公十年"薛伯夷卒"皆书薛伯之名。书薛伯名和卒暗示着该国同鲁国之间的同盟和亲密关系。

（二）故书曰

"故书"可变为"故书曰"，《左传》中言"故书曰"共七处。"故书曰"前释原因，后言褒贬。

其一，故书曰"翚帅师"。

　　《春秋·隐公四年》：秋，翚帅师会宋公、陈侯、蔡人、卫人伐郑。

　　《左传·隐公四年》：秋，诸侯复伐郑。宋公使来乞师，公辞之。羽父请以师会之，公弗许。固请而行。故书曰"翚帅师"，疾之也。

案：此为诸侯会伐之开始，此条经文的重点在"翚帅师"。公子翚，为鲁国大夫，字羽父。宋殇公等诸侯会伐郑，宋殇公遣使让鲁国出兵，但隐公婉辞拒绝。公子翚向隐公请求发兵参加伐郑，隐公没有答应。公子翚坚决请求之后自己带兵参加了伐郑。因为不是隐公之命，故书"翚帅师"，以此来表达对公子翚不听君命的贬斥。隐公十年另书有"夏，翚帅师会齐人、郑人伐宋"，《左传》云："羽父先会齐侯、郑伯伐宋。""先会"二字表明羽父是私会齐侯、郑伯，并非隐公会齐侯之期，《左传》有"六月戊申，公会齐侯、郑伯于老桃"即为明证，由此可见羽父之专横跋扈。为了表示对羽父的贬斥，隐公四年、十年的经文皆不书"公子翚帅师"，去"公子"称呼，以示贬义。

其二，故书曰"晋人执虞公"。

　　《春秋·僖公五年》：冬，晋人执虞公。

　　《左传·僖公五年》：冬十二月丙子，朔，晋灭虢。虢公丑奔京师。师还，馆于虞，遂袭虞，灭之。执虞公及其大夫井伯，以媵秦穆姬，而修虞祀，且归其职贡于王。故书曰："晋人执虞公。"罪虞，且言易也。

案：僖公二年，虞国接受晋国的贿赂，同晋国一起讨伐虢国，并灭下阳。僖公五年，晋国向虞国借道再伐虢。十二月，晋国灭虢国，晋国军队返回的时候顺便就灭了虞国，虞公和其大夫被抓，经文不书"虞灭"在于晋国仍然"修虞祀，且归其职贡于王"，表明虞国祭祀的地点仍在，但虞公被抓实际上也宣告虞国的灭亡，故书曰"晋人执虞公"。前言原因，后言对虞公借道于晋国的贬斥，因为晋国是回师途中灭虞国。此处可参考前面"先书罪虞"。

其三，故书曰"天王狩于河阳"。

《春秋·僖公二十八年》：天王狩于河阳。

《左传·僖公二十八年》：是会也，晋侯召王，以诸侯见，且使王狩。仲尼曰："以臣召君，不可以训。故书曰'天王狩于河阳'，言非其地也，且明德也。"

案：冬天田猎为狩。践土之会，晋文公召周襄王赴会，并与僖公、齐侯、宋公、蔡侯、郑伯、陈子、莒子、邾子、秦穆公等诸侯相见。从"召"的使用来看，上级对下级才能用"召"，晋文公为臣子，周襄王为天子，以臣子而召见君主，显然于礼不合，伦理颠倒，在孔子来看这显然不能垂训后人，故不明言晋侯召周襄王，而书"天王狩于河阳"，实为周襄王避讳，以保全周天子威望。此讳书笔法，一方面婉转其辞，掩饰周王室衰微的现实；另一方面则揭示了晋文公在城濮之战中打败楚国、安定中原的功德，但其称霸中原之野心亦昭然若揭。此处是孔子明言，故书曰"天王狩于河阳"，从此可见孔子笔削《春秋》所发大义之变例。

其四，故书曰"郕伯来奔"。

《春秋·文公十二年》：十有二年春王正月，郕伯来奔。

《左传·文公十二年》：公以诸侯逆之，非礼也，故书曰"郳伯来奔"。不书地,尊诸侯也。

案:郳国的太子朱儒不居住在国都,反而自己安居在夫钟之地,故不能得到国人的爱戴。文公十二年,郳伯卒,郳国另立新君,朱儒出奔到鲁国,并把夫钟之地和郳国宝圭献给鲁国,于是文公就以接待诸侯的礼节来欢迎他,朱儒虽为郳国太子,但实际上并未即位,故文公以诸侯之礼来欢迎朱儒,是不合礼节的,故书"郳伯来奔",孔子笔削之迹甚明。此处没有写成"郳伯以夫钟之地来奔",显然是讳言文公之失,同时也是为了表达对文公的尊重。其蕴含的意味一方面是对文公失礼的讥刺;另一方面则隐指文公有窃取郳国及其国宝之意,贬斥的修辞效果得以彰显。

其五,故书曰"逆叔姬"。

《春秋·宣公五年》:秋九月,齐高固来逆叔姬。
《左传·宣公五年》:秋九月,齐高固来逆叔姬,自为也。故书曰"逆叔姬",卿自逆也。

案:宣公五年春,宣公到齐国,齐国上卿高固让齐侯强留宣公,其目的是强迫宣公把女儿叔姬嫁给自己,宣公被强留在齐国到夏天才返回鲁国。该年秋天九月,高固亲自前来迎娶叔姬,因为是为自己娶妻,故书曰"逆叔姬"。宣公以一国之君,竟然被齐国上卿所迫,不得不将自己的女儿嫁给他,齐国之仗势欺人,高固之专横无礼,宣公之赢弱,尽显于此。按照春秋时代之礼节,诸侯不应自降身份与大夫通婚,宣公虽然被迫嫁叔姬于齐上卿高固,但其丧失国君身份、辱没祖先之失礼亦由此昭显。诸侯嫁女于别国,通婚之国按礼节当派大夫前来迎娶,于《春秋》之例则书"某逆女",如桓公三年"公子翚如齐逆女"、宣公元年"公子遂如齐逆女"、成公十四年"叔孙侨如如齐逆女"等，但此处要是也书"齐高固逆女"的话，便有承认二人婚姻合法性之嫌疑，高固之专横及宣公之被迫就不能彰显，故书"来逆叔姬"，以显贬斥之大义。

其六，故书曰"楚子入陈。纳公孙宁、仪行父于陈"。

《春秋·宣公十一年》：冬十月，楚人杀陈夏征舒。丁亥，楚子入陈。纳公孙宁、仪行父于陈。

《左传·宣公十一年》：故书曰"楚子入陈。纳公孙宁、仪行父于陈"，书有礼也。

案：据《左传》宣公九年、宣公十年记载，陈灵公无道，与大夫孔宁（孔宁即公孙宁）、仪行父同夏姬通奸，君臣穿夏姬之内衣游戏于朝堂之上，大夫洩冶进谏，陈灵公感到羞愧，并把此事告知孔宁、仪行父，洩冶遂被二人杀害，陈灵公未加禁止，《春秋》书"陈杀其大夫洩冶"，称国杀大夫并书其名，以罪陈灵公并显洩冶之忠义。宣公十年，陈灵公同孔宁、仪行父在夏氏家饮酒，陈灵公说夏征舒长得像仪行父，仪行父回答说夏征舒长得也像君王，夏姬为夏征舒母亲，夏征舒听见之后十分愤慨，乘陈灵公出去之时，从马房中用箭射死了陈灵公，孔宁、仪行父出奔到楚国。

宣公十一年十月，楚庄王率诸侯诛杀了弑君之臣夏征舒，十一日，楚庄王入陈，《左传》言"县陈"，意为楚庄王把陈国设置为本国的县郡，楚庄王有吞并陈国之意。当诸侯皆祝贺楚庄王的时候，申叔时并未前来。楚庄王为此询问他，申叔时说他诛杀弑君之贼夏征舒是有义，但后来把陈设置为县，则是贪图陈国财富，是不义之举，于是楚庄王重新恢复了陈国，并立陈灵公之子午为陈成公，并接纳孔宁、仪行父回陈国，故书曰"楚子入陈，纳公孙宁、仪行父于陈"。推寻经义，《春秋》书楚庄王诛杀夏征舒是褒扬其有大义。但陈国先被楚国兼并，后楚庄王又复之，楚国难逃贪图陈国财富、干涉别国内政之嫌疑。何况，陈灵公淫乱，大夫洩冶被杀，陈灵公被弑，陈国被楚国设置为县，皆因孔宁、仪行父二人，楚国不先杀乱陈国之臣孔宁、仪行父，反而接纳二者回陈国，恢复其位，楚国意图通过二人控制陈国之野心昭然若揭，故此条经文实际上是在讥刺楚庄王，而并非《左传》之言"书有礼也"，啖助对此评价道："若以纳乱臣为有礼，孰为非礼?"①

其七，故书曰"楚杀其大夫公子申"。

《春秋·襄公二年》：楚杀其大夫公子申。

《左传·襄公二年》：楚公子申为右司马，多受小国之赂，以偪子重、子辛。楚人杀之，故书曰"楚杀其大夫公子申"。

案：据《左传》可知，楚国公子申虽为右司马，却多次接受小国的贿赂，意图夺取子重、子辛之权势。《左传·隐公三年》云："且夫贱妨贵，少陵长，远间亲，新间旧，小加大，淫破义，所谓六逆也。"孔颖达疏曰："贱妨贵，谓位有贵贱；少陵长，谓年有长幼，楚公子申多受小国之赂，以偪子重、子辛，是贱人而妨贵人也。"② 依照楚国官制，令尹在司马之上，《左传·成公二年》云"故楚令尹子重为阳桥之役以救齐"，十六年又云"令尹将左，右尹子辛将右"，可见，公子申身份低于子重和子辛，其夺取尊位的意图自然会引起国人的不满，故书曰"楚杀其大夫公子申"，言其有罪当杀，以显贬斥之大义。

（三）"故皆书"

"故书"另变化为"故皆书"，《左传》中言"故皆书"仅

---

① （唐）陆淳纂：《春秋集传辩疑》，中华书局1985年版，第89页。
② 《春秋左传正义》，（清）阮元校刻：《十三经注疏》，第1724页。

一处。

　　《春秋·成公十七年》：晋杀其大夫郤锜、郤犨、郤至。

　　《左传·成公十七年》：民不与郤氏，胥童道君为乱，故皆书曰"晋杀其大夫"。

　　《春秋·成公十八年》：十有八年春王正月，晋杀其大夫胥童。

　　案：《左传》记载晋国杀三郤及胥童为乱在成公十七年，而《春秋》书"晋杀其大夫胥童"在成公十八年，傅隶朴认为："十七年闰十二月乙卯晦，此晦为十七年最后一日，故胥童之被杀是在十七年闰十二月三十，经书在十八年春正月，日期是从赴告的。在杀三郤经下左氏未作正面解释，在此与杀胥童并解，这是因《左传》原不附经，杜氏分割以附经，显得经传不相符似的。"① 杨伯峻则以为："盖晋用夏正，鲁史改用周正。"② 夏正与周正差两个月，即此处晋之十二月实为周正（鲁史）之二月，且为闰月，月小，故乙卯晦当为二十九日，而非三十日，傅隶朴之失显然是从杜预之注："《传》在前年，《经》在今春，从告。"③ 尽管如此，傅隶朴还是点出了分割《左传》附经所造成的经传不符的现实。

　　晋国三郤弄权，胥童自恃宠信于晋厉公，于壬午（二十六日）杀三郤并陈尸于朝堂。胥童抓住了栾书、中行偃，本来想杀二人，晋厉公没有答应。栾书、中行偃二人出奔狄之后，晋厉公反把二人迎接回来，造成了自己被二人所杀的结局。栾书、中行偃二人抓住晋厉公之后，也把胥童杀了。

　　《左传》于三郤被杀之下没有相关解释，在胥童被杀之后才进

　　① 傅隶朴：《春秋三传比义》，台湾商务印书馆 1983 年版，第 711 页。

　　② 杨伯峻：《春秋左传注》（二），中华书局 1990 年版，第 905 页。

　　③ （晋）杜预：《春秋经传集解》，上海古籍出版社 1997 年版，第 783 页。

行解释。晋国在一个月之内有四大夫被杀,三郤弄权,有当杀之罪,胥童杀三郤亦有恃宠报私仇之罪,故称国以杀,言三郤失民心,胥童引导国君作乱,故皆书曰"晋杀其大夫",有贬斥之义。

通过以上举例可知,言"故书"之前皆有相关原因的解释,此为《左传》释经之法,言"故书曰"必有对相关经文的引用,在"故书曰"之前同样有相关原因的解释,同时彰显相关褒贬大义,它们皆是孔子所发之变例。

六 不言

《左传》中"不言"共七处。不言亦可分为"不言""故不言",《左传》中"不言"之处有四,"故不言"有三处。

1. 不言

隐公元年:不言出奔,难之也。

文公十二年:二月,叔姬卒。不言"杞",绝也。书"叔姬",言非女也。

襄公二十三年:晋人克栾盈于曲沃,尽杀栾氏之族党。栾鲂出奔宋。书曰:"晋人杀栾盈。"不言大夫,言自外也。

昭公二十三年:书曰:"胡子髡、沈子逞灭,获陈夏啮。"君臣之辞也。不言战,楚未陈也。

2. 故不言

隐公元年:段不弟,故不言弟。

隐公三年:夏,君氏卒。——声子也。不赴于诸侯,不反哭于寝,不祔于姑,故不曰"薨"。不称夫人,故不言葬,不书姓。为公故,曰"君氏"。

哀公十二年:夏五月,昭夫人孟子卒。昭公娶于吴,故不书姓。死不赴,故不称夫人。不反哭,故不言葬小君。

七 不称

《左传》中言"不称"有"不称"和"故不称"的区别，共十处。

1. 不称

隐公元年：不称夫人，故不言葬。

庄公元年：不称即位，文姜出故也。

庄公元年：三月，夫人孙于齐。不称姜氏，绝不为亲，礼也。

僖公元年：元年春，不称即位，公出故也。

文公七年：书曰"宋人杀其大夫"，不称名，众也，且言非其罪也。

昭公三十年：书曰"郑人杀良霄"，不称大夫，言自外入也。

定公十五年：秋，七月壬申，姒氏卒。不称夫人，不赴，且不祔也。

定公十五年：葬定姒，不称小君，不成丧也。

2. 故不称

桓公十年：齐人以卫师助之，故不称侵伐。

哀公十二年：死不赴，故不称夫人。

八 书曰及不言、不称、不书

《左传》中言"书曰"共六十八处，同样有"故书曰"的变化。如：

> 隐公元年：书曰："郑伯克段于鄢。"
> 隐公四年：书曰："卫人立晋。"众也。

通过以上对"不言""不称""书曰"的排比组合可以发现，"不言""不称""书曰"三者更多是联合在一起来对经文进行相关解释。

例一，郑伯克段于鄢。

> 《春秋·隐公元年》：郑伯克段于鄢。
> 《左传·隐公元年》：书曰："郑伯克段于鄢。"段不弟，故不言弟；如二君，故曰克；称郑伯，讥失教也：谓之郑志。不言出奔，难之也。

案：郑庄公与段本为兄弟，郑庄公即位之后，段密谋造反，多行不义之事，最终二人爆发了鄢之战，段不得不出奔共。"书曰"是对经文的引用，因为段所做谋反之事，不是一个弟弟应当做的，故不言"弟"，不言相当于"不说"，如果用"弟"字则有骨肉之情，"段不弟"是因，"故不言弟"是果。二人之间发生的战斗如同诸侯国君之间的战斗，因为郑庄公取胜，所以用"克"，其隐含之意为郑庄公实际并未把段当作自己的弟弟。"克"有战胜之意，《春秋》中战胜用"克"字之处，仅见于此。《春秋·宣公八年》"雨，不克葬"，这里的"克"是能够的意思。"郑伯克段"则显示了郑庄公对段处于主动地位。"称郑伯"是说"郑伯"本来是郑庄公，此处故意将其爵位降低，有讥刺郑庄公没有教育好弟弟的意思。《春秋》不说"段出奔共"，有把全部罪过归咎于段之嫌疑，郑庄公其实也有罪过。

例二，君氏卒。

《春秋·隐公三年》：夏四月辛卯，君氏卒。

《左传·隐公三年》：夏，君氏卒。——声子也。不赴于诸侯，不反哭于寝，不祔于姑，故不曰"薨"。不称夫人，故不言葬，不书姓。为公故，曰"君氏"。

案：君氏即声子，是隐公的生母，她并非惠公之正夫人。惠公元配夫人孟子卒后，宋国仲子成为惠公的夫人，也就是桓公的母亲。隐公二年十二月，桓公母亲仲子死，因为隐公摄政，有让位桓公之心，所以采用夫人的礼节安葬仲子，故《春秋》书"夫人子氏薨"。按照当时礼节，国君夫人之死称"薨"，夫人之丧事有三礼：一，赴告同盟诸侯；二，安葬之后，返回祖庙号哭，以便召唤死者之灵魂；三，将死者神主灵牌放在祖母神主灵牌旁边，由于声子这三礼皆缺，不能言"薨"，故《春秋》用"卒"。又因其没有被称为"夫人"，所以不记载下葬的情况，也没有记载其姓氏，只是因其为隐公生母，才称之为"君氏"。《左传·哀公十二年》"夏五月，昭夫人孟子卒。昭公娶于吴，故不书姓。死不赴，故不称夫人。不反哭，故不言葬小君"同此条有类似之处。

例三，宋人杀其大夫。

《春秋·文公七年》：宋人杀其大夫。

《左传·文公七年》：书曰"宋人杀其大夫"，不称名，众也，且言非其罪也。

案：宋昭公即位，想除去在宋成公时就把握朝政的公族群公子，结果引起政变。宋穆公、宋襄公两人率国人进攻昭公，恰好遇见公孙固、公孙郑在昭公宫室内（他们二人都是昭公党羽），于是将二人杀害，后由六卿公室调和矛盾，乐豫让司马之职于公子卬，此乱才得以平息，但实际上已为文公八年的"宋人杀其大夫司马"埋下了隐患。此处没有书写二人的名字，是因为宋穆公、宋襄公以乱兵杀之，且杀的人众多，知被杀之人名而不书名，是因为二人实无罪，故不称名。

九　追书"宋"：一字双关

除了以上所列之外，还有极其特殊的追书，即追书"宋"。

> 《春秋·襄公元年》：仲孙蔑会晋栾黡、宋华元、卫宁殖、曹人、莒人、邾人、滕人、薛人围宋彭城。
> 《左传·襄公元年》：元年春己亥，围宋彭城。非宋地，追书也。于是为宋讨鱼石，故称宋，且不登叛人也，谓之宋志。

案：此"追书"当同《春秋·成公十八年》"夏，楚子、郑伯伐宋。宋鱼石复入于彭城"结合起来。成公十五年，宋国华元讨伐司马荡泽并杀之，鱼石、向为人、鳞朱、向带、鱼府出奔楚国。成公十八年，郑庄公会同楚国一起攻打宋国，占领了彭城，楚国遂将宋国出逃的鱼石、向为人、鳞朱、向带、鱼府五人安置在彭城，并留下三百辆战车帮助他们守城。《左传》凡例第四十五云："凡去其国，国逆而立之，曰'入'；复其位，曰'复归'；诸侯纳之，曰'归'；以恶曰'复入'。"鱼石等人借助楚国之兵侵犯本国，是恶行，故言其"复入"，以贬斥五人不仅叛逃宋国，还借助外国兵力来攻打本国之罪行。襄公元年，众诸侯包围彭城。彭城为楚国所占，已经不是宋国的城市，当不应书"宋彭城"，故言"非宋地"。因为鱼石等人以前是宋臣，现在他们却在此为楚国守城，所以追书"宋"，且不记载叛逃之人的名字，目的有二：一是符合宋国收复失地彭城的意愿，二是不给叛逃的人以专城而居的权力，并予以贬斥。故此一

"宋"字是一字双关。

通过以上分析，可得变例四个基本核心词：书、言、称、曰，它们都可以单独成例。附加词则为：不、先、故、追。

以书为核心词，可得"不书""先书""故书""追书"；

以言为核心词，可得"不言"；

以称为核心词，可得"不称""故称"；

以曰为核心词，可得"不曰""故曰"。

我们看到，因为记录的基本用语是"书"，故附加词不、先、故、追皆可修饰它，它也可置于"曰"前，表示书写的具体内容。因为"不"为否定词，其适用范围是最广泛的，它皆可对书、言、称、曰进行修饰。"故"是对结果的说明，用"故"是将原因置于前面，其适用范围位居其次。

通过以上分别对书、不书、先书、故书、不言、不称、书曰、追书的具体探讨和举例可知，它们都是据旧例（即五十凡例）而发新意，按照对事件的具体记述蕴含褒贬。具体而言，"书"为总称，是对具体笔法的探讨；"不书"是从反向角度对书的具体解释，"不书"之后是原因，"故不书"是其变化形式，原因在前；"先书"涉及事件发生先后顺序、排名先后、书写先后关系等问题；"故书"可解释为"所以书"，在其前面为具体原因的解释；"不言"是对具体用词的探讨；"不称"是对具体称号、称呼的探讨；"书曰"表示对经文的全部引用，一般放在解释性的语言之前，"故书曰"可兼作"书""书曰"的变化形式；"追书"是追加书写，它们都是"《春秋》笔法"在修辞上的具体表现，故孔颖达云："'先书'、'故书'既是新意，则'追书'亦是新意；'书'与'不书'俱是新意，则'称'与'不称'、'言'与'不言'亦俱是新意，岂得'不言''不称'独为新意，'言'也、'称'也便即非乎？《释例·终篇》云'诸杂称二百八十有五'，止有其数，不言其目，就文而数，又复参差。窃谓'追书'也，'言'也，'称'也，亦是新意。

《序》不言者，盖诸类之中足以包之故也。"①

第三节　举非例展现修辞

所谓非例，按杜预《春秋序》言是"经无义例，因行事而述之，故《传》直言其归趣"。孔颖达疏《春秋序》云："国有大事，史必书之，其事既无得失，其文不著善恶，故《传》直言其指归趣向而已，非褒贬之例也。《春秋》此类最多，故隐元年'及宋人盟于宿'，传曰'始通也'。杜注云'经无义例，故《传》直言其归而已，他皆放此'，是如彼之类，皆非例也。"② 国家凡发生大事则史书必加以记载，非例就是对国家大事的记载，其中并不涉及褒贬大义和得失的价值取向，作为一部编年体史书，《春秋》中对此类大事的记载最多。列举如下。

其一，会盟始通。

《春秋·隐公元年》：九月，及宋人盟于宿。

杜预注此为：客主无名，皆微者也。凡盟以国地者，国主亦与盟，例在僖十九年。③

杨伯峻注为：此谓鲁及宋人盟于宿。"及"上省"鲁"字。与盟者姓名未书。春秋初期，外大夫盟会侵伐，皆不书名。庄公二十二年《经》云"及齐高傒盟于防"，此盟会外卿书名之始；文公八年《经》云"公子遂会晋赵盾盟于衡雍"，此盟会内外大夫书名之始。旧说谓若是命卿，则书名于《经》，否则书人。则岂庄公、文公以前代表列国参予盟会侵伐者，皆无一是命卿邪？恐未必然。④

---

① 《春秋左传正义》，（清）阮元校刻：《十三经注疏》，第 1706 页。

② 同上。

③ （晋）杜预：《春秋经传集解》，上海古籍出版社 1997 年版，第 4 页。

④ 杨伯峻：《春秋左传注》（一），中华书局 1990 年版，第 8 页。

《左传·隐公元年》：九月，及宋人盟于宿，始通也。

杜预注：《经》无义例，故《传》直言其归趣而已。他皆放此。①

赵匡曰：修二国之好而为盟誓，非君则卿，何得使微者？先儒注云："微者，不命之卿也。"按例外之不命卿来鲁皆书名，但不言氏耳。且前后盟而不言内盟者凡七，推寻事迹，皆是公自盟，义例昭然，不可或称是公，或称是微人。②

案：两国通过会盟确定友好关系是国家的大事，《左传》之言"始通"意即鲁国和宋国通过会盟重新通好，这就是记事的具体归旨，亦为记事的主要目的，所以并不涉及微言大义，仅仅是根据"行事"（处事的方式手段或事件的发展）来展开对具体史实的记录而已。此次会盟，按杜预所言，之所以没有书主客之名，是因为参加会盟的人地位卑微，但是两国会盟毕竟是一件大事，又怎会派地位卑微的人去参加呢？要是这样的话，就必然会表现出对会盟国家的不尊重和对会盟没有诚意，故此次会盟必定是隐公亲往。就该句的语法来看，在"及"之前省略了主语"公"，意思十分明显，所以不能再在"及"之前添加"公"或"微"，这样书写显然是为了达到省文和简净的修辞效果，这就是非例的具体修辞表现。陆淳曰："宿盟云'是微'，幽盟云'是公'，皆舛驳也。"③

《春秋·庄公十六年》：冬十有二月，会齐侯、宋公、陈侯、卫侯、郑伯、许男、滑伯、滕子同盟于幽。

《公羊传·庄公十六年》：冬十有二月，公会齐侯、宋

---

① （晋）杜预：《春秋经传集解》，上海古籍出版社1997年版，第12页。
② （唐）陆淳：《春秋集传辩疑》卷一，中华书局1985年版，第3—4页。
③ 同上书，第4页。

公、陈侯、卫侯、郑伯、许男、曹伯、滑伯、滕子同盟于幽。

案：比较两段文字会发现，《公羊传》比《春秋》多出一个"公"。杨伯峻说："今本《公羊》'会'上有'公'字，然《春秋繁露·灭国下篇》云：'幽之会，庄公不往。'董仲舒为公羊家，则其所据本无'公'字可知，今本《公羊》'公'字恐系误衍……会上省略主语，自是鲁往会可知……此会齐侯始霸，诸侯皆亲往，齐、鲁相邻，鲁断无仅使大夫往会之理，是以知此会亦必庄公自往，《经》之书法与翟泉之盟相同。"① 据隐公元年的"宿盟"可知，其书写体例当省"公"，否则与前例不合，故陆淳言《公羊传》"舛驳"、杨伯峻言"'公'字误衍"极是。

此处陈侯在卫侯之上，自隐公元年到庄公十四年共四十三年间，卫侯与陈侯之间有四次相会，分别见桓公十五年、桓公十六年、庄公十三年、庄公十四年，卫侯都在陈侯之上；从庄公十五年到僖公十七年齐桓公卒共三十五年间，陈侯与卫侯相会共计八次，分别见于庄公十五年、十六年，僖公四年、五年、六年、十三年、十五年、十六年，陈侯都在卫侯之上，杜预注："陈国小，每盟会皆在卫下，齐桓始霸，楚亦始强，陈侯介于二大国之间，而为三恪之客，故齐桓因而进之，遂班在卫上，终于《春秋》。"②

其二，直书无例。

《春秋·桓公十五年》：秋九月，郑伯突入于栎。
杜预注：未得国，直书入，无义例也。③

① 杨伯峻：《春秋左传注》（一），中华书局1990年版，第201页。
② （晋）杜预：《春秋经传集解》，上海古籍出版社1997年版，第165页。
③ 同上书，第118页。

案：郑国祭仲专权，郑伯即郑厉公派其女婿雍纠计划杀之，事不成，雍纠反被祭仲所杀，郑厉公不得不在当年夏五月出奔蔡。秋九月，郑厉公借助栎人杀掉檀伯而重新回到自己的旧邑（栎城），《左传·文公十五年》云："获大城曰入"，但此处栎城本为郑国的大都，郑厉公入栎城并未获得新的城市，这与义例不合，故此处虽书"入"，并无别的义例可言。

其三，直释见灭。

《春秋·庄公十年》：冬十月，齐师灭谭。

杜预注：《传》曰："谭无礼。"此直释所以见灭，经无义例，他皆放此。[1]

案：齐桓公当初逃亡在外经过谭国的时候，谭国未加以礼遇，当桓公回到齐国，诸侯都前往祝贺，但谭国国君又没来朝贺，故谭国被灭源于其无礼在先。《左传·襄公十三年》："用大师焉曰灭。"齐国动用军队，并未"绝其社稷，有其土地"（《左传·文公十五年》：胜国曰灭），所以是直接解释谭国被灭的原因，并无别的义例。

其四，主兵先后。

《春秋·庄公十六年》：夏，宋人、齐人、卫人伐郑。

杜预注：宋主兵也。班序上下，以国大小为次，征伐则以主兵为先，《春秋》之常也。他皆放此。[2]

孔颖达疏：班序上下以国大小为次，不以爵之尊卑也。隐五年"邾人、郑人伐宋"，附庸在伯爵之上，是以主兵为先也。历检上下皆然，知是《春秋》常法。[3]

---

① （晋）杜预：《春秋经传集解》，上海古籍出版社1997年版，第150页。

② 同上书，第165页。

③ 《春秋左传正义》，（清）阮元校刻：《十三经注疏》，第1771—1772页。

　　案：此言《春秋》中对征伐国家先后次序的排列，其并不以爵位和国家大小来决定次序，而是以"主兵"为先，"主兵"即以哪个国家的兵力为主。齐国实力强于宋国，爵位也在宋公之上，但是此年讨伐郑国却以宋国的兵力为主，故此处将宋国排在齐国之上，这也是春秋时代史书书写的定法。通过"主兵"的书写，将讨伐诸侯的主导国家揭示出来，这也是"笔法"的"先后"修辞展现。

　　其五，朔晦无例。

　　　《春秋·僖公十五年》：己卯晦，震夷伯之庙。
　　　孔颖达疏：杜（即杜预，笔者）以长历推己卯晦，九月三十日。《春秋》值朔书朔，值晦书晦，无义例也。①

　　案：晦，按照古代历法指阴历每月的最后一天，《春秋》中书"晦"共两处，上文为一处，另一处见成公十六年："甲午晦，晋侯及楚子、郑伯战于鄢陵。"据杜预《春秋释例·经传长历·成公十六年丙戌》可知②，该年六月丙寅为小月，而甲午晦即为六月二十九日。朔，指阴历每月的第一天，《春秋》中书"朔"共三十八处。《春秋》按照年月记事，所以书"朔""晦"亦是其正常体例，并无别的义例可言。但《公羊传》《穀梁传》在释"晦"时皆以为"冥也"，意即白天天色昏暗，故有"《春秋》不书晦也。朔有事则书，晦虽有事不书"之说（《公羊传·僖公十六年》），由此可见《左传》解经与其他二传的不同。陆淳曰："凡用日月，史体当耳。非褒贬之意，故经文粗成大体，亦不知精加考覆，理可知也。"③ 从陆淳之语可见《穀梁传》解经的穿凿之处。

---

① 《春秋左传正义》，（清）阮元校刻：《十三经注疏》，第 1805 页。
② （晋）杜预：《春秋释例》，中华书局 1985 年版，第 562—563 页。
③ （唐）陆淳：《春秋啖赵集传纂例》卷九，中华书局 1985 年版，第 197 页。

其六，夷狄从同。

《春秋·僖公十八年》：冬，邢人、狄人伐卫。

杜预注：狄称人者，史异辞，《传》无义例。[1]

案：《春秋》中称"狄"或"狄人"者共三十六处，在僖公十八年之前，皆称"狄"，此处为首次称呼"狄人"，《春秋》中仅有两处称"狄人"，另一处见于僖公二十年："秋，齐人、狄人盟于邢。"故杜预言"史异辞"，顾栋高云："此狄称人之始。先儒以其伐卫救齐为义，故称人以进之，非也。不可云邢、狄伐卫，故加一'人'字以别之耳。杜氏谓无义例为得之。"[2] 顾栋高此处是对《穀梁传》所言"狄其称人何也？善累而后进之"说法的反驳，《春秋》载"狄侵"中原诸侯国有十三次，载"狄伐"中原诸侯国有五次，载"狄入"中原诸侯国一次，由此可见狄对中原诸侯国的危害。僖公十八年五月有"狄救齐"，故《穀梁传》认为狄积累了善行而称之"狄人"，顾炎武说："夫伐卫，何善之有？"[3] 既然狄"善累""进"人不可信，那么此处又为何书"狄人"呢？顾炎武说："《春秋》之文有从同者。僖公十八年，'邢人、狄人伐卫'。二十年，'齐人、狄人盟于邢'。并举二国，而狄亦称人，临文之不得不然也。若惟狄而已，则不称人，十八年'狄救齐'，二十一年'狄侵卫'是也。"[4] 杨伯峻说："《经》于狄，或单言狄，或称狄人，盖由于行文之便。此《经》文及二十年'齐人、狄人盟于邢'、僖二十四年'蒲人、狄人余何有焉'，以狄与他国或他邑

---

① （晋）杜预：《春秋经传集解》，上海古籍出版社1997年版，第311页。

② （清）顾栋高：《春秋大事表》（二），中华书局1993年版，第2173页。

③ （清）顾炎武著，（清）黄汝成集释，栾保群、吕宗力校点：《日知录集释》，花山文艺出版社1990年版，第174页。

④ 同上。

并举，他国皆不单称，则于狄亦不得不从同。若惟狄而已，则不称人，此年'狄救齐'，二十一年'狄侵卫'是也。"① 据此可知，所谓"从同"取决于前后的称呼关系，狄与他国一起，要是他国不是单独的称呼，即"他国"与"人""子""侯""男"等连用，狄就不能不跟从前面的称呼；要是只有"狄"，则不称"人"。称"狄人"有两个前提条件，一个是与他国并列，另一个是他国不是单称，所以从同的关系是被动的修辞关系。就语法关系来讲，"狄人"只有在同"邢人""齐人"并举的时候才具备语法意义，否则"狄"与"邢人""齐人"并称显然会破坏主语之间的对等平衡关系。陆淳曰："凡夷狄用兵，唯举国号，如与诸侯列序侵伐会盟，则称人以便文，而君臣同辞。"② 其又云："夷狄之君臣，皆书其国而已，若狄、荆、吴、徐、越之类是也。朝聘列会，例加'人'字。不可言荆来聘，不可连言吴鄙人故也。但君臣同辞，异于中国耳。夷狄之君不能自通者，但贬称戎狄而已。"③ 看来只称"狄"而不称"狄人"的重要原因就在于夷狄的"君臣同辞"，一个"狄"字其实就包含着狄国或狄国君臣等多重含义，从省文的角度来讲实在没有必要再添加"人"字。就"狄"字本身包含的多重意义而言，"狄人"的"人"并不具有像"邢人""齐人"之"人"的意义，因为一个"狄"字已经把全部意思包含进去了，所以我们亦可说从同的关系其实是附属的关系。类似的从同现象还见于《春秋·昭公五年》："冬，楚子、蔡侯、陈侯、许男、顿子、沈子、徐人、越人伐吴。"此处的"徐人""越人"就从同于前面的"楚子""蔡侯""陈侯""许男"，例同"邢人、狄人伐卫"。

其七，称字省文。

---

① 杨伯峻：《春秋左传注》（一），中华书局 1985 年版，第 377 页。

② （唐）陆淳：《春秋啖赵集传纂例》卷五，中华书局 1985 年版，第 100 页。

③ 同上书，第 173—174 页。

《春秋·宣公八年》：夏六月，公子遂如齐，至黄乃复。辛巳，有事于大庙，仲遂卒于垂。

杜预注：有事，祭也。仲遂卒与祭同日，略书其事，为绎张本。不言公子，因上行还间无异事，省文，从可知也。称字，时君所嘉，无义例也。①

孔颖达疏：此言有事，亦是禘也，祭之日。仲遂卒，不言"禘"而略言有事者，禘事得常，不主书"禘"，为下绎祭张本耳。上言"公子遂如齐"，此言"仲遂卒"，不言"公子"者，此书有事，为仲遂卒而书之，与上相连犹是一事，因上行还间无异事，省公子之文，从可知也。……既不书"公子"而称"仲遂"者，时君所嘉宠，故称其字，非义例也。②

案：公子遂，《左传》又称东门襄仲、襄仲、东门遂、仲遂、东门氏等，他是庄公之子，遂是其名；襄是其谥号；仲是其字，为其行次，仲遂是名字双举。杜预曰："诸侯之子称公子，公子之子称公孙，公孙之子以王父字为氏。"③ 因为仲遂乃庄公之子，故称其为"公子"。夏六月，称仲遂为"公子遂"，而当其卒时则称"仲遂"。按杜预所言，因为仲遂卒恰好与祭祀同日，故书"祭"为有事，不称"公子"是省文，称字是因为仲遂为宣公所嘉宠，所以这里是没有义例的。但《公羊传·宣公八年》却云："何以不称公子？贬。曷为贬？为弑子赤贬。然则曷为不于其弑焉贬？于文则无罪。于子则无年。"④《公羊传》认为这里不书"公子"实际上是为了贬斥仲遂。文公薨，仲遂杀太子恶及幼弟视，宣公仰仗仲遂得立继位，故宣公对仲遂嘉

① （晋）杜预：《春秋经传集解》，上海古籍出版社1997年版，第563页。
② 《春秋左传正义》，（清）阮元校刻：《十三经注疏》，第1873页。
③ （晋）杜预：《春秋经传集解》，上海古籍出版社1997年版，第48页。
④ 事见《左传·文公十八年》，《左传》"子赤"作"恶"。

宠，这样，《左传》与《公羊传》的说法就形成了矛盾，怎么来解释呢？

　　《春秋·闵公元年》：秋八月，公及齐侯盟于落姑。季子来归。冬，齐仲孙来。

　　《左传·闵公元年》：季子来归，嘉之也。冬，齐仲孙湫来省难，书曰"仲孙"，亦嘉之也。

　　杜预注：季子，公子友之字。季子忠于社稷，为国人所思，故贤而字之。齐侯许纳，故曰归。仲孙，齐大夫，以事出疆，因来省难，非齐侯命，故不称"使"也。还使齐侯务宁鲁难，故嘉而字之。①

　　孔颖达：杜云称字嘉之，则仲孙是字，犹楚之孙伯，或亦以孙为字也。②

　　案：由此可知，《春秋》本有称字为嘉（褒奖）之例，《左传·隐公元年》："曰'仪父'，贵之也。"古人行次以伯、仲、叔、季为序。遍查经文及三传，在称呼"仲遂"时，并无"公子仲遂"之称，仅僖公十六年有"公子季友"之称，从此来讲，名字双举的时候前再加"公子"在《春秋》中并不成例。从上下文来看，前称"公子遂"，中间并无别的事件发生，下文实在无必要再称"公子仲遂"，否则从行文的角度来看有赘文之嫌，再加上此言非例之行事，故从杜预之说。

　　张彝叹曰：

　　诸儒多以称字为褒，内如季子来归，外如宋子哀来奔，

---

① （晋）杜预：《春秋经传集解》，上海古籍出版社1997年版，第213—214页。

② 《春秋左传正义》，（清）阮元校刻：《十三经注疏》，第1786页。

皆以为褒其贤也。顾于析邑归仇之纪季则贤之，而于因乱复国之许叔则又罪之；于蔡季归国则贤之，而于萧叔朝公则又罪之；于高子来盟则贤之，而于仲孙省难则又罪之；至华孙来盟，义不可通，则又以为义不系乎名，说终不得而定。朱子曰："如王人子突救卫，自是卫当救。当时有个子突，夫子因旧史存他名字，如何郤道王人本不书字，缘其救卫故书字。"推此，则知爵氏名字不关褒贬。[1]

张彝叹之说可为"称字省文"之补充。

其八，归国无例。

> 《春秋·成公十六年》：曹伯归自京师。
>
> 杜预注：为晋侯所赦，故书归。诸侯归国，或书名，或不书名，或言归自某，或言自某归，《传》无义例，从告辞。[2]

案：曹伯被执在成公十五年，《春秋·成公十五年》："晋侯执曹伯归于京师。"故《春秋·成公十六年》云"曹伯归自京师"，意即曹伯（负刍）从京师（洛邑）返回。成公十三年曹伯庐随同晋侯、齐侯、宋公、卫侯、郑伯、邾人、滕人伐秦卒于军中，当年秋天，曹伯（负刍）杀太子而自立。诸侯请求晋国讨伐他，但晋侯却认为其有伐秦之功劳，应在他年伐之，遂有成公十五年曹伯（负刍）被执之事。成公十六年曹人向晋侯请求，故曹伯（负刍）得以自京师返回。"归自"意即从某处返回。

另《春秋·僖公二十八年》有"曹伯襄复归于曹"，《左

---

① 顾栋高：《春秋大事表·春秋纲领》（一），中华书局1993年版，第19页。
② （晋）杜预：《春秋经传集解》，上海古籍出版社1997年版，第746页。

传·成公十八年》言"凡去其国，国逆而立之，曰'入'；复其位，曰'复归'；诸侯纳之，曰'归'，以恶曰'复入'"，《公羊传·桓公十五年》云："曷为或言归或言复归？复归者，出恶归无恶。复入者，出无恶，入有恶。入者，出入恶。归者，出入无恶。"由此可知，所谓复归是诸侯返回国内重新获得王位，故"复归"成例。《春秋》中记"复归"者共五次，分别见于桓公十五年"郑世子忽复归于郑"；僖公二十八年"六月，卫侯郑自楚复归于卫"，"卫元咺自晋复归于卫"，"曹伯襄复归于曹"；襄公二十六年"甲午，卫侯衎复归于卫"。《公羊传》在解释成公十六年曹伯"归自京师"云："而不言复归于曹何？易也。其易奈何？公子喜时在内也。公子喜时在内则何以易？公子喜时者仁人也。内平其国而待之，外治诸京师而免之。"意即曹伯（负刍）能够十分容易地返回是因为公子喜在国内能"亲人平国"，故曹人向晋国的请求之后，曹伯（负刍）就能返回。

《春秋》经文中，多言"归"，"归"在经文中作为谓语动词有如下七种含义①。

一、同馈，赠送。如隐公元年："天王使宰咺来归惠公、仲子之赗。"

二、返回。如隐公二年："冬十月，伯姬归于纪。"

三、送还。此归含有交换的意思，如隐公八年："三月，郑伯使宛来归祊。"②

四、逃回。如僖公五年："郑伯逃归不盟"；襄公七年："陈

---

① 石光霁云："归之为义，大抵有四：有去而复还之辞，诸侯大夫归国是也；有馈与之辞，凡外归物是也；有内女出嫁曰归，盖妇人内夫家，若伯姬归纪是也；又内夫人归本国而不反亦曰归，夫人姜氏归于齐是也。"［见（明）石光霁《春秋书法钩玄》卷一，文渊阁《四库全书》本。］

② 《左传·隐公八年》："郑伯请释泰山之祀而祀周公，以泰山之祊易许田。三月，郑伯使宛来归祊，不祀泰山也。"此时祊尚未同许田交换，《春秋·桓公元年》："三月，公会郑伯于垂，郑伯以璧假许田。"故此处的"归"含有交换的意思。

侯逃归。"

五、归还。如文公十五年："齐人归公孙敖之丧。"宣公十年："齐人归我济西田。"

六、释放。如文公十五年："齐人来归子叔姬。"杨伯峻注："鲁请子叔姬，齐人先执之，今又释之，故书'齐人来归'。"① 可知此"归"含有释放之意。

七、遣回。如宣公十六年："秋，郯伯姬来归。"杨伯峻注："郯伯姬盖嫁于郯国之君而被弃并遣回娘家者。"② 可知此"归"有遣回之义。

由于"归"具有以上所言的多种含义，所以它在《春秋》中除了以单字出现以外，还与多类词语连用。

先看单字归，有如下三处：

文公五年：王使荣叔归含，且赗。（此归为赠送的意思）

宣公十年：齐人归我济西田。（此归为归还）

哀公八年：齐人归谨及阐。（此归同样为归还）

"归"在与多类词语连用的时候，除了与动词"来"连用组成连动词之外，多与介词连用，组成相关介动短语。

"来归"，意为前来归，意义重在"归"，而不在"来"，《春秋》中言"来归"有十处：

隐公元年：天王使宰咺来归惠公、仲子之赗。（此为前来赠送）

隐公八年：三月，郑伯使宛来归祊。（此为前来送还，

---

① 杨伯峻：《春秋左传注》（二），中华书局1990年版，第608页。

② 同上书，第769页。

包含交换的意思）

　　庄公六年：冬，齐人来归卫俘。（此为赠送）

　　闵公元年：季子来归。（意为季子返回）

　　文公九年：秦人来归僖公、成风之襚。（此为前来赠送死者衣被）

　　文公十五年：十有二月，齐人来归子叔姬。（此为释放）

　　宣公十六年：秋，郯伯姬来归。（此为遣回）

　　成公五年：五年春王正月，杞叔姬来归。（此为返回）

　　定公十年：齐人来归郓、谨、龟阴田。（此为归还）

　　定公十四年：天王使石尚来归脤。（此为前来归还）

　　复归，意为重新返回。复归与介词组成的短语有复归于、自某复归。

　　复归于，意为返回哪里。如桓公十五年："郑世子忽复归于郑"；僖公二十八年："曹伯襄复归于曹"；襄公二十六年："甲午，卫侯衎复归于卫"。自某复归，意即从哪里返回哪里，如僖公二十八年："六月，卫侯郑自楚复归于卫；卫元咺自晋复归于卫"。

　　归自，意为从哪里返回。如成公十六年："曹伯归自京师"。

　　逃归，意为逃回。如僖公五年："郑伯逃归不盟"；襄公七年："陈侯逃归"。

　　以"归"字组成的介动短语有以下七种。

　　1. 归于，后接地点，意为返回某地。如庄公二年："王姬归于齐"；成公十五年："晋侯执曹伯归于京师"；昭公十三年："蔡侯庐归于蔡"；"陈侯吴归于陈"；定公十三年："晋赵鞅归于晋"；哀公四年："晋人执戎蛮子赤归于楚"。

　　2. 归某于，"归"后接名词或人名，"于"后接地点。如定公五年："夏，归粟于蔡；哀公八年：归邾子益于邾。"

3. 以归，意为同归，因为前面已明言某人，故可视为以（之）归，中间"之"被省略，以归后不接地点，故可视"归"为不及物动词。如隐公七年："戎伐凡伯于楚丘以归"；僖公元年："秋七月戊辰，夫人姜氏薨于夷，齐人以归"；成公九年："杞伯来逆叔姬之丧以归"；襄公十六年："晋人执莒子、邾子以归"；昭公十一年："楚师灭蔡，执蔡世子有以归，用之"；昭公十三年："晋人执季孙意如以归"。

4. 归之于，后接地点名词，意为将某返回某地。如僖公二十八年："晋人执卫侯，归之于京师"；成公八年："八年春，晋侯使韩穿来言汶阳之田，归之于齐"。

5. 以某归，其着重之处在于某，意为带着某人返回，后不接地点名词。如庄公十年："以蔡侯献舞归"；僖公二十六年："秋，楚人灭夔，以夔子归"；宣公十五年："六月癸卯，晋师灭赤狄潞氏，以潞子婴儿归"；定公四年："蔡公孙姓帅师灭沈，以沈子嘉归，杀之"；定公六年："郑游速帅师灭许，以许男斯归"；定公十四年："楚公子结、陈公孙佗人帅师灭顿，以顿子牂归"；定公十五年："楚子灭胡，以胡子豹归"；哀公八年："宋公入曹，以曹伯阳归"。

6. 自某归于，意为从哪里返回哪里。如桓公十七年："秋八月，蔡季自陈归于蔡"；成公十四年："夏，卫孙林父自晋归于卫"；成公十五年："宋华元自晋归于宋"；襄公二十三年："陈侯之弟黄自楚归于陈"；昭公十三年："楚公子比自晋归于楚"；哀公十年："卫公孟彄自齐归于卫"。

通过以上的列举可知，《春秋》中记载了诸侯归国的多种方式，但多以"归"字为中心，然后形成相关短语，这些包括：归自，如成公十六年："曹伯归自京师"；逃归，如僖公五年："郑伯逃归不盟"；归于，如昭公十三年："蔡侯庐归于蔡"。使用何种"归"字短语，主要根据诸侯之行事和赴告加以记载，故并无特别义例可言。而诸侯之"复归"以其失国（失去王位）为前提，含有其失国或复国的善行及恶行，故能成例。

其九，名与不名。

《春秋·襄公二十六年》：甲午，卫侯衎复归于卫。
杜预注：复其位曰复归，名与不名，传无义例。①

案：此言名与不名，主要针对诸侯归国是否书其名而言。《春秋》书诸侯复归者四，分别为：僖公二十八年："六月，卫侯郑自楚复归于卫"，"卫元咺自晋复归于卫"，"曹伯襄复归于曹"，皆书诸侯之名；成公十六年"曹伯归自京师"，并未书曹伯之名。孔颖达云："不书名，俱是归国立文不同，《传》无义例，史异辞也。"② 故可知诸侯归国着重在"归"，而不在书名或不书名，并无特别之义例。

其十，言及异辞。

《春秋·襄公二十三年》：陈杀其大夫庆虎及庆寅。
杜预注：言及，史异辞，无义例。③

案：此言诸侯杀大夫之事，同襄公二十三年的书写另有《春秋·文公九年》："晋人杀其大夫士縠及箕郑父。"此处使用"及"是一种并列结构，"及"在这里是"和""与"或"同"的意思。《春秋》中书杀一人以上大夫的地方另有两处：

成公十七年：晋杀其大夫郤锜、郤犫、郤至。
哀公四年：夏，蔡杀其大夫公孙姓、公孙霍。

① （晋）杜预：《春秋经传集解》，上海古籍出版社1997年版，第1046页。
② 《春秋左传正义》，（清）阮元校刻：《十三经注疏》，第1988页。
③ （晋）杜预：《春秋经传集解》，上海古籍出版社1997年版，第990页。

像以上所列两处，晋国、蔡国在杀其大夫的时候并未书"及"，但是郤锜、郤犫、郤至以及公孙姓、公孙霍都同为并列人名，不书"及"，可见并无特别的义例，只不过根据相关史事来记录，形成了杀大夫之间的先后关系。

其十一，失时无例。

> 《春秋·定公元年》：元年春，王。戊辰，公即位。
>
> 杜预注：公之始年，而不书正月，公即位在六月故。定公不得以正月即位，失其时，故详而日之，记事之宜，无义例。①
>
> 杨伯峻注：逾年始改元，朝正后，再行即位之礼，《经》所书"元年春王正月公即位"是也。至于昭公，去年死于国外，第二年六月柩至于国，则定公即位不能不于六月，而此年又不得不改元，以昭公并无三十三年也。此即《经》不书"正月"之故。②

案：此言定公之即位，昭公去世在三十二年十二月十四日。昭公灵柩于六月二十一日到乾侯之后，定公才于六月二十六日即位。《春秋》即位不书具体的日子，是因为定公没在正月即位，故言"失其时"。他在六月的即位必须书具体的日期，这只不过是根据具体的史实来记录，像定公这样即位的例子在《春秋》中属于特例，故无义例。但是通过元年春书"王"可知定公在当年即位，而对即位具体日期的书写则可知定公即位的特殊性，由此推知昭公逝世在外，且丧事办得极为迟缓，进而推知鲁国国君权势的下降，这就是失时无例的特殊修辞效果。

---

① （晋）杜预：《春秋经传集解》，上海古籍出版社 1997 年版，第 1604 页。
② 杨伯峻：《春秋左传注》（四），中华书局 1990 年版，第 1526 页。

第四节　"五例"展现修辞

"《春秋》笔法"的"五例"之说出自杜预《春秋经传集解序》：

> 故发《传》之体有三；而为例之情有五：
>
> 一曰微而显，文见于此而起义在彼，"称族，尊君命；舍族，尊夫人""梁亡""城缘陵"之类是也。二曰志而晦，约言示制，推以知例："参会不地""与谋曰及"之类是也。三曰婉而成章，曲从义训，以示大顺："诸所讳辟""璧假许田"之类是也。四曰尽而不汙，直书其事，具文见义："丹楹刻桷""天王求车""齐侯献捷"之类是也。五曰惩恶而劝善，求名而亡，欲盖而章，"书齐豹盗""三叛人名"之类是也。推此五体，以寻经传，触类而长之，附于二百四十二年行事，王道之正、人伦之纪备矣。①

所谓"五例"，即：

一、微而显，文见于此而起义在彼；

二、志而晦，约言示制，推以知例；

三、婉而成章，曲从义训，以示大顺；

四、尽而不汙，直书其事，具文见义；

五、惩恶而劝善，求名而亡，欲盖而章。

其实在《左传·成公十四年》中就有这样的语言："君子曰：《春秋》之称，微而显，志而晦，婉而成章，尽而不汙，惩恶而劝善，非圣人孰能修之！"

《左传·昭公三十一年》亦曰："《春秋》之称，微而显，

---

① 《春秋左传正义》，（清）阮元校刻：《十三经注疏》，第 1706—1707 页。

婉而辩。"应当说杜预是在《左传》这些话语的基础上进行概括总结从而得出这"五例"的。

一　微而显

微而显，意为用词精微且含义明显，"文见于此而起义在彼"，杜预注："辞微而义显。"① 刘知幾云："显也者，繁词缛说，理尽于篇中。"② 据此，可将其理解为"文约而义丰"，即用简洁精当的语言表达丰富的意蕴。

例一，称族，尊君命；舍族，尊夫人。

> 《春秋·成公十四年》：秋，叔孙侨如如齐逆女。
> 《左传·成公十四年》：称族，尊君命也。
> 《春秋·成公十四年》：九月，侨如以夫人妇姜氏至自齐。
> 《左传·成公十四年》：舍族，尊夫人也。

案：成公十四年，叔孙侨如到齐国去为成公迎娶其夫人，叔孙为其族名，称其族名是因为其遵从成公的命令，故有褒义。而九月叔孙侨如迎接夫人归来，则去其族名，这是为了表达对夫人姜氏的尊重。《左传·宣公元年》，公子遂入齐代为宣公迎亲亦有"尊君命"，归来有"尊夫人"之言，"公子"并非族名，故《左传》于成公十四年再次阐发义例，用词精微褒义显豁。

例二，梁亡。

> 《春秋·僖公十九年》：梁亡。

① （晋）杜预：《春秋经传集解》，上海古籍出版社1997年版，第735页。
② （清）浦起龙：《史通通释》，上海古籍出版社1978年版，第173页。

《左传·僖公十九年》：梁亡。不书其主，自取之也。

案：梁伯喜欢大兴土木工程，屡次筑城却无人居住，百姓不堪其苦，最终导致秦国占领了梁国。《春秋》中灭国一般书"某灭某"，如僖公十年"狄灭温"；或"某师灭某"，如庄公十年"齐师灭谭"；或"某人灭某"，如庄公十三年"齐人灭遂"。梁国实际上被秦国所灭，按灭国之例，应书"秦灭梁"，但此处并未书灭国之主体秦国，而书"梁亡"，梁国自己成为灭亡的主体，意为梁国自取其亡，贬斥之意味十分明显，《春秋》中书"某亡"仅此一处。

例三，城缘陵。

《春秋·僖公十四年》：十有四年春，诸侯城缘陵。
《左传·僖公十四年》：十四年春，诸侯城缘陵而迁杞焉，不书其人，有阙也。

案：僖公十三年，僖公同齐侯（桓公）、宋公（襄公）、陈侯（穆公）、卫侯（文公）、郑伯（文公）、许男、曹伯（共公）有咸之会，据《左传》，咸之会的目的是"淮夷病杞故"。《管子·大匡第十八》云："狄人伐，桓公告诸侯曰：'请救伐。'诸侯许诺，大侯车二百乘，卒二千人；小侯车百乘，卒千人。诸侯皆许诺。齐车千乘，卒可致缘陵，战于后故，败狄。"[1] 由此可知，缘陵在齐国境内。据《左传》，杞国迁都是因为淮夷之侵伐。[2] 缘陵本为齐地，今让于杞做国都，齐国意图让杞国成为其境内附庸的用意十分明显，此例可比照成公十五年楚国让"许迁于叶"，齐国和楚国皆是让别国迁都于本国境内，意图加以控制。由于前有诸侯十三年的咸之会，故十四年《春秋》文不列诸侯之名，此为《春秋》前目而后凡之笔法，《左传》以为"不书其人，有阙也"之说显然有失考察。

二　志而晦

"志而晦"，段玉裁《说文解字注》："志者，记也，知也。"① 杜预注："志，记也。晦，亦微小也。谓约言以记事，事叙而文微。"② 杜预《春秋经传集解序》曰"约言示制，推以知例"，孔颖达疏："约少其言，以示法制，推寻其事，以知其例。"③ 总结杜氏及孔氏之言，"志"就是记录、书写的意思，而"晦"意即微小，引申为记事用语的简约，刘知幾云："晦也者，省字约文，事溢于句外。"④ 浦起龙云："晦之云者，意到而笔不到也。"⑤ 志而晦，就是通过简约的语言来推寻记录的事件，然后得出相关的义例。

例一，参会不地。

> 《春秋·桓公二年》：公及戎盟于唐。冬，公至自唐。
> 《左传·桓公二年》：公戎盟于唐，修旧好也。……特相会，往来称地，让事也。自参以上，则往称地，来称会，成事也。

案：隐公二年"公及戎盟于唐"，此次桓公二年桓公与戎之盟是为了修复两国友好关系。盟会是一国的大事，故史书必

---

① （清）段玉裁：《说文解字注》，江苏广陵古籍刻印社 1997 年版，第 502 页。

② （晋）杜预：《春秋经传集解》，上海古籍出版社 1997 年版，第 735 页。

③ 《春秋左传正义》，（清）阮元校刻：《十三经注疏》，第 1706 页。

④ （清）浦起龙：《史通通释》，第 173 页。

⑤ 同上。

加以记载，凡盟会必有主次之分，如果只有两个国家参加，不管是本国国君前往别国还是别国国君来本国，必然会相互谦让推诿会首之职，但仍然都会记载相会的地点。要是有三个以上国家参加会盟，则必然会有一个国家担任会首，本国君主前往别国会盟则书会盟的地点，别国君主来本国则不书会盟的地点，仅书"会"就可以了，这就是"参会不地"的体例。细究"参会不地"会发现，本国君主前往参加盟会，书会盟地点则表示本国君主的主动性，如《春秋·桓公十七年》"公会齐侯、纪侯盟于黄"，而不书地点则暗示本国的会盟有被动性。盟会地点的书与不书则揭示出多国盟会的主导方在哪国。

例二，与谋曰"及"。

《春秋·宣公七年》：公会齐侯伐莱。

《左传·宣公七年》：夏，公会齐侯伐莱。凡师出，与谋曰"及"，不与谋曰"会"。

杜预注：与谋者，谓同志之国，相与讲议利害，计成而行之，故以相连及为文。若不获已，应命而出，则以外合为文，皆据鲁而言。师者，国之大事，存亡之所由，故详其举动以例别之。[1]

案：此言出师之凡例，为五十凡例第三十六。军队出征为国家大事，史书必加以记载。"与谋"意为参与谋划出兵，出兵之国有各自不同的利益，共同制定出兵的相关计策然后实施，对此情况则书"及"。如桓公十二年"冬十一月丙戌，公会郑伯，盟于武父。十有二月，及郑师伐宋。丁未，战于宋"，桓公十二年一年之内，鲁国先后数次同宋国会盟，但宋国并不愿意媾和，宋国无信是桓公伐宋的原因。而宋国多次向郑国索要贿

---

[1] （晋）杜预：《春秋经传集解》，上海古籍出版社1997年版，第561页。

赂，郑国不堪忍受，所以两国不和。此次伐宋，鲁国想通过战争来教训宋国的无信并达到同宋国媾和的目的，而郑国也希望借此次战争摆脱宋国的索贿，两国利益不同，但出兵的对象一致，且有武父之盟，显然两国出兵伐宋事先有谋划，故此次出兵书"及"。"不与谋"意为不参与谋划，之所以出兵是出于别国的请求。宣公七年，鲁宣公同齐侯之会，目的在于伐莱，莱在齐国、鲁国的东方，鲁国与莱并不相接，伐莱并非鲁之愿，但因齐国的请求，鲁国又不得不出兵相助，故此地书"会"，意为鲁国并未参与谋划伐莱，只不过是襄助齐国而已。出兵书"及"或书"会"实际反映了出兵的被动和主动，书"及"表明出兵之国参与谋划，是主动出兵；书"会"表明出兵之国未参与谋划，因别国请求而出兵，是被动出兵。

三 婉而成章

婉而成章，杜预注："婉，曲也。谓曲屈其辞，有所避讳，以示大顺，而成篇章。"①《说文解字》："婉，顺也。"② 曲，意为不直。婉而成章，即婉转其辞，不直言之，根据相关义例使用文辞而成篇。婉而成章具体表现为诸多避讳和婉转之辞。《公羊传·闵公元年》云："《春秋》为尊者讳，为亲者讳，为贤者讳。"《穀梁传·成公九年》云："为尊者讳耻，为贤者讳过，为亲者讳疾。"可见，讳书笔法为《春秋》基本笔法之一，其总归于三：为尊者讳、为贤者讳、为亲者讳。宋人萧楚云："讳者何？不斥言也。避其名而孙其辞，以尽爱敬之道也。为尊者讳何？王师不书战、天王不言奔、卫朔不称诸侯纳是也。为亲者讳何？鲁君见弑不曰'弑'，夫人见杀不曰'杀'，出奔曰'孙'，战不言'败'之类是也。为贤者讳何？非以其贤而讳

---

① （晋）杜预：《春秋经传集解》，上海古籍出版社 1997 年版，第 735 页。

② （东汉）许慎：《说文解字》，中华书局 1963 年版，第 261 页。

之，将以成其义，全其功以垂训后世，此仲尼拨乱救荒之志也。灭项不言遂，践土之盟不书天王是也。"①

例一，天王出居。

《春秋·僖公二十四年》：冬，天王出居于郑。

《左传·僖公二十四年》：天子无出，书曰"天王出居于郑"，辟母弟之难也。

案：惠后为周襄王继母，生子甘昭公即王子带，本来惠后想立王子带为周王，但她却提前死了。周襄王即位，王子带通敌于狄人，畏惧被杀，于是逃奔到齐国。但周襄王不计前嫌，仍把他召回，恢复其位。等到周襄王娶狄人之女隗氏为后，王子带又同其私通，周襄王于是废了隗氏。当年秋天，颓叔、桃子遵王子带之命以狄师伐周，周朝军队被打败，这样周襄王不得不出居到郑国。出居，按孔颖达所言："出居，实出奔也。出谓出畿内，居若移居然。"② 由此可知，周襄王出居实际上是出奔，但要直书"出奔"的话，天子颜面不存，故改"出奔"为"出居"，言"出"谓周襄王离开王城，这就是"为尊者讳"，即为地位尊贵的人进行避讳。《左传》之言"辟母弟之难"，其时惠后已死，王子带引狄人之兵伐周，故言"辟母弟之难"方确切。

例二，王师不言战。

《春秋·成公元年》：秋，王师败绩于茅戎。

《穀梁传·成公元年》：不言战，莫之敢敌也。为尊者讳敌不讳败，为亲者讳败不讳敌，尊尊亲亲之义也。

---

① （宋）萧楚：《春秋辨疑》，中华书局1985年版，第49页。
② 《春秋左传正义》，（清）阮元校刻：《十三经注疏》，第1816页。

案：《左传·文公十七年》载："秋，周甘歜败戎于邧垂，乘其饮酒也。"可见，周朝同戎之间不和甚久，且多次发生战争。成公元年春天，晋侯派瑕嘉调停周朝同戎之间的矛盾，本来两国之间的和平就将达成了。可是刘康子却想乘周戎媾和之机、戎不加防备而袭击戎，最终导致了王师茅戎之败。《左传·庄公十一年》云："凡师，敌未陈曰败某师，皆陈曰战，大崩曰败绩。得俊曰克，覆而败之曰取某师，京师败曰王师败绩于某。"意思是说，两国交战，敌国军队尚未摆开阵势叫"败某师"；相互摆开阵势叫"战"，即正面交锋作战；大崩溃叫"败绩"；俘虏敌方勇士叫"克"，如"郑伯克段于鄢"；预先布置伏兵取得胜利叫"取某师"；而周朝的军队被打败则叫"王师败绩于某"。此处刘康子乘媾和之机伐戎，双方在徐吾氏交战，王师最终战败。不说王师"战"，是为了保全王师勇猛无敌、战无不胜的形象，即使战败还是有一定成果的，可见这是为尊者讳的笔法。

例三，公至自会。

> 《春秋·僖公十七年》：九月，公至自会。
> 《左传·僖公十七年》：师灭项。淮之会，公有诸侯之事，未归，而取项。齐人以为讨，而止公。……书曰"至自会"，犹有诸侯之事焉，且讳之也。

案：僖公十六年，冬十二月，僖公"会齐侯、宋公、陈侯、卫侯、郑伯、许男、邢侯、曹伯于淮"。诸侯会于淮，其目的在于救被淮夷侵伐的鄫，但最终无功而返，而僖公也暂时滞留在齐国。僖公十七年夏天，鲁国军队灭项，僖公不知，齐国认为这是僖公的命令，遂执僖公于齐国，《左传》作"止"，为内讳笔法。九月，僖公夫人声姜入齐向桓公求情，僖公方才得以回鲁。僖公被齐国所执，即被扣押，出于避讳，故只能言"止"，意为让僖公停留在齐国。不言僖公被执之事，一方面会盟之事尚未结束；另一方面则为了保全国君的颜面，故书"公至自会"。可见这是为亲者讳的笔法。类似这样的笔法还有：

《春秋·宣公五年》：夏，公至自齐。
《左传·宣公五年》高固使齐侯止公，请叔姬焉。
《春秋·宣公七年》：冬，公会晋侯、宋公、卫侯、郑伯、曹伯于黑壤。
《左传·宣公七年》：晋侯之立也。公不朝焉，又不使大夫聘，晋人止公于会。盟于黄父，公不与盟。以赂免。故黑壤之盟不书，讳之也。
《春秋·成公十年》：十有一年春王三月，公至自晋。
《左传·成公十年》：十一年春王三月，公至自晋。晋人以公为贰于楚，故止公。公请受盟，而后使归。
《春秋·昭公十六年》：夏，公至自晋。
《左传·昭公十六年》：十六年春王正月，公在晋，晋人止公。不书，讳止也。

以上皆言鲁国国君被别国强行扣押，出于避讳并保全鲁国国君颜面的目的，鲁公被执皆言"止"，此为假借谐音之法，故修辞之意蕴十分明显。

例四，璧假许田。

《春秋·桓公元年》：公会郑伯于垂，郑伯以璧假许田。
《左传·桓公元年》：元年春，公即位，修好于郑。郑人请复祀周公，卒易祊田。公许之。三月，郑伯以璧假许田，为周公、祊故也。

案：隐公八年载郑国来归祊，鲁拥有祊地。桓公元年，鲁郑修好，两国再议交换土地之事。祊、许皆为天子所赐之地，

鲁郑两国交换土地不能直言以某地换某地，否则就是对周天子
的不敬，且许田为周天子祭祀之地，按当时之礼节，祭祀用的
器具尚不能交换，更何况是祭祀的田地？不说"进奉璧假许田"
而言"以璧假许田"，是为了说明此次土地交换是长久交换。
假，意为借，采用此婉转之词以说明郑国仅暂时借用许田，显
然这是为桓公避讳，也是为亲者讳。

四　尽而不汙

尽而不汙，杜预注："谓直言其事，尽其事实，无所汙
曲。"① 汙，相当于曲，此言直书发生的事件，而不加隐晦，同
"婉而成章"恰恰相反。

例一，丹楹刻桷。

《春秋·庄公二十三年》：秋，丹桓宫楹。
《左传·庄公二十三年》：丹桓宫之楹。
《春秋·庄公二十四年》：二十有四年春王三月，刻桓
宫桷。
《左传·庄公二十四年》：刻其桷，皆非礼也。

案：《穀梁传·庄公二十三》云："礼，天子、诸侯黝垩，
大夫仓，士黈，丹楹，非礼也。"《穀梁传·庄公二十四年》又
云："礼，天子之桷，斫之砻之，加密石焉。诸侯之桷，斫之砻
之。大夫斫之。士斫本。"楹为宫殿前面两根主要的柱子，为了
美观起见，通常会漆漆于上，桓宫为鲁桓公庙寝。天子、诸侯
用漆的颜色为青黑色，大夫用青色，士用土黄色。对庙寝进行
装饰是必要的，但所用颜色为红色，故庄公不合礼节之处甚明。
桷，为椽桷，呈方形，即房屋承托瓦片伸出的木架，每一座庙

① （晋）杜预：《春秋经传集解》，上海古籍出版社1997年版，第735页。

寝只有两根大柱，而桷可以为无数，刻桷会花费许多人力物力，据《榖梁传》所言可知，自天子至诸侯大夫，皆不刻桷，由此可见庄公不合礼节更进一步。桓公在齐国被杀，庄公不仅娶仇人之女为夫人，还大修桓公宫寝，不惜花费大量人力物力在丹楹刻桷，以取悦夫人，经文和《左传》直书此事皆为了斥责庄公忘却父仇，大兴土木之罪恶。修辞之意甚明。

例二，天王求车。

《春秋·桓公十五年》：天王使家父来求车。

案：马车、服装是由周天子赏赐诸侯的，诸侯没有向周天子进贡马车、服装的义务，而现在周天子却派遣使者来索要这些物品，不合礼节之处便就此显现。以前本来是周天子赏赐这些物品给诸侯，如今周天子连这些物品都不能自给，反而要向鲁国索求，由此可见周王室之衰微。周天子向诸侯国索求马车，其颜面何存？这也进一步加深了诸侯对周王室的轻视。

例三，齐侯来献戎捷。

《春秋·庄公三十一年》：六月，齐侯来献戎捷。
《左传·庄公三十一年》：三十一年夏六月，齐侯来献戎捷，非礼也。凡诸侯有四夷之功，则献于王，王以警于夷；中国则否。诸侯不相遗俘。

案：庄公三十年，齐侯与庄公相遇于鲁济；庄公三十一年齐侯来献伐戎之胜利品，可见齐侯同庄公之间的友好关系。但经义显然并仅不见于此，按照《左传》该年之凡例，凡是诸侯征伐四方夷狄，有所俘获，皆需进献给周天子，周天子以此来警示四方夷狄，但是中原地区诸侯之间的战争则不能向周天子进献俘获品，而诸侯之间更是不能互相馈赠俘获品（包括物品或俘虏），经书"齐侯来献戎捷"显然明示齐侯不合礼节，故有贬斥之意，言其有轻视周天子且夸耀其功劳之罪。

以上三例皆为直书而不加婉转之词，故有深刻的贬斥意味。

五　惩恶而劝善

惩恶而劝善，杜预注："善名必书，恶名不灭，所以为惩劝。"[1]　此为笔法的具体功能。

例一，书齐豹盗。

《春秋·昭公二十年》：秋，盗杀卫侯之兄絷。

《左传·昭公三十一年》：齐豹为卫司寇，守嗣大夫，作而不义，其书为"盗"。

案：公孙絷为卫灵公之兄，他轻视齐豹，剥夺了齐豹司寇之职及其领地鄄地，齐豹于是联合北宫喜、褚师圃、公子朝三人作乱，杀害了公孙絷和宗鲁，卫灵公出走之后借助北宫喜最终诛灭了齐豹。齐豹为卫国司寇大夫，却被书为"盗"，此贬斥之意可谓重矣。齐豹杀卫灵公之兄，欲求取不畏强权之名，实乃欲盖弥彰，其形现矣。

例二，三叛人名。

《春秋·襄公二十一年》：邾庶其以漆、闾丘来奔。

《春秋·昭公五年》：夏，莒牟夷以牟娄及防、兹来奔。

《春秋·昭公三十一年》：冬，黑肱以滥来奔。

案：庶其、牟夷、黑肱三者皆为小国大夫，以其封邑来鲁国求取荣华，故为叛贼。三者虽为小国大夫，循例无须书其名，

---

① （晋）杜预：《春秋经传集解》，上海古籍出版社 1997 年版，第 735 页。

但《春秋》为使其恶名彰显，故直书之名，以彰显善恶大义。《左传·昭公三十一年》云："以地叛，虽贱，必书地，以名其人，终为不义，弗可灭已。是故君子动则思礼，行则思义；不为利回，不为义疚。或求名而不得，或欲盖而名章，惩不义也。……是以《春秋》书齐豹曰'盗'，三叛人名，以惩不义，数恶无礼，其善志也。"此皆为《春秋》总体之大义。

通过以上对五例笔法的具体探讨可知，前四例皆言具体之笔法，其目的皆为惩恶而劝善，五例是一个统一的整体，缺一不可。

本章主要从杜预《春秋经传集解序》所言"三体五例"出发，结合凡例，集中对变例之书、不书、先书、故书、不言、不称、书曰、追书等体例进行了探讨，通过相关举例充分论述了它们对修辞的具体呈现。对"五例"的探讨亦充分贯彻着修辞的原则。"三体"同"五例"的关系就在于"三体"是《春秋》具体书写体式的呈现，而"五例"则是具体笔法的展示，它们都蕴含了孔子笔削《春秋》的微言大义，并体现了"惩恶而劝善"之宗旨。

未完的结语

　　"《春秋》笔法"有狭义和广义之分，狭义上指孔子修订《春秋》诸如"笔则笔，削则削"（《史记·孔子世家》）、"以一字为褒贬"（杜预《春秋左传序》）、"直书"、"微言"等相关书写原则；广义上指文笔曲折而意含褒贬的文字，它亦可称为"《春秋》书法""书例""义例""凡例""义法"等。自孔子修订《春秋》以来，对《春秋》"微言大义""褒贬"等义例之探讨，代不乏人。

　　钱锺书先生在《管锥编》中指出，"《春秋》之'书法'，实即文章之修词"，这是其对"《春秋》书法"基本性质的断语，本书紧紧抓住前人未曾论及的"《春秋》之书法，实即文章之修辞"并进行相关的修辞学研究。这一方面使本书的研究具有坚实的文本支撑，另一方面也使本书获得了更深、更广的研究空间。本书力求突破传统经学注经解经的局限，采用文学、语言学等视角进行观照，运用诸如文本分析、历史考据、语言分析、综合研究等多种方法，打破了学科之间的界限。这样的研究方式一方面可促进传统经学研究的进一步深化，为传统经学研究提供新的研究范例；另一方面则为古代文论的当代阐释提供了新的视角和借鉴。

　　本书导论是对"《春秋》笔法"研究范围的考察，研究范围大致可确定为十一个方面，即：本质上之探讨；诸家学说之探讨；史学中"《春秋》笔法"之探讨；文学中"《春秋》笔法"之探讨；"《春秋》笔法"之重新阐释；从语言学角度探讨

"《春秋》笔法";新闻标题及政府公报中的"《春秋》笔法";从社会学角度来探究"《春秋》笔法";"《春秋》笔法"研究的学术史问题;"《春秋》笔法"对中国人思维模式的影响;哲学范围内的相关探讨。我们亦可按研究的领域把"《春秋》笔法"划分为四种,即经笔、史笔、文笔、外笔,经笔是其本身的呈现形态,其与史笔、文笔一起成为"《春秋》笔法"最主要的表现形态,而外笔则是学科分化后跨学科研究的产物。按照本质与外延来划分,"《春秋》笔法"则可以分为内笔、外笔,内笔是对"《春秋》笔法"本身的探究,而外笔则是"《春秋》笔法"的延伸,从此角度来说,内笔是经笔,而史笔、文笔等皆是外笔,其实亦可以说内笔是内涵核心的探讨,而外笔在很大程度上则是影响之探讨。同时还阐述了本书的学术价值和研究方法。

第一章总结了百年"《春秋》笔法"研究,其阶段性新成果具体表现为:史笔以瞿林东《史学志》中对"《春秋》笔法"的总结为标志;文笔则以钱锺书、敏泽的研究为标志,而从语言学的角度来研究"《春秋》笔法"则以孙良明的研究为代表,也出现了第一部关于"《春秋》书法"的专著,即张高评的《春秋书法与左传学史》。

第二章考察了"《春秋》笔法"诸多名称。通过对"纂例""本例""传例""例要""释例""义法""义例""笔削""书法""笔法"等名称的考察可知,这些名称在实质上都有共通之处,"《春秋》书法"是等同"《春秋》笔法"的,"春秋大义"经过历代的阐释和发挥,其名称逐渐走向一致,"《春秋》笔法"的称谓亦逐渐取代其他各种称谓成为共识,选择"《春秋》笔法"来概括孔子修订《春秋》的诸项原则就成为一种必然的选择。同时,第三章还阐述了本书的学术价值和研究方法。

第四章是对"属辞比事"与"《春秋》笔法"关系的探究。"属辞比事"可视为理解和研读《春秋》的一种基本方法。"属辞比事"从史事文本写作基本层面出发，可以上升到阐释理解层面，形成反推史实的动力，从而建构起一种互动式的研究方法。"属辞比事"还可以成为一种具有普适性特质的文学创作和研究方法，即苦心搜集研读各种文献资料，进而采取筛选、描述、分类、排比、概括、分析、综合等方法，来体会和把握古今中外相同的艺术思维，这也是一种具象到抽象、由审美体验到理论提升总结的研究方法。

第五章则结合出土文献清华简《系年》，通过对其中国君死亡事件不同记述方式的整理，并与《春秋》经传相互对照可知，清华简《系年》在记述一国之君杀另一国君时都采用"杀"字，而不用"弑"字，其基本句式表现为"某杀某"，这与《春秋》经传在记述时采用"弑"字表明褒贬明显不同。对"弑君"事件的不同处理，由此可侧面佐证孔子对《春秋》确实进行了修订及"《春秋》笔法"的存在。

在文本的修辞研究方面。"《春秋》笔法"在字法、句法、段落、篇章四个方面充分展现了其修辞的特点。本书对杜预的"三体五例"进行了全面考证。杜预所言"三体五例"在最大程度上体现了"《春秋》笔法"实质就是文章之修辞。"三体"，即凡例、变例、非例；"五例"，即微而显、志而晦、婉而成章、尽而不汙、惩恶而劝善。"三体"同"五例"的关系就在于"三体"是《春秋》具体书写体式的呈现，而"五例"是具体笔法的展示，它们都蕴含了孔子笔削《春秋》的微言大义，并体现了"惩恶而劝善"之宗旨。"《春秋》笔法"对后世的修辞学影响巨大，除了可将其视作吾国修辞学的开端，其还影响了后世诸如婉曲格和讳饰格等修辞格的形成，其对"正名""惩恶而劝善"等功能的强调则加强了对修辞功能性目的的强调（如立言、立诚、辨理、教化）。从"《春秋》笔法"到婉曲格、讳饰格的生成与发展，尚简用晦的本质特征、以含蓄为美的审美特性以及中国人坚守善美的理念贯穿始终。随着时代的演变，

"《春秋》笔法"之婉曲、讳饰已不仅是文学的修辞技法，它们还丰富了语言的生动性，强化了意义生成性，建构了叙事的曲折性，其话语的解读方式更是中国人文化生活、社会心理的表征。本书是国内首次从修辞学角度研究"《春秋》笔法"的学术成果。

事实上，随着传统经学研究范式的解体和现代学科体制的建立，传统经学的研究逐渐被分化和渗透到文学、史学、哲学等领域，因此完全可以将"《春秋》笔法"的研究置于先秦时期的大文化背景中，从大文学、大史学等维度来考察其产生和发展，综合分析"《春秋》笔法"如何影响并参与了古代文学和文论乃至古代文化体系的建构，从而有助于彰显"《春秋》笔法"的当代性价值。因此，笔者团队对"《春秋》笔法"的持续研究成果还涉及"《春秋》笔法"与古代文论、"《春秋》笔法"与小说序跋、"《春秋》笔法"与诗话、"《春秋》笔法"与文学史写作、"《春秋》笔法"与历史书写、"《春秋》笔法"与微言大义、"《春秋》笔法"与传统思维方式等诸多内容，上述内容由于更适合从大文化的角度来考察阐释，因此本书在出版时只能加以割舍，留待他书做进一步呈现。

我指导的硕士研究生宋月姣同学写作了《"春秋笔法"与婉曲格、讳饰格》一文，因与修辞学相关，在征得其同意之后，本次出版附录一收入此文，特此说明。

附录二选取了张高评先生在《〈春秋〉经传研究选题举例》一文中列举的144则《春秋》经传研究的选题①。以21世纪以来的研究成果来看，"《春秋》笔法"确实还存在诸多尚未开掘之处，留待读者诸君查阅参考。附录三是关于"《春秋》笔法"研究资料的汇编，其范围限定在对"笔法"的研究上，凡稍有

---

① 参见张高评《〈春秋〉经传研究选题举例》，《南京师范大学文学院学报》2004年第2期。

涉及者皆尽可能罗列于此，由于一些客观因素的限制，该资料尚有诸多不完备地方，目的在于抛砖引玉，留待后续研究者参阅并查漏补缺。

是为本书结语！

参考文献

一 主要参考书目

（一）《春秋》及三传参考书目

（晋）杜预等注：《春秋三传》，上海古籍出版社 1987 年版。

（晋）杜预：《春秋经传集解》，上海古籍出版社 1997 年版。

（晋）杜预：《春秋释例》，中华书局 1985 年版。

（唐）陆淳纂：《春秋啖赵集传纂例》，中华书局 1985 年版。

（唐）陆淳纂：《春秋集传辩疑》，中华书局 1985 年版。

（唐）陆淳：《春秋集传微旨》，中华书局 1991 年版。

（宋）苏辙：《春秋集解》，文渊阁《四库全书》本。

（宋）孙觉：《春秋经解》，文渊阁《四库全书》本。

（宋）沈棐：《春秋比事》，文渊阁《四库全书》本。

（宋）刘敞：《春秋权衡》，文渊阁《四库全书》本。

（宋）崔子方：《春秋经解》，文渊阁《四库全书》本。

（宋）胡安国：《春秋传》，文渊阁《四库全书》本。

（宋）洪咨夔：《春秋说》，文渊阁《四库全书》本。

（宋）叶梦得：《春秋考》，文渊阁《四库全书》本。

（宋）萧楚：《春秋辨疑》，中华书局 1985 年版。

（宋）张大亨：《春秋通训》，中华书局 1991 年版。

（宋）张大亨：《春秋五礼例宗》，中华书局 1991 年版。

（南宋）李明复：《春秋集义》，文渊阁《四库全书》本。

（元）程端学：《春秋本义》，文渊阁《四库全书》本。

（元）汪克宽：《春秋经传附录纂疏》，文渊阁《四库全书》本。

（元）赵汸：《春秋属辞》，文渊阁《四库全书》本。

（元）赵汸：《春秋金锁匙》，中华书局1991年版。

（明）石光霁：《春秋书法钩玄》，文渊阁《四库全书》本。

（明）薛虞畿：《春秋别典》，文渊阁《四库全书》本。

（明）陆粲：《春秋胡氏传辨疑》，中华书局1991年版。

（明）袁仁：《春秋胡传考误》，中华书局1991年版。

（清）惠士奇：《春秋说》，文渊阁《四库全书》本。

（清）惠栋：《左传补注》，文渊阁《四库全书》本。

（清）高士奇：《左传纪事本末》，中华书局1979年版。

（清）阮元校刻：《十三经注疏》，中华书局1980年版。

（清）阮元主编：《清经解》，上海书店1988年版。

（清）马骕：《左传事纬》，齐鲁书社1992年版。

（清）顾栋高：《春秋大事表》，中华书局1993年版。

（清）黄淦纬：《诗经精义·春秋精义》，学苑出版社1994年版。

（清）许桂林：《春秋穀梁传时月日书法释例》，中华书局1991年版。

（清）毛奇龄：《春秋属辞比事记》，中华书局1991年版。

（清）吴陈琰：《春秋三传异同考》，中华书局1991年版。

（清）顾炎武：《左传杜解补正》，中华书局1991年版。

（清）李文渊：《左传评》，中华书局1991年版。

（清）洪亮吉：《春秋左传诂》，李解民点校，中华书局1987年版。

（清）钟文烝：《春秋穀梁经传补注》，骈宇骞、郝淑慧点校，中华书局1996年版。

《四库全书总目提要·春秋类》，文渊阁《四库全书》本。

王云五主持：《续修四库全书提要·春秋类》，台湾商务印书馆 1972 年版。

康有为:《春秋笔削大义微言考》,台北宏业书局有限公司 1976 年版。

康有为:《春秋董氏学》,中华书局 1990 年版。

刘师培:《刘申叔遗书》,江苏古籍出版社 1997 年版。

(二) 古籍类参考书目

(汉) 刘向:《说苑》,文渊阁《四库全书》本。

(汉) 刘熙:《释名》,中华书局 1985 年版。

(唐) 陆德明:《经典释文》,黄焯断句,中华书局 1983 年版。

(宋) 黎德清编:《朱子语类》,王星贤点校,中华书局 1986 年版。

(宋) 王应麟:《困学纪闻》,辽宁教育出版社 1998 年版。

(宋) 赵升:《朝野类要》,中华书局 1985 年版。

(宋) 陆佃:《陶山集》,中华书局 1985 年版。

(宋) 胡寅:《斐然集》,文渊阁《四库全书》本。

(南宋) 林希逸:《竹溪鬳斋十一稿续集》,文渊阁《四库全书》本。

(南宋) 朱熹:《四书章句集注·论语集注》,文渊阁《四库全书》本。

(明) 唐顺之编:《荆川稗编》,上海古籍出版社 1991 年版。

(清) 王先谦:《释名疏证补》,上海古籍出版社 1984 年版。

(清) 刘熙载:《刘熙载论艺六种》,巴蜀书社 1990 年版。

(清) 赵翼:《陔余丛考》,栾保群、吕宗力校点,河北人民出版社 1990 年版。

(清) 萧穆:《敬孚类稿》,项纯文点校,黄山书社 1992 年版。

(清) 顾炎武:《日知录集释》,(清) 黄汝成集释,栾保群、吕宗力校点,花山文艺出版社 1990 年版。

（清）董增龄：《国语正义》，巴蜀书社 1985 年版。

（清）焦循：《孟子正义》，河北人民出版社 1988 年版。

（清）王夫之：《永历实录》，上海古籍出版社 1987 年版。

（清）浦起龙：《史通通释》，上海古籍出版社 1978 年版。

（清）章学诚：《文史通义校注》，叶瑛校注，中华书局 1985 年版。

（清）王引之：《经传释词》，岳麓书社 1984 年版。

（清）王引之：《经义述闻》，江苏古籍出版社 1985 年版。

（清）吴昌莹：《经词衍释》，中华书局 1956 年版。

（清）曹溶编著：《学海类编》，江苏广陵古籍刻印社 1994 年版。

（清）何琇：《樵香小记》，中华书局 1985 年版。

（三）近代以来《春秋》三传研究论著（以下类别的参考文献均以出版年代排序）

张西堂：《穀梁真伪考》，和记印书馆 1931 年版。

韩席筹编著：《左传分国集注》，江苏人民出版社 1963 年版。

徐中舒：《左传选》，中华书局 1963 年版。

童书业：《春秋左传研究》，上海人民出版社 1980 年版。

沈玉成：《左传译文》，中华书局 1981 年版。

徐仁甫：《左传疏证》，四川人民出版社 1981 年版。

程南洲：《春秋左传贾逵注与杜预注之比较研究》，台北文津出版社 1982 年版。

洪业等编纂：《春秋经传引得》（全二册），上海古籍出版社 1983 年版。

傅隶朴：《春秋三传比义》，台湾商务印书馆 1983 年版。

宋鼎宗：《春秋宋学发微》，台北文史哲出版社 1986 年版。

顾颉刚讲授、刘起釪笔记：《春秋三传及国语之综合研究》，巴蜀书社 1988 年版。

周桂钿:《董学探微》,北京师范大学出版社 1989 年版。

杨伯峻:《春秋左传注》,中华书局 1990 年版。

沈玉成、刘宁:《春秋左传学史稿》,江苏古籍出版社 1992 年版。

马勇:《汉代〈春秋〉学研究》,四川人民出版社 1992 年版。

苏舆:《春秋繁露义证》,钟哲点校,中华书局 1992 年版。

浦卫忠:《春秋三传综合研究》,台北文津出版社 1995 版。

蒋庆:《公羊学引论——儒家的政治智慧与历史信仰》,辽宁教育出版社 1995 年版。

陈其泰:《清代公羊学》,东方出版社 1997 年版。

朱冠华:《刘师培春秋左氏传答问研究》,光明日报出版社 1998 年版。

陈苏镇:《汉代政治与〈春秋学〉》,中国广播电视出版社 2001 年版。

姚曼波:《〈春秋〉考论》,江苏古籍出版社 2002 年版。

赵伯雄:《春秋学史》,山东教育出版社 2004 年版。

戴维:《春秋学史》,湖南教育出版社 2004 年版。

(四) 经学类

钱基博:《经学通论》,上海中华书局 1936 年版。

(清) 皮锡瑞:《经学历史》,周予同注释,中华书局 1959 年版。

李振兴:《王肃之经学》,台北嘉新水泥公司文化基金会 1980 年版。

洪业:《春秋经传引得序》,《洪业论学集》,中华书局 1981 年版。

汪惠敏:《三国时代之经学研究》,台北汉京文化事业有限公司 1981 年版。

王静芝编著：《经学通论》（上、下），台北"国立"编译馆 1982 年版。

徐复观：《中国经学史的基础》，台湾学生书局 1982 年版。

蒋伯潜：《十三经概论》，上海古籍出版社 1983 年版。

何耿镛：《经学概说》，湖北人民出版社 1984 年版。

周浩治：《论孟章句辨正及精义发微》，台北文史哲出版社 1984 年版。

熊十力：《新编读经示要》，台北明文书局 1984 年版。

顾荩臣：《经史子集概要》，中国书店 1990 年版。

汤志钧等著：《西汉经学与政治》，上海古籍出版社 1994 年版。

王葆玹：《西汉经学源流》，台北东大图书公司 1994 年版。

章权才：《两汉经学史》，台北万卷楼图书有限公司 1995 年版。

朱维铮编：《周予同经学史论著选集》，上海人民出版社 1996 年版。

钱穆：《国学概论》，商务印书馆 1997 年版。

蒋伯潜、蒋祖怡：《经与经学》，上海书店出版社 1997 年版。

王葆玹：《今古文经学新论》，中国社会科学出版社 1997 年版。

许道勋、徐洪兴：《经学志》，上海人民出版社 1998 年版。

马宗霍：《中国经学史》，商务印书馆 1998 年版。

汤志钧：《近代经学与政治》，中华书局 2000 年版。

［日］本田成之：《中国经学史》，孙俍工译，上海书店出版社 2001 年版。

张涛：《经学与汉代社会》，河北人民出版社 2001 年版。

钱穆：《两汉经学今古文评议》，商务印书馆 2001 年版。

吴雁南主编:《清代经学史通论》,云南大学出版社 2001 年版。

徐元诰:《国语集解》,王树民、沈长云点校,中华书局 2002 年版。

孙筱:《两汉经学与社会》,中国社会科学出版社 2002 年版。

范文澜:《范文澜全集》(第一卷),河北教育出版社 2002 年版。

许凌云:《经史因缘》,齐鲁书社 2002 年版。

朱维铮:《中国经学史十讲》,复旦大学出版社 2002 年版。

姜广辉主编:《中国经学思想史》,中国社会科学出版社 2003 年版。

蔡方鹿:《朱熹经学与中国经学》,人民出版社 2004 年版。

(五) 史学类

(汉) 司马迁:《史记》,中华书局 1959 年版。

(汉) 班固:《汉书》,中华书局 1962 年版。

范文澜:《中国通史简编》,人民出版社 1965 年版。

郭沫若:《奴隶制时代》,人民出版社 1973 年版。

杨荣国:《中国古代思想史》,人民出版社 1973 年版。

郭沫若主编:《中国史稿》,人民出版社 1976 年版。

(明) 陈邦瞻:《宋史纪事本末》,中华书局 1977 年版。

范文澜:《中国通史》,人民出版社 1978 年版。

(宋) 李焘:《续资治通鉴长编》,中华书局 1979 年版。

程千帆:《史通笺记》,中华书局 1980 年版。

方诗铭、王修龄:《古本竹书纪年辑证》,上海古籍出版社 1981 年版。

杜维运:《与西方史家论中国史学》,台北东大图书有限公司 1981 年版。

顾颉刚编著:《古史辨》,上海古籍出版社 1982 年版。

张孟伦:《中国史学史》,甘肃人民出版社 1983 年版。

刘节:《中国史学史》,郑州中州书画社 1983 年版。

李宗侗:《中国史学史》,中国友谊出版公司 1984 年版。

甲凯:《史学通论》,台湾学生书局 1985 年版。

白寿彝:《中国史学史》,上海人民出版社 1986 年版。

赵光贤:《古史考辨》,北京师范大学出版社 1987 年版。

王汎森:《古史辨运动的兴起:一个思想史的分析》,台北允晨文化实业股份有限公司 1987 年版。

卫聚贤:《古史研究》,上海文艺出版社 1990 年版。

赵吕甫:《史通新校注》,重庆出版社 1990 年版。

刘操南:《史记春秋十二诸侯史事辑证》,天津古籍出版社 1992 年版。

陈桐生:《中国史官文化与〈史记〉》,汕头大学出版社 1993 年版。

钱穆:《国史大纲》,商务印书馆 1994 年版。

梁启超:《中国历史研究法》,东方出版社 1996 年版。

瞿林东:《史学志》,上海人民出版社 1998 年版。

瞿林东:《中国史学史纲》,北京出版社 1999 年版。

金毓黻:《中国史学史》,商务印书馆 1999 年版。

钱穆:《中国史学名著》,生活·读书·新知三联书店 2000 年版。

顾德融、朱顺龙:《春秋史》,上海人民出版社 2003 年版。

田旭东:《二十世纪中国古史研究主要思潮概论》,中华书局 2003 年版。

刘家和:《史学、经学与思想——在世界史背景下对于中国古代历史文化的思考》,北京师范大学出版社 2005 年版。

(六) 涉及"《春秋》笔法"的著作

皮锡瑞:《经学通论》,中华书局 2017 年版。

蔡世明:《欧阳修的生平与学术》,台北文史哲出版社 1980

年版。

戴君仁等：《春秋三传论文集》，台北黎明文化事业股份有限公司 1981 年版。

苏渊雷：《读史举要》，黑龙江人民出版社 1981 年版。

杨向奎：《绎史斋学术文集》，上海人民出版社 1983 年版。

敏泽：《形象、意象、情感》，河北教育出版社 1987 年版。

［美］汪荣祖：《史传通说——中西史学之比较》，中华书局 1989 年版。

刘德清：《欧阳修论稿》，北京师范大学出版社 1991 年版。

申小龙：《语文的阐释——中国语文传统的现代意义》，辽宁教育出版社 1991 年版。

中国孔子基金会编：《孔子诞辰 2540 周年纪念与学术讨论会论文集》（3），生活·读书·新知三联书店 1992 年版。

周振甫：《诗文浅说》，北京师范学院出版社 1994 年版。

［法］弗朗索瓦·于连：《迂回与进入》，杜小真译，生活·读书·新知三联书店 1998 年版。

涂文学、周德钧：《诸经总龟——〈春秋〉与中国文化》，河南大学出版社 1998 年版。

张素卿：《叙事与解释——〈左传〉解经研究》，台北书林出版有限公司 1998 年版。

赵生群：《〈春秋〉经传研究》，上海古籍出版社 2000 年版。

赵生群：《〈史记〉文献学丛稿》，江苏古籍出版社 2000 年版。

［美］陈汉生：《中国古代的语言和逻辑》，周云之等译，社会科学文献出版社 1998 年版。

严正：《五经哲学及其文化学的阐释》，齐鲁书社 2001 年版。

孙良明：《中国古代语法学探究》，商务印书馆 2002 年版。

周光庆：《中国古典解释学导论》，中华书局 2002 年版。

张高评：《春秋书法与左传学史》，台北五南图书出版股份有限公司 2002 年版。

顾永新：《欧阳修学术研究》，人民文学出版社 2003 年版。

孟华：《汉字：汉语和华夏文明的内在形式》，中国社会科学出版社 2004 年版。

刘家和：《史学、经学与思想——在世界史背景下对于中国古代历史文化的思考》，北京师范大学出版社 2005 年版。

（七）语言学、修辞学和叙事学类

（汉）许慎：《说文解字》，中华书局 1963 年版。

郑奠、谭全基编：《古汉语修辞学资料汇编》，商务印书馆 1980 年版。

（清）段玉裁：《说文解字注》，上海古籍出版社 1981 年版。

（清）顾炎武：《音学五书》，中华书局 1982 年版。

杨树达：《中国修辞学》，上海古籍出版社 1983 年版。

（清）朱骏声：《说文通训定声》，中华书局 1984 年版。

郑子瑜：《中国修辞学史稿》，上海教育出版社 1984 年版。

王泗原：《古语文例释》，上海古籍出版社 1988 年版。

何乐士：《〈左传〉虚词研究》，商务印书馆 1989 年版。

易蒲、李金苓：《汉语修辞学史纲》，吉林教育出版社 1989 年版。

周振甫：《中国修辞学史稿》，商务印书馆 1991 年版。

谭学纯、唐跃、朱玲：《接受修辞学》，上海教育出版社 1992 年版。

白春仁：《文学修辞学》，吉林教育出版社 1993 年版。

王勤：《汉语修辞通论》，华中理工大学出版社 1995 年版。

袁晖、宗廷虎主编：《汉语修辞学史》，山西人民出版社 1995 年版。

郑子瑜：《中国修辞学的变迁》，台北书林出版有限公司 1996 年版。

张文治:《古书修辞例》,中华书局 1996 年版。

臧克和:《中国文字与儒家思想》,广西教育出版社 1996 年版。

高小方:《中国语言文字学史料学》,南京大学出版社 1998 年版。

陈光磊、王俊衡:《中国修辞学通史·先秦两汉魏晋南北朝卷》,吉林教育出版社 1998 年版。

夏先培:《左传交际称谓研究》,湖南师范大学出版社 1999 年版。

毛远明:《左传词汇研究》,西南师范大学出版社 1999 年版。

萧启宏:《信仰字中寻》,东方出版社 1999 年版。

李敏生:《汉字哲学初探》,社会科学文献出版社 2000 年版。

陈望道:《修辞学发凡》,上海教育出版社 2001 年版。

张猛:《〈左传〉谓语动词研究》,语文出版社 2003 年版。

徐朝华:《上古汉语词汇史》,商务印书馆 2003 年版。

宗廷虎:《宗廷虎修辞论集》,吉林教育出版社 2003 年版。

沈锡伦:《中国传统文化和语言》,上海教育出版社 2004 年版。

(八) 其他参考著作

康有为:《新学伪经考》,中华书局 1956 年版。

范文澜:《文心雕龙注》,人民文学出版社 1958 年版。

(宋) 王安石:《王文公文集》,上海人民出版社 1974 年版。

董作宾:《殷历谱》,中国书店 1981 年版。

《脂砚斋重评石头记》,上海古籍出版社 1981 年版。

周振甫:《文心雕龙注释》,人民文学出版社 1981 年版。

(清) 方苞:《方苞集》,上海古籍出版社 1983 年版。

罗继祖:《枫窗脞语》,中华书局 1984 年版。

赖光临:《中国新闻传播史》,台北三民书局股份有限公司1984年版。

曾虚白主编:《中国新闻史》,台北三民书局股份有限公司1984年版。

章太炎:《章太炎全集》,上海人民出版社1984年版。

刘昭民编著:《中华天文学发展史》,丁有存订正,台湾商务印书馆1985年版。

周振甫:《文心雕龙今译》,中华书局1986年版。

钱锺书:《管锥编》,中华书局1986年版。

安徽省社会科学院文学研究所、安庆师范学院中文系、淮北煤炭师范学院中文系编:《桐城派研究论文选》,黄山书社1986年版。

康有为:《康有为全集》,姜义华、吴根梁编校,上海古籍出版社1987年版。

陈梦家:《殷虚卜辞综述》,中华书局1988年版。

何天杰:《桐城文派:文章法的总结与超越》,广州文化出版社1989年版。

顾颉刚:《顾颉刚读书笔记》,台北联经出版事业公司1990年版。

《纪念顾颉刚学术论文集》(上、下),巴蜀书社1990年版。

匡亚明:《孔子评传》,南京大学出版社1990年版。

姜义华主编:《胡适学术文集·中国哲学史》,中华书局1991年版。

曹尧德、宋均平、杨佐仁:《孔子传》,花山文艺出版社1992年版。

孙绿怡:《〈左传〉与中国古典小说》,北京大学出版社1992年版。

胡范铸:《钱钟书学术思想研究》,华东师范大学出版社1993年版。

敏泽：《中国文学理论批评史》，吉林教育出版社 1993 年版。

陈子谦：《钱学论》（修订版），教育科学出版社 1994 年版。

杨向奎：《清儒学案新编》，齐鲁书社 1994 年版。

丁锡根编著：《中国历代小说序跋集》，人民文学出版社 1996 年版。

吴组缃：《中国小说研究论集》，北京大学出版社 1998 年版。

王应麟：《困学纪闻》，孙通海校点，辽宁教育出版社 1998 年版。

钱玄同：《钱玄同文集》，中国人民大学出版社 1999 年版。

梁启超：《王安石传》，海南出版社 2001 年版。

胡厚宣：《甲骨学商史论丛初集》，河北教育出版社 2002 年版。

钱穆：《孔子传》，生活·读书·新知三联书店 2002 年版。

［美］王靖宇：《中国早期叙事文研究》，上海古籍出版社 2003 年版。

二 参考论文

周振甫：《春秋笔法（上、下）》，《新闻业务》1961 年第 10、11 期。

金景芳：《中国古代史分期商榷（下）》，《历史研究》1979 年第 3 期。

敏泽：《试论"春秋笔法"对于后世文学理论的影响》，《社会科学战线》1985 年第 3 期。

刘乃寅：《〈春秋〉释名》，《宁夏大学学报》（社会科学版）1988 年第 1 期。

许子滨：《〈左传〉所释〈春秋〉书法考辨三则》，《孔子研究》1999 年第 2 期。

敏泽:《论钱学的基本精神和历史贡献——纪念钱钟书先生》,《文学评论》1999 年第 3 期。

张高评:《〈春秋〉经传研究选题举例》,《南京师范大学文学院学报》2004 年第 2 期。

张高评:《台湾近五十年〈春秋〉经传研究综述(上、下)》,《汉学研究通讯》2004 年第 3、4 期。

附录一 "《春秋》笔法"与 婉曲格、讳饰格

直到当代中国修辞学的发展成熟期，婉曲格、讳饰格才作为独立的辞格概念被固定下来，最开始涉及婉曲和讳饰修辞格的当是"春秋五例"中的"微而显"与"婉而成章"。本文从两者的定义和实例出发，借助《春秋》及三传的相关阐释，形成对婉曲格、讳饰格的再认识，进而在分析两者生成发展的缘由中，以期明确婉曲格、讳饰格的意义和效果。

中国修辞学古老又年轻，从《周易》起，即有"修辞立其诚"的说法，但现代修辞学的发展又呈现出与传统修辞学截然不同的崭新面貌，如何从传统修辞学汲取营养，并将其与现代修辞学相互贯通，是当今学术界值得思考的一个问题。钱锺书先生曾在《管锥编》中提出"昔人所谓'春秋书法'，正即修词学之朔，而今之考论者忽焉"①的观点，因此，"《春秋》笔法"作为中国传统修辞学的发凡缘起，若能抓住其与现代修辞学的关系进行学术研究，在当今修辞学界定有开拓的价值，而婉曲格、讳饰格的形成，恰恰与"《春秋》笔法"部分内涵有异曲同工之妙，如能准确把握两者之关系，亦可为古代文论的现代阐释提供借鉴。

---

① 钱锺书：《管锥编》（第五册），中华书局 1986 年版，第 21 页。

第一节　"《春秋》笔法"之"微而显" "婉而成章"

在中国修辞学开创的先秦两汉时期，最明显涉及婉曲和讳饰修辞手法的是孔子的"《春秋》笔法"。从《春秋》起，"婉曲"和"讳饰"成为中国修辞学史上的一个不可忽视的现象，逐渐走入人们视野。

"所谓'《春秋》笔法'其实就是孔子修订《春秋》时诸如'笔则笔，削则削'（《史记·孔子世家》）、'以一字为褒贬'（杜预《春秋左传序》）、'直书'、'微言'、'褒讳贬损'（《汉书·艺文志》）等相关书写原则，这是狭义上的'《春秋》笔法'，后世则扩展为把文笔曲折而意含褒贬的文字也称为'《春秋》笔法'，这是广义上的'《春秋》笔法'，它是从司马迁运用'《春秋》笔法'写作《史记》而开始的。"①

《左传·成公十四年》最早提到关于"《春秋》笔法"的文字："君子曰：'《春秋》之称，微而显，志而晦，婉而成章，尽而不汙，惩恶而劝善，非贤人谁能修之？'"② 此乃"春秋五例"。李洲良在《春秋笔法论》中从修辞学角度对此做出回应，认为"《春秋》笔法"之五例乃为基本内涵，其中"惩恶而劝善"的思想原则是社会功用及目的体现，"微而显""志而晦""婉而成章""尽而不汙"乃为修辞的手段和方法。"微而显"等修辞方法据其原则分为两类："一为直书其事，'尽而不汙'者是也；一为微婉隐晦，'微而显''志而晦''婉而成章'者是也。'微婉隐晦'又可分为二类：出于避讳者，'婉而成章'是也；非出于避讳者，'微而显''志而晦'是也。'微而显'

---

① 肖锋：《从"春秋书法"到"春秋笔法"名称之考察》，《北方论丛》2009年第2期。
② 杨伯峻：《春秋左传注》，中华书局1990年版，第870页。

与'志而晦'也是同中有异，所同者，措词之简约也；所异者，褒贬之显隐也。"① 此外，他还明确提出"《春秋》笔法"的外延有三义，即经法、史法、文法，总体特征为尚俭用晦。

由此可见，婉曲格从"微而显"起、讳饰格从"婉而成章"始，即有了相互对应的关系。

（一）"微而显"与婉曲格

如何理解"微而显"？晋代杜预从实例出发，明确了"《春秋》笔法"的婉曲观："一曰'微而显'，文见于此，而起义在彼。'称族，尊君命；舍族，尊夫人''梁亡''城缘陵'之类是也。"② 微，隐微也。显，明显也。讲婉曲，即文见于此，而意在彼也。《春秋·成公十四年》："秋，叔孙侨如如齐逆女。……九月，侨如以夫人妇姜氏至自齐。"③ 两提侨如，却有不同之处。首次提到侨如的叔孙氏，原因在于叔孙氏乃氏族名，侨如奉君命出使，为了尊重君命，故称叔孙侨如。后文为了尊重夫人，迎接夫人归来，故不称氏族名叔孙侨如而只称侨如。前后称谓稍变，文字稍不同，隐微中见出别意。《春秋·僖公十九年》："梁亡。"④ 杜预解释云："以自亡为文，非取者之罪，所以恶梁。"⑤ 即不写秦灭梁，含有梁自取灭亡的意思，实际在谴责梁君的昏庸无能及对百姓的虐待，最终使梁国走向灭亡。《春秋·僖公十四年》："春，诸侯城缘陵。"⑥ "诸侯"之意实为齐桓公率领诸侯，在缘陵筑城是因齐桓公不能救杞国之有缺。除此三例，《春秋》及三传中还有很多类似记载，如《公羊传·隐公十年》："六月，壬戌，公败宋师于菅。辛未，取郜。辛巳，

---

① 李洲良：《春秋笔法论》，中国社会科学出版社 2012 年版，第 54 页。

② 《春秋左传正义》，（清）阮元校刻：《十三经注疏》，中华书局 1980 年版，第 1706 页。

③ 同上书，第 2296 页。

④ 同上书，第 1810 页。

⑤ 同上。

⑥ 同上书，第 1803 页。

取防。取邑不日，此何以日？一月而再取也。何言乎一月而再取？甚之也。"① 《春秋》一般不记载日期，而隐公在一月内夺取两个宋邑，"甚之"，所以记下两次夺邑的日期，委婉地批评隐公征伐太多，做得太过分。此乃婉曲也。再如《公羊传》明确记载道成公十五年："冬，十有一月，叔孙侨如，会晋士燮、齐高无咎、宋华元、卫孙林父、郑公子鳍、邾娄人，会吴于钟离。曷为殊会吴？外吴也。曷为外也？春秋，内其国而外诸夏，内诸夏而外夷狄。"② 鲁人认为晋、齐、宋等为诸夏，而吴是夷狄，前者表示亲近，后者表示疏远，亦是文见于此，而意见于彼。以上诸多实例实则暗含了婉曲的部分含义和作用，即不直说本意，而用相关相类的事物烘托暗示本意，有维护社会等级制度的功能。

(二)"婉而成章"与讳饰格

同样，杜预亦明确了"《春秋》笔法"的讳饰观："三曰'婉而成章'，曲从义训，以示大顺。诸所讳辟，'璧假许田'之类是也。"③ "婉"即委婉，"讳辟"即讳饰也。《春秋·桓公元年》："三月，公会郑伯于垂，郑伯以璧假许田。"④ 按当时规定，诸侯间不许换地，而郑君用璧玉向许国借田，实则为掩饰。《公羊传·闵公元年》明确提出："《春秋》为尊者讳，为亲者讳，为贤者讳。"⑤ 的讳饰原则，为讳饰格的形成奠定了原则基础。再如《穀梁传·僖公二十八年》："天王守于河阳，全天王之行也，守而遇诸侯之朝也，为天王讳也。"晋文公召王，为臣召君，乃不尊，而天子又有巡守之礼，故讳为守（狩）也，其意甚明。《公羊传·僖公十六年》："冬，十有二月，公会诸侯，宋公、陈侯、

---

① 《春秋公羊传注疏》，（清）阮元校刻：《十三经注疏》，第 2210 页。

② 同上书，第 2297 页。

③ 《春秋左传正义》，（清）阮元校刻：《十三经注疏》，第 1706 页。

④ 同上书，第 1739 页。

⑤ 《春秋公羊传注疏》，（清）阮元校刻：《十三经注疏》，第 2244 页。

卫侯、郑伯、许男、邢侯、曹伯，于淮。"《春秋·僖公十七年》："夏，灭项"，"九月，公至自会。"① 《左传》称僖公在淮上会诸侯，出兵灭项国。齐桓公因此把僖公扣留，到九月才放他回鲁国。这里记"夏，灭项"，"九月，公至自会"，把僖公被扣留的事都隐讳了。《左传·昭公八年》云："自根牟至于商卫。"② 昭公之事发生于定公时期，而定公名宋，于是讳宋为商。同样，《左传·哀公二十四年》云："周公及武公娶于薛，孝惠娶于商，自桓一下娶于齐。"③ 薛齐都是国名，只有宋不以国名称之，而以商来代替，也是避哀公之父定公之名宋也。除此之外，源于对美好事物的追求，人们对疾病也有所避讳，如《左传·桓公十二年》有"属负兹，舍不即罪尔"句。杨树达按："《何注》云：'天子有疾称不豫，诸侯称负兹，大夫称犬马，士称负薪。'"④ 要而言之，以上诸例皆用委婉的词句表达出避讳之意，与现代讳饰格俨然无异。

当然，尽管《春秋》及三传对"婉曲"和"讳饰"多有涉及，但"《春秋》笔法"最终也并未使两者完全独立成为一种固定的术语。之后自魏晋南北朝起至清代，在刘勰的《文心雕龙·隐秀》、白居易的《金针诗格》、颜之推的《颜氏家训》、杨万里的《诚斋诗话》以及一些诗话、词话、小说序跋等中散而可见对"婉曲""讳饰"特点的提及，但直到近现当代，两者才正式有了定义，成为一门学问。

第二节　婉曲格、讳饰格的定义与分类

众所周知，当今修辞学界对辞格的数量、定义和分类问题

---

① 《春秋公羊传注疏》，（清）阮元校刻：《十三经注疏》，第 2255 页。
② 《春秋左传正义》，（清）阮元校刻：《十三经注疏》，第 2052 页。
③ 同上书，第 2181 页。
④ 杨树达：《中国修辞学》，上海古籍出版社 2012 年版，第 114 页。

尚未取得一致的看法，但自 1923 年唐钺先生的《修辞格》一书出版以后，对婉曲格、讳饰格的确定和阐释还是相当丰富。笔者在此选出几个具有代表性的说法。

首先，从婉曲格谈起。

陈望道在《修辞学发凡》中将婉曲称为婉转，他认为："说话时不直白本意，只用委曲含蓄的话来烘托暗示的，名叫婉转辞。"并提出构成婉曲格的两种方法："第一是不说本事，单将余事来烘托本事"；"第二类是说到本事的时候，只用隐约闪烁的话来示意。"①

周振甫在《周振甫讲修辞》中对婉曲格的说明是："有时候，我们说起话来，正意不说，却说跟正意有关的东西，从中透露出正意来。"② 并将婉曲格归于含蓄一类。

王希杰在《汉语修辞学》中认为，"婉曲指的是对于不雅的或有刺激性的事物，不直截了当地说出来，而闪烁其词、拐弯抹角、迂回曲折，用与本义相关或相类的话来代替"③。

黄民裕在《辞格汇编》中的解释是："所要表达的意思不直截了当地说出来，而用委婉曲折的方式烘托或暗示给读者，这种修辞手法叫做婉曲，又叫委婉。"他将婉曲分为两类：一类是"烘托：就是不说本意，只说与此相关的事物，达到烘托本意的目的"；另一类是"暗示：就是用含混、闪烁的话，即使本意模糊起来，又使人能够隐隐约约地得到暗示"④。

宋振华等人主编的《现代汉语修辞学》认为："运用委婉、曲折的说法来表达本意的修辞方式叫婉曲。"他们将婉曲格分为婉言和曲言两类，婉言指"说话时遇有使人敏感生厌或欠雅难言之处，就不直说本意，而用一些委婉的话来表达"，曲言指

---

① 陈望道：《修辞学发凡》，上海教育出版社 2001 年版，第 129—130 页。
② 周振甫：《周振甫讲修辞》，江苏教育出版社 2005 年版，第 277 页。
③ 王希杰：《汉语修辞学》，商务印书馆 2014 年版，第 356 页。
④ 黄民裕：《辞格汇编》，湖南人民出版社 1984 年版，第 95—97 页。

"为了突出、强调本意，故意绕个弯子"。①

　　季绍德在《古汉语修辞》中把"婉曲"称为"委婉"，他给委婉下的定义是："在一定的语言环境里，遇到直说会强烈刺激对方的感情或预计直接表达会影响语言效果的时候，便不直说本意，采用一种委婉曲折的话来表达，这种修辞方式叫委婉。"②

　　汪丽炎在《汉语修辞》中认为，"在修辞学上，指故意不把本来的意思鲜明地直截了当地说出来，而是含蓄地、转弯抹角地、迂回曲折地、隐隐约约地用同本来的意思相关或相类似的词语来暗示，使人能够得到某种启示或心领神会的一种修辞方式，就叫婉曲辞格"。"婉曲辞格从表达内容来看，主要可分为两类，即一类是委婉，另一类是讳饰。""婉曲实质上是言近旨远，即所谓"言止而意不尽。"③

　　谭雪纯等人在《汉语修辞格大辞典》中解释是：婉曲是"运用委婉、曲折、含蓄的话语暗示本意的一种修辞方式。又称委婉、婉转、折绕"。"婉曲按语言内部结构方式可以分为两类：（1）婉言。特点是不直接说出本意，而故意换一种说法，婉转含糊地暗示出本意。从着重在含而不露、引而不发、故意用委婉含蓄的措辞表达本意的角度，又称婉辞、婉转。（2）曲语。特点是不直接说出本意，而故意用描述与本意相关的事物来烘托本意。就着本意原来很明白却不直接说出，而故意折过来绕过去说的角度，又称折绕。"④

　　其次，再看避讳格。

　　陈望道《修辞学发凡》认为"说话时遇有犯忌触讳的事物，

---

① 宋振华、吴士文、张国庆、王兴林主编：《现代汉语修辞学》，吉林人民出版社 1984 年版，第 109—110 页。

② 季绍德：《古汉语修辞》，吉林文史出版社 1986 年版，第 346 页。

③ 汪丽炎：《汉语修辞》，上海大学出版社 1998 年版，第 242—245 页。

④ 谭雪纯、濮侃、沈孟璎：《汉语修辞格大辞典》，上海辞书出版社 2010 年版，第 238 页。

便不直说该事该物，却用旁的话来回避掩盖或者装饰美化的，叫做避讳辞格"。"避讳辞有公用的，有独用的。"①

周振甫在《周振甫讲修辞》给讳饰格下的定义是："有时候，碰到自己不愿说或人家犯忌的东西，可是又不能不说到它，于是就换一种说法来说。"② 并将讳饰格归于含蓄一类。

黄民裕在《辞格汇编》中对讳饰做出的说明是："说话时遇到有犯忌触讳的事物，不直说这种事物，而用旁的话来回避掩盖或装饰美化，这种修辞手法叫做讳饰，又叫避讳。"③

宋振华等人主编的《现代汉语修辞学》认为"表达时不直说犯忌讳的事情，用委婉的措辞改替的修辞方式叫讳饰"。讳饰分为两类，一类是美饰："因犯忌怕说，就改用别的话来装饰美化。"另一类是掩饰："遇有犯忌触讳的事，改用一种浑漠的说法去掩盖。"④

谭雪纯等人在《汉语修辞格大辞典》中将"讳饰"称为"避讳"，避讳是"对犯忌讳或不便直接说出的事物，借用其他的话语加以回避掩盖或装饰美化的一种修辞方式。又称讳饰"。"根据避讳的方式，可分为两类（1）委婉模糊型。用表意模糊的词语来代替不便直接说出的事或物。（2）别语替代型。用其他的词语代替讳言的事物。"⑤

通过上述说明，可发现学术界对婉曲格、讳饰格的定义虽不尽相同，但基本含义却并无太多的出入。婉曲格的基本内涵大致包括以下几个方面：一是语境上本可以明白表达却不直白本意，原因在于直接表达会有损表达效果或伤害感情，不利于

---

① 陈望道：《修辞学发凡》，上海教育出版社 2001 年版，第 131 页。

② 周振甫：《周振甫讲修辞》，江苏教育出版社 2005 年版，第 277 页。

③ 黄民裕：《辞格汇编》，湖南人民出版社 1984 年版，第 102 页。

④ 宋振华、吴士文、张国庆、王兴林主编：《现代汉语修辞学》，吉林人民出版社 1984 年版，第 108 页。

⑤ 谭雪纯、濮侃、沈孟璎：《汉语修辞格大辞典》，上海辞书出版社 2010 年版，第 6 页。

说话的目的；二是方法上采用烘托、暗示，要么委婉曲折、要么闪烁其词；三是效果上隐而又显，词句的呈现和原本要表达的意思，若无语境不能直接对应，但根据语境，却能使人心领神会。讳饰格的含义主要有以下几层：一是语境上多是顾念关涉者情感，怕触忌犯讳；二是方法上采用美化或掩饰；三是效果上词句的呈现和原本意思有直接对应，更符合人的文化心理。

"婉曲""讳饰"的特征虽已相对明确，但以上界说仍使它们与某些辞格有所瓜葛，如汪丽炎等人将讳饰归于婉曲格一类，谭雪纯等人将折绕归于婉曲格一类，周振甫等人将婉曲归于含蓄格一类。根本原因在于修辞学界对辞格的命名及范围等没有统一的标准和方法的规定，各家有各自的标准：有的从语境出发，有的从结构出发，有的从功能出发，有的从心理出发。若要准确把握相似辞格，还需领悟不同辞格间的细微差异。婉曲格和讳饰格虽然都不直接表达本意，但区别显而易见：婉曲具有主动性，表达者主观上让意思在余事上，而讳饰则具有强制性，受伦理道德、传统习惯等的强制要求；婉曲运用的范围较广，而讳饰范围较窄，只限于犯忌讳的事物；婉曲虽表达含蓄，但感情色彩鲜明，而讳饰则淡化感情，对忌讳事物或美化或掩饰。折绕和婉曲都不直接表白本事，两者的区别在于方法不同：折绕通常采取拐弯抹角的方法，取得诙谐幽默的效果，婉曲则是运用烘托暗示方法，使表达更加妥当。婉曲和含蓄都有言有尽而意无穷的效果，不同之处在于含蓄无结构形式，仅靠情景支撑，而婉曲则有词句的结构形式。辨析出以上辞格之异同，对准确理解和使用"婉曲""讳饰"很有必要性。

第三节　婉曲格、讳饰格生成和发展的缘由

"《春秋》笔法"之"婉曲"与"讳饰"作为一种修辞现象，在汉语中普遍存在且历史久远。究其原因，必然与中国特

定的文化与心理等密不可分。笔者通过阅读、整理和反复思虑，认为可归结为以下四方面内容。

（一）政治环境的映射

从"微而显""婉而成章"的滥觞到发展成为"婉曲""讳饰"的独立辞格，含蓄委婉、意在言外的表达方法与中国古代长期的封建集权统治具有密切联系。政治权利的束缚，使得重尊卑有别的观念由上而下渗透到民族的血液里、贯通于历史的烟尘中，迫使人们在语言表达和感情抒发上婉转曲折、规避掩饰。

从夏商周起，由宗法制衍生出的等级权利观念延续至今，体现在讳饰修辞格上，则为尊卑有别，正如《公羊传·隐公三年》徐彦疏所言，"曷为或言'崩'或言'薨'？天子曰'崩'，诸侯曰'薨'，大夫曰'卒'，士曰'不禄'"①。面对强权，"主文而谲谏"的原则在劝谏艺术和外交辞令发挥效用，使得"明哲保身"的实用精神不失为一种生命哲学。众多官员由于婉曲的表达，未致杀身之祸，较为典型的实例如楚国大臣优孟劝谏楚庄王、邹忌讽齐王纳谏，再如秦晋殽之战的三年后"将拜君赐"，《出师表》的"未尝不叹息痛恨于桓灵也"等。当然，如若处理不好婉曲讳饰的修辞，自然引火烧身，如孟浩然一句"不才明主弃"，断送了前途，只落得"放还"的结局。

（二）儒家文化的渗透

从孔仲尼到董仲舒"罢黜百家、独尊儒术"，儒家思想作为中国文化的代名词，从言语形式、情感抒发到性格气质的养成都发挥着不可或缺的作用。孔子毕生为恢复周礼奔走各国，倡导中正中和的中庸之道，以此构成一个有仁义礼信、克己复礼的和谐社会。这就要求说话人在遇有矛盾冲突时，言语表达应

---

① 《春秋公羊传注疏》，（清）阮元校刻：《十三经注疏》，第 2203 页。

含蓄内敛、迂回曲折，避免情绪失控导致鲁莽失礼。而婉曲讳饰修辞格正好契合了这种文化语境，从而形成了儒家观念在意识形态和话语形式上的制约。如《赤壁之战》之"北面而事"，意指"降曹"；《触龙说赵太后》之"山陵崩"，意指赵太后之死等，都有言辞不激切而目的自然达成的修辞效果，与儒家思想内核完美契合。

（三）社会心理的产物

对世界各民族而言，禁忌避凶、扬美抑丑之心理普遍存在。从人类的蒙昧时代起，由于对自然的依恋和恐惧，先民们借助想象阐释自然带给人的生死祸福，幻想的结果便出现了灵魂的概念。与此同时，语言词汇的表征即与事物本体的吉凶等同起来。于是，遇到触犯神灵的事物，人们谨慎使用词语或用其他词语表达，这便与婉曲讳饰之说相关联。同时，人们尽管阶级不同、民族不一、时代不同，但对于彰显人本质之美的东西总有一种共识，面对美丑混杂的事物时，总乐意显示美善而抑制丑恶，如人长得胖说成长得有福相，人长得瘦说成长得苗条。

除了世人普遍心理的存在，不得不承认的是各民族在各自历史发展进程中，也有着其独特的心理架构。在现代社会人的印象中，西方人热情奔放，而中国人含蓄深沉。以男女感情而论，中国人向来主张"发乎情，止乎礼义"。《关雎》中的男子爱慕女子，只能以"辗转反侧，寤寐思服"表达相思之情，即使鼓起勇气向女子表白，亦是采取"钟鼓乐之""琴瑟友之"的方式。到了汉代，很多学者矢口否认男女爱情说，认为实乃吟咏"后妃之德"，可见情感表达之婉曲。

（四）文学话语的推崇

婉曲格、讳饰格的最终完成必然离不开文学传统的滋养，诗赋、词曲、散文、小说及古代文论批评中时时透露出对婉曲讳饰的推崇及对《春秋》笔法的运用。

《诗经》运用赋比兴的手法营构诸篇，反映了周代生活的方方面面。张金梅在《"〈春秋〉五例"与比兴》一文中主要论述了比兴手法与"《春秋》笔法"的相互融通，可供参考。① 《古诗十九首》也多因其微词婉旨而广泛流传，刘勰《文心雕龙》评价其为"五言之冠冕"。再如刘禹锡《乌衣巷》"旧时王谢堂前燕，飞入寻常百姓家"，只十四字烘托出六代繁华逝去的古今之伤。

在词曲创作中，崇尚婉曲讳饰的修辞传统也处处可见。如周邦彦的《瑞龙吟》短短一百四十几字，将人面桃花的故事写得曲折多姿；李清照《凤凰台上忆吹箫》的"新来瘦，非关病酒，不是悲秋"，全句未有一字提情，却委婉地暗示出对丈夫赵明诚的思念；苏轼《定风波》的"一蓑烟雨任平生"，亦用婉曲之笔法暗含了失意后旷达的情怀。

在散文写作中，如柳宗元的《种树郭橐驼传》，为避讳唐太宗李世民的"民"字，将"民"写为"人"，即有了"吾问养树，得养人术"。再如韩愈的《送李愿归盘谷序》，为避讳唐高宗李治之"治"字，将"治"改为"理"，才有"理乱不知，黜陟不闻"。

小说中涉及《春秋》笔法之婉曲讳饰的，则不计其数。李洲良在《春秋笔法：中国古代小说的叙事技巧——春秋笔法与小说叙事》（下）中，归纳出很多叙事方面的修辞技巧，可供参考。②

综上所述，从"《春秋》笔法"到婉曲格、讳饰格的生成与发展，尚俭用晦的本质特征、以含蓄为美的审美特性以及中国人坚守善美的理念贯穿始终。随着时代的演进，"《春秋》笔

---

① 张金梅：《"〈春秋〉五例"与比兴》，《湖北民族学院学报》（哲学社会科学版）2012年第2期。

② 李洲良：《春秋笔法：中国古代小说的叙事技巧——春秋笔法与小说叙事》（下），《北方论丛》2008年第6期。

法"之婉曲、讳饰已不仅是文学的修辞技法（丰富了语言的生动性，强化了意义生成性，建构了叙事的曲折性），其话语的解读方式更是中国人文化生活、社会心理的表征，对于提高人民的文明素养、构建和谐社会均有重要的现实价值。

附录二　张高评所举 144 则《春秋》经传研究选题

11. 《左传》兵谋与企业管理	12. 历代《左传》学疑难问题考辨
13. 明代《左传》评点学研究	14. 清代《左传》评点学研究
15. 《左传》"君子曰"之流变研究	16. 《左传》"寓论断于叙事"研究
17. 言事相兼与《左传》叙事	18. 《左传》叙事与人物形象塑造
19. 《左传》人物与宋代史论文	20. 《左传》之史笔与诗笔
21. 《左传》叙事与《春秋》五例	22. 《左传》叙事与《春秋》书法
23. 《左传》"藉言纪事"研究	24. 《左传》说话艺术之研究
25. 《左传》说服术研究	26. 《左传》言辩与伦理学
27. 《左传》之纵横学研究	28. 《史记》《左传》义法之比较
29. 《史通》之《左传》学研究	30. 《资治通鉴》宗法《左传》研究
31. 《左传》义法与唐宋八大家古文	32. 吕祖谦之《左传》学
33. 凌稚隆《春秋左传注评测义》研究	34. 王震《春秋左翼》研究
35. 唐顺之《左氏始末》研究	36. 魏禧《左传经世钞》研究
37. 魏禧《左传》兵法研究 a. 《兵迹》12 卷 b. 《兵谋》1 卷 c. 《兵法》1 卷 d. 《左氏韬钤》2 卷	38. 《左传》义法与《西厢记》笔法
39. 《左传》书法与桐城义法	40. 《左传》编年与义法
41. 《左传》属辞比事研究	42. 《左传》纪事本末体研究
43. 《左传》政论文研究	44. 春秋霸主之策谋研究
45. 《左传》名臣列传之经世价值	46. 《左传》列女传之资鉴意义
47. 《左传》奸贼列传之劝惩作用	48. 《左传》之刑法学研究
49. 《左传》叙事要法阐说	50. 杜《注》孔《疏》之接受研究
51. 《左传》叙事与三传会通	52. 《左传》尚德思想之研究
53. 张其淦《左传礼说》研究	54. 《左传》之礼学思想
55. 《左传》之史学思想	56. 《左传》与天人之际
57. 《左传》与古今之变	58. 《左传》之华夷观念
59. "三不朽"之取舍消长与时代风尚	60. 二重证据法与《左传》研究

（三）《公羊》学研究选题举例

1. 天人之际与《公羊》学	2. 微言大义与《公羊》学
3. 守经达权与《公羊》哲学	4. 大一统思想与《公羊》哲学
5. 尊王攘夷与《公羊》哲学	6. 惩恶劝善与《公羊》哲学
7. 讳言讳书与《公羊》义例	8. 《公羊》义例与《春秋》书法
9. 《公羊春秋》比事研究	10. 《公羊传》之属辞研究

续表

11.《春秋繁露》属辞研究	12.《公羊解诂》之属辞研究
13. 司马迁《史记》与《公羊》学	14. 异同与《公羊传》属辞研究
15. 远近与《公羊传》属辞研究	16. 进退与《公羊传》属辞研究
17. 详略与《公羊传》属辞研究	18.《公羊》家法示例
19.《公羊》解经与经典诠释学	20. 经义史例之会通研究
21. 经世致用与《公羊》哲学	22.《公羊传》"以义解经"研究
23.《公羊传》"设问体"与文体分类学	24.《公羊传》属辞与《春秋》书法
25.《公羊传》之属辞与修辞学	26.《公羊传》之属辞与语言学
27.《公羊传》之义例与训诂学	28.《公羊传》之历史哲学
29.《公羊传》之伦理思想	30.《公羊》学与正名思想
31.《公羊传》之叙事研究	32.《公羊传》史论研究
33.《公羊》《穀梁》异同论	
(四)《穀梁》学研究选题举例	
1.《穀梁传》之叙事研究	2.《穀梁传》"以义传经"研究
3.《穀梁传》之义例研究	4. 微言大义与《穀梁》学
5.《春秋》书法与《穀梁》学	6.《公羊》《穀梁》比义
7.《穀梁传》"善经宗圣"发微	8.《穀梁传》之特识研究
9.《穀梁传》之文学价值	10.《穀梁传》与训诂学
11.《穀梁传》与语法学	12.《穀梁传》与语义学
13.《春秋》三传叙事考异	14.《穀梁传》与女性书写
15.《穀梁传》之属辞研究	16.《穀梁传》之礼制研究
17.《穀梁传》与秦汉名学	18.《穀梁传》之讳书研究
19.《穀梁传》与黄老思想	20.《穀梁》学与汉代思潮
21.《穀梁传》之历史哲学	

附录三 "《春秋》笔法"研究资料汇编

一 单篇论文（以论文发表先后为序）

廖宗泽：《公羊春秋传例序》，六译馆丛书，存古书局汇印本1921年。

廖平：《公羊春秋补证凡例》，六译馆丛书，存古书局汇印本1921年。

廖平：《穀梁春秋经传古义凡例》，六译馆丛书，存古书局汇印本1921年。

张西堂：《春秋大义是什么》，许啸天辑《国故学讨论集》(中)，群学社1927年版。

彭炜棠：《春秋无事书时说》，《中山大学语言历史学研究所周刊》1929年第72期。

李审用：《〈春秋左氏传〉凡例探源》，《东北大学周刊》1929年第87、88期。

蒋石渠：《〈春秋左氏传言语学〉序》，《交大季刊》1934年第15期。

吴方圻：《〈春秋〉元年"春王正月"辨》，《国专月刊》1936年第1期。

刘焕莹：《〈春秋穀梁传〉柯氏释例目录叙》，《书林》1937年第2期。

杨明照：《春秋左氏传"君子曰"征辞》，《文学年报》

1937 年第 3 期。

李源澄：《春秋修辞学（崩薨卒葬篇）》，《论学》1937 年第 6、7 期。

杨树达：《"春秋大义述"序》，《文哲丛刊》1940 年第 1 卷。

施之勉：《春秋每月书王解》，《斯文》1941 年第 22 期。

王焕镳：《春秋攘夷说》，《思想与时代》（遵义）1942 年第 14 期。

易君左：《〈春秋〉何以为仁义法》，《图书月刊》1942 年第 4 期。

陈槃：《〈左氏春秋义例辨〉自叙》，《责善半月刊》1942 年第 23 期。

廖平：《五十凡驳例》，《图书集刊》1943 年第 4 期。

廖平：《〈左传〉杜氏五十凡驳例笺》，《图书集刊》1943 年第 5 期。

杨树达：《春秋大义述》，《图书季刊》1944 年第 1 期。

王秉谦：《春秋弑君三十六辨》，《学术界》1944 年第 2 期。

翦伯赞：《春秋之义》，《中华论坛》1945 年第 4 期。

吴组缃：《儒林外史的思想与艺术——纪念吴敬梓逝世二百周年》，《人民文学》1954 年 8 月号。

耿蔚成：《春秋大义窥管》，《民主评论》1956 年第 14 期。

孟周：《读"儒林外史的思想与艺术"——论所谓"春秋笔法"、"微言大义"》，《文史哲》1956 年第 5 期。

陈槃：《春秋公羊传辨义》，《学术季刊》1956 年第 2 期。

陈槃：《论〈左传〉"凡例"与刘歆之关系》，《民主评论》1957 年第 1 期。

陈登原：《春秋之义以贵治贱》，《国史旧闻》第一分册，生活·读书·新知三联书店 1958 年版。

王光仪：《春秋阐义书目类辑》（1、2），《大陆杂志》1959

年第 8、12 期。

王光仪：《春秋阐义书目类辑》（3、4），《大陆杂志》1960年第 3、9 期。

王光仪：《春秋阐义书目类辑》，《大陆杂志》1960 年第 11 期。

王光仪：《春秋阐义书目类辑》（7、8），《大陆杂志》1960年第 7、10 期。

戴君仁：《春秋时月日例辨正总论》，《东海学报》1961 年第 1 期。

戴君仁：《春秋三传名氏称谓例辨正》，《孔孟学报》1961年第 2 期。

周振甫：《春秋笔法》（上、下），《新闻业务》1961 年第 10、11 期。

林帆：《读〈春秋笔法〉所想到的》，《新闻业务》1961 年第 12 期。

戴君仁：《春秋公羊传时月日例辨正》，《孔孟学报》1962年第 3 期。

戴君仁：《春秋穀梁传时月日例辨正》，《孔孟学报》1962年第 9 期。

戴君仁：《春秋左氏传时月日例辨正》，《孔孟学报》1964年第 7 期。

刘百闵：《春秋穀梁传与语意学》，《经子肆言》，台北远东图书公司 1964 年版。

戴君仁：《春秋辨例》，"国立"编译馆，1964 年。

萨孟武：《孔子学说与春秋大义》，《孟武随笔》，台北三民书局 1969 年版。

柳岳生：《春秋要义》，《学宗》1966 年第 4 期。

赖炎元：《春秋穀梁传义例》，《庆祝瑞安林景伊先生六秩诞辰论文集》，台北政治大学，1969 年。

李曰刚：《春秋之大义微言》，《中华文化复兴月刊》1971年第 3 期。

韩亮：《论春秋之微言大义》，《中原文献》1976 年第 6 期。

张永镌：《春秋"大一统"述义》，《哲学与文化》1976 年第 7 期。

柳岳生：《春秋之大义微言》，《中华国学》1977 年第 11、12 期。

林镇国：《春秋公羊学要义略述》，《学粹》1977 年第 6 期。

刘兆佑：《春秋左传释义》，《幼狮月刊》1978 年第 2 期。

谢秀文：《三传"君氏"、"尹氏"之争与春秋大义》，《孔孟月刊》1979 年第 7 期。

苏文擢：《春秋公羊学之借事明义与两大书法》，《孔道专刊》1979 年第 3 期。

郑均：《春秋"王正月"真义之探讨》，《"中央"日报》1980 年 2 月 12 日第 11 版。

苏渊雷：《读〈春秋〉及三传散记》，《湘潭大学社会科学学报》1980 年第 3 期。

李威熊：《春秋大义》，《问学丛谈》，台北文史哲出版社1980 年版。

仇同：《孔子作〈春秋〉的动机及其书法》，《春秋三传论文集》，台北黎明文化事业公司 1981 年版。

简翠贞：《春秋比事与左氏占验》，《春秋三传论文集》，台北黎明文化事业公司 1981 年版。

向曙：《孔子的春秋大义》（1-4），《青年战士报》1981 年6 月 26、28、30 日，7 月 4 日。

王天顺：《略论〈春秋〉〈左传〉的褒贬书法》，《南开学报》（哲学社会科学版）1982 年第 1 期。

陈可青：《太史公书凡例考论》，《中国史研究》1982 年第2 期。

叶政欣：《释春秋义例二则》，《成功大学学报》（人文篇）1982 年第 17 卷。

黄汉昌：《〈左传〉"弑君"凡例试论》，《孔孟月刊》1982 年第 12 期。

刘又铭：《〈左传〉天火人火义例辨》，政治大学《研究生》1982 年第 21 期。

程亚林：《"五石六鹢"句探微》，《古代文学理论研究丛刊》1982 年第 6 辑。

季旭升：《春秋"赴告"研究》，《孔孟月刊》1982 年第 2 期。

苏文擢：《春秋公羊学示例》，《邃加室讲论集》，台北文史哲出版社 1983 年版。

刘君祖：《即事言理：春秋经表达手法初探》，《中华文化月刊》1984 年第 1 期。

赵光贤：《春秋称人释义》，《中华文史论丛》1984 年第 4 辑。

徐庄：《略论〈公羊传〉的讳书理论》，《中国史研究》1984 年第 2 期。

王晓天：《"春秋笔法"是曲笔吗?》，《求索》1984 年第 6 期。

谢秀文：《左传"隐公立而奉之"释义》，《春秋三传考异》，台北文史哲出版社 1984 年版。

佚名：《"春秋笔法"是直笔论》，《光明日报》1985 年 1 月 30 日第 3 版。

敏泽：《试论"春秋笔法"对于后世文学理论的影响》，《社会科学战线》1985 年第 3 期。

曾运干：《春秋大义述序》，《杨树达诞辰百周年纪念集》，湖南教育出版社 1985 年版。

张永镌：《春秋"大一统"述义》，《哲学年刊》1985 年第

3 期。

卢心懋：《左传 "弑君凡例" 浅析》，《孔孟月刊》1986 年第 5 期。

孙剑秋：《从左传第贰拾条凡例："凡诸侯薨于朝会加一等，死王事加二等，于是有以衮敛" 看春秋凡例及其相关问题》，《孔孟月刊》1986 年第 7 期。

李匡郎：《春秋大义：试论 "春秋大义" 为 "道德史" 亦为 "自然法"》，《哲学与文化》1986 年第 9 期。

谢德莹：《春秋 "公即位" 书例》，《孔孟月刊》1986 年第 2 期。

陈维礼：《〈春秋〉书名考辨》，《汕头大学学报》（人文科学版）1987 年第 1 期

施之勉：《读史记会注考证札记：春秋之中弑君三十六亡国五十二》，《大陆杂志》1987 年第 1 期。

赖炎元：《春秋微言大义》，《木铎》1987 年第 11 期。

方文一：《 "杀"、"弑" 及 "戕" 的探讨》，《浙江师范大学学报》（哲学社会科学版）1987 年第 2 期。

谢德莹：《春秋书弑例辨》，《孔孟月刊》1987 年第 6 期。

魏子云：《 "郑伯克段于鄢" 的书法》，《 "中央" 日报》1987 年 9 月 2 日。

杨希枚：《论久被忽略的〈左传〉诸侯以字为谥之制——兼论生称谥问题》，《中国史研究》1987 年第 4 期。

周何：《穀梁会盟释例》，《高仲华先生八秩荣庆论文集》，高雄师范学院国文所，1988 年。

唐全贤：《论 "太史公曰" 的春秋笔法》，《上海社会科学院学术季刊》1988 年第 2 期。

简宗梧：《左传属辞比事的成就：以记晋惠公与晋文公为例》，《东方杂志》1988 年第 10 期。

张永镌：《从〈春秋〉"微言大义" 略论 "正始" 与 "尊

王"之道》,《国际孔学会议论文集》,1988 年。

高秋凤:《穀梁时月日例之盟例试探》,《国文学报》1988 年第 17 期。

佚名:《何谓"春秋笔法"》,《志苑》1988 年第 4 期。

杨博文:《杜预和〈春秋左氏经传集解〉》,《江西社会科学》1988 年第 4 期。

谭光武:《"春秋笔法"试解》,《阅读与写作》1988 年第 5—6 期。

周何:《穀梁朝聘例释》,《中国学术年刊》1989 年第 10 期。

石玉铎、王春光:《"赵盾弑其君质疑"》,《史学集刊》1989 年第 2 期。

周何:《穀梁讳例释义》,《教学与研究》1989 年第 11 期。

奚敏芳:《春秋三传讳例异同研究》,《孔孟学报》1989 年第 9 期。

孙良明:《中国语法学的萌芽——〈公羊传〉解说"春秋书法"表现出的语法结构分析》,《山东师大学报》（社会科学版）1990 年第 1 期。

奚敏芳:《春秋三传讥刺例异同初探》,《孔孟学报》1990 年第 3 期。

王贵民:《〈春秋〉"弑君考"》,《纪念顾颉刚学术论文集》（上）,巴蜀书社 1990 版。

常德忠:《〈史记〉中的春秋笔法》,《宁夏大学学报》（社会科学版）1990 年第 3 期。

朱正义:《春秋氏号类例综考》,《山东教育学院学报》1990 年第 4 期。

郑均:《公羊春秋的要义》,《大陆杂志》1990 年第 3 期。

孙良明:《〈春秋左氏传〉杜预"注"中的语法、语义分析简述》,《殷都学刊》1990 年第 4 期。

游子宜:《春秋三传论"公子益师卒不日"异义辨》,《孔孟月刊》1991年第8期。

奚敏芳:《春秋三传灾异例异同研究》,《中正岭学术研究集刊》1992年第11辑。

黄翠芩:《从〈春秋〉〈左传〉谈孔子正名思想》,《"国立"编译馆馆刊》1992年第1期。

赵雅博:《董仲舒对春秋微言大义的诠释》,《大陆杂志》1992年第3期。

[韩] 李佑成:《星湖李瀷之春秋书法论批判及其圣人观》,中国孔子基金会编《孔子诞辰2540周年纪念与学术讨论会论文集》(3),生活·读书·新知三联书店1992年版。

韩兆琦:《〈史记〉书法释例》,《北方工业大学学报》1992年第4期。

张文焕:《春秋笔法谈》,《河南师范大学学报》(哲学社会科学版)1993年第2期。

陈传芳:《春秋书"战"试论》,《中国历史学会史学集刊》1993年第25集。

扬之水:《脂麻通鉴·"春秋笔法"》,《瞭望》1993年第13期。

黄彰健:《读杜预〈春秋序〉,并论左传原书的名称》,《大陆杂志》1994年第1期。

林丽娥:《从正名思想谈〈公羊传〉对孔子华夷大义的阐发》,《管子学刊》1994年第1期。

林丽娥:《从正名思想谈〈公羊传〉对孔子华夷大义的阐发》(续),《管子学刊》1994年第2期。

林庆彰:《万斯大的春秋学》,《清史研究》1994年第2期。

许秀霞:《〈春秋〉三传"执诸侯"例试论》,《中华学苑》1994年总第44期。

魏慈德:《〈春秋〉"公至"例辨》,《中华学苑》1994年总第 44 期。

　　张成秋：《春秋大义今论》，《纪念程旨云先生百年诞辰学术研讨会论文集》，台湾师范大学国文系所，1994 年。

　　林秀富：《范宁〈春秋榖梁传集解〉在解经观念上的突破》，《辅仁大学中研所学刊》1994 年第 3 期。

　　张荣华：《文明本质及其发展的探索与构造——康有为〈春秋笔削大义微言考〉述论》，《学术月刊》1994 年第 7 期。

　　曹瑾：《忠义尚礼的"春秋"大义精神》，《运城高专学报》(社会科学版) 1995 年第 1 期。

　　冯树鉴：《春秋笔法举隅》，《知识窗》1995 年第 2 期。

　　钟兴麒：《春秋书法与史志类出版物》，《新疆地方志》1995 年第 3 期。

　　潜苗金：《略论〈春秋〉大义及夷夏之辨》，《绍兴师专学报》(哲学社会科学版) 1995 年第 3 期。

　　任远：《中国语法学之萌芽——试论〈公羊〉〈榖梁〉的语法研究》，《语文研究》1995 年第 4 期。

　　潘振球：《孔子作〈春秋〉之目的与意义》，《国史馆馆刊》1995 年总第 19 期。

　　阎晓丽：《〈史记〉书法六题》，《内蒙古民族师院学报》(哲学社会科学汉文版) 1996 年第 2 期。

　　陈梅香：《榖梁"内不言战，言战则败也"义例辨析及其相关问题》，《中山中文学刊》1996 年第 2 期。

　　曾素贞：《〈春秋〉三传"执"例试析》，《中国文哲研究通讯》1996 年第 2 期。

　　单周尧：《读杜预〈春秋经传集解序〉"五情"说小识》，《燕京学报》1996 年新 2 期。

　　虞万里：《春秋释例谥法篇辑说》，《学术集林》卷 8，上海远东出版社 1996 年版。

　　吴国武：《〈春秋公羊传〉的修辞学研究》，《北京大学研究生学刊》1996 年第 4 期。

曹顺庆:《"〈春秋〉笔法"与"微言大义"——儒家经典的解读模式及话语言说方式》,《北京大学学报》(哲学社会科学版) 1997 年第 2 期。

李贤臣:《老子之辨与〈史记〉的书法体例及附传——〈史记·老子传〉析疑之一》,《河南大学学报》(社科版) 1997 年第 2 期。

李贤臣:《老子之辨与〈史记〉的书法体例及附传(续) ——〈史记·老子传〉析疑之一》,《河南大学学报》(社科版) 1997 年第 3 期。

李颖科、符均:《论孔子的"春秋笔法"》,《云梦学刊》1997 年第 3 期。

张晓生:《论姚际恒〈春秋通论〉中的"取义"与"书法"》,《经学研究论丛》第 4 辑,台湾圣环图书公司 1997 年版。

周亮:《"例贬"辨析》,《贵州文史丛刊》1997 年第 4 期。

陈旻志:《〈春秋繁露〉中的历史哲学与书法问题》,《鹅湖》1997 年第 4 期。

陈敏杰:《〈黄将军〉的春秋笔法》,《蒲松龄研究》1998 年第 4 期。

单周尧:《香港大学〈左传〉学研究述要》,《中国文哲研究通讯》1998 年第 4 期。

彭学绍:《论〈春秋〉三讳》,《中国文化研究》1999 年第 1 期。

许子滨:《〈左传〉所释〈春秋〉书法考辨三则》,《孔子研究》1999 年第 2 期。

陈恩林:《评杜预〈春秋左传序〉的"三体五例"问题》,《史学集刊》1999 年第 3 期。

江湄:《"直笔"探微——中国古代史学求真观念的发展与

特征》，《史学理论研究》1999 年第 3 期。

王小兰：《郑玄〈春秋〉学考述》，《山东省工会管理干部学院学报》1999 年第 3 期。

詹华明：《试解"春秋笔法"》，《成都教育学院学报》1999 年第 4 期。

程水金：《〈春秋〉的文化定位及其反思的历史叙述》，《钦州师范高等专科学校学报》1999 年第 4 期。

于淑敏：《人和书：纪与传的"春秋笔法"》，《编辑之友》1999 年第 6 期。

陈旭钦：《泰国华文报纸一瞥——兼论"春秋、史记笔法"在其新闻写作中的运用》，《国际新闻界》1999 年第 6 期。

王春淑：《论〈春秋〉记事的讳书笔法》，《西南民族学院学报》（哲学社会科学版）1999 年第 S6 期。

章益国：《史与诗——论中国传统史学的诗性》，《学术月刊》1999 年第 10 期。

晁岳佩：《〈春秋〉说例》，《古籍整理学刊》2000 年第 1 期。

罗新慧：《司马迁论孔子与〈春秋〉》，《学习与探索》2000 年第 2 期。

王春淑：《论孔子〈春秋〉笔法》，《四川师范大学学报》（社会科学版）2000 年第 3 期。

王玉华：《欧阳修对春秋书法义例的领悟和实践》，《菏泽师专学报》2000 年第 3 期。

严杰：《赞"〈春秋〉笔法"而非论诗——梅尧臣〈寄滁州欧阳永叔〉诗意辨》，《井冈山师范学院学报》2000 年第 3 期。

刘黎明：《〈公羊传〉的"四讳"理论》，《文史杂志》2000 年第 6 期。

姚曼波：《"〈春秋〉笔削义法"新说——突破"春秋学"千年误区新探》，《江西社会科学》2000 年第 10 期。

张高评:《会通与宋代诗学——宋诗话以〈春秋〉书法论诗》,《中国古典文学研究》2000 年第 4 卷。

蓝丽春:《"齐崔杼弑其君光"探究——兼论左传之解经价值》,《嘉南学报》2001 年第 11 期。

姚曼波:《从〈左传〉〈国语〉考孔子"笔削"〈春秋〉义法——突破"春秋等"千年误区新探之二》,《社会科学战线》2001 年第 1 期。

郦波:《从"太史公曰"到"臣光曰"——略论二"司马"史论义例之异同》,《学海》2001 年第 1 期。

化振红:《从〈春秋〉不书条例看春秋时期的社会观念》,《西南民族学院学报》(哲学社会科学版) 2001 年第 3 期。

张毅:《论"春秋笔法"》,《文艺理论研究》2001 年第 4 期。

税海模:《以"春秋笔法"为时代立传——张明军〈陵南纪事〉解读》,《乐山师范学院学报》2001 年第 6 期。

古伟瀛:《顾炎武对〈春秋〉及〈左传〉的诠释》,《台大历史学报》2001 年总第 28 期。

王鸿滨:《〈春秋左传〉中"S 以 VP"结构修辞效果试析》,《修辞学习》2002 年第 1 期。

李兴斌:《对"左氏义法"及〈左传〉价值的全新解读——方朝晖〈春秋左传人物谱〉评介》,《管子学刊》2002 年第 2 期。

杨新勋:《唐代啖赵陆的〈春秋〉学》,《殷都学刊》2002 年第 3 期。

饶尚宽:《〈春秋·穀梁传〉词义训释初探》,《新疆师范大学学报》(哲学社会科学版) 2002 年第 3 期。

向熹:《略谈〈春秋〉四讳》,《文史杂志》2002 年第 4 期。

邓宇英:《试论〈水浒传〉的史传笔法》,《广州大学学报》(社会科学版) 2002 年第 10 期。

梁建民:《善恶爱憎:评司马迁的褒贬笔法》,《咸阳师范学院学报》2003 年第 1 期。

吴哲:《论〈春秋〉由天书向人书的低落》,《山西大学学报》(哲学社会科学版) 2003 年第 2 期。

徐杰令:《春秋赴告制度考述》,《文史哲》2003 年第 2 期。

杨光熙:《〈史记〉义例发微》,《浙江海洋学院学报》(人文科学版) 2003 年第 2 期。

过常宝:《"春秋笔法"与古代史官的话语权力》,《北京师范大学学报》(社会科学版) 2003 年第 4 期。

何谦卫:《〈儒林外史〉中春秋笔法的理解与翻译》,《海南师范学院学报》(社会科学版) 2003 年第 4 期。

浦卫忠:《论杜预〈春秋经传集解〉(上)》,《燕山大学学报》(哲学社会科学版) 2003 年第 4 期。

丁川、马勇华:《王鸣盛之〈春秋〉笔法观探微》,《史学月刊》2003 年第 5 期。

顾永新:《欧阳修编纂史书之义例及其史料学意义》,《文史哲》2003 年第 5 期。

蓝丽春:《〈春秋经〉"晋赵盾弑其君夷皋"书法探究》,《嘉南学报》2003 年第 12 期。

石昌渝:《春秋笔法与〈红楼梦〉的叙事方略》,《红楼梦学刊》2004 年第 1 期。

李淑平、李萍:《巴金晚年散文与"春秋笔法"》,《内蒙古农业大学学报》(社会科学版) 2004 年第 1 期。

浦卫忠:《论杜预〈春秋经传集解〉(下)》,《燕山大学学报》(哲学社会科学版) 2004 年第 1 期。

黄永堂、叶修成:《析"春秋笔法"在〈国语〉中的具体运用》,《贵州文史丛刊》2004 年第 2 期。

黄开国:《赵汸的〈春秋〉学》,《中国哲学史》2004 年第 2 期。

刘丽华：《浅谈〈春秋〉之书法》，《语文学刊》2004 年第 3 期。

李绣玲：《论〈春秋〉笔法与大义——以〈左传〉经解为据》，《玄奘人文学报》2004 年第 3 期。

赵彩花：《〈史记〉对"〈春秋〉笔法"的渊承与创新（上）》，《湘南学院学报》2004 年第 3 期。

赵彩花：《〈史记〉对"〈春秋〉笔法"的渊承与创新（下）》，《湘南学院学报》2004 年第 4 期。

张高评：《台湾〈春秋〉经传研究之师承与论著》，《江海学刊》2004 年第 4 期。

邓志峰：《义法史学与中唐新史学运动》，《复旦学报》（社会科学版）2004 年第 6 期。

吴智雄：《论左传"君子曰"的道德意识——兼论"君子曰"的春秋书法观念》，《国文学志》2004 年总第 8 期。

张始峰：《历史客观与史家主观之间的彷徨——论"春秋笔法"对中国传统史学的影响》，《西安联合大学学报》2004 年第 4 期。

张学智：《王夫之〈春秋〉学中的华夷之辨》，《中国文化研究》2005 年第 2 期。

李洲良：《阐释的权利：〈公〉、〈穀〉释例举隅——春秋笔法与今文经学（上）》，《北方论丛》2005 年第 3 期。

张强：《司马迁与〈春秋〉学之关系论》，《南京大学学报》（哲学·人文科学·社会科学版）2005 年第 4 期。

赵振军、邱书珍：《从〈春秋〉和〈史记〉看新闻的真实性》，《采·写·编》2005 年第 4 期。

黄开国：《庄存与〈春秋〉学新论》，《哲学研究》2005 年第 4 期。

许雪涛：《董仲舒解读〈春秋公羊传〉之法》，《学术研究》2005 年第 8 期。

王长顺：《"春秋笔法"与"太史公笔法"之比较》，《宝鸡文理学院学报》（社会科学版）2005年第5期。

申重实：《论〈儒林外史〉中的春秋笔法》，《甘肃高师学报》2005年第6期。

熊沐清：《从话语转换与春秋笔法看英汉叙事策略》，《外语教学与研究》2005年第6期。

黄开国：《〈春秋正辞〉的书法》，《社会科学战线》2005年第6期。

景崇兰：《欧阳修对春秋义法的理解与实践——以"微言大义""属辞比事"为考察面向》，《思辨集》第8集，2005年。

李洲良：《春秋笔法的内涵外延与本质特征》，《文学评论》2006年第1期。

王基伦：《欧阳修对〈春秋〉的理解与应用》，《励耕学刊》（文学卷）2006年第1期。

李洲良：《阐释的权利：董仲舒释经方法论要——春秋笔法与今文经学（下）》，《北方论丛》2006年第2期。

肖锋：《百年"春秋笔法"研究述评》，《文学评论》2006年第2期。

邵毅平《"〈春秋〉笔法"辨释》，《图书馆杂志》2006年第3期。

李洲良：《论春秋笔法与诗史关系》，《文学遗产》2006年第5期。

张金梅：《近三十年来国内外"〈春秋〉笔法"研究的回顾与展望》，《兰州学刊》2006年第8期。

杨再喜、田树培：《论古代小说批评对史学"惩劝意识"的接受》，《现代语文》（文学研究版）2006年第11期。

张洪波：《史传"实录"精神与〈红楼梦〉叙述艺术之间的传承关系》，《人文丛刊》第1辑，学苑出版社2006年版。

王基伦：《"〈春秋〉笔法"的诠释与接受》，《国文学报》

2006 年总第 39 期。

赵玉敏：《"春秋笔法"与〈国语〉历史书写》，《黑龙江社会科学》2007 年第 2 期。

孙桂平：《"〈春秋〉之诗"与"诗史"的关系》，《杜甫研究学刊》2007 年第 2 期。

吴漫：《王应麟〈困学纪闻〉的史学思想》，《史学史研究》2007 年第 3 期。

王枫：《释"春秋笔法"》，《汉字文化》2007 年第 4 期。

丁翌：《论春秋书法义例对欧阳修著史的影响》，《济宁学院学报》2007 年第 4 期。

董要华：《〈史记〉中"春秋笔法"与"史笔精神"的矛盾统一与超越》，《西华师范大学学报》（哲学社会科学版）2007 年第 4 期。

王敏芳：《赵汸〈春秋属辞〉"属辞比事"法探析》，《孔孟月刊》2007 年第 6 期。

汪正元：《论〈左传〉与"〈春秋〉笔法"之关系》，《宜宾学院学报》2007 年第 7 期。

刘敏：《〈论语〉与春秋笔削》，《语文学刊》2007 年第 8 期。

张晗：《〈文心雕龙〉与"春秋笔法"》，《黑龙江教育学院学报》2007 年第 11 期。

陈才训：《"春秋笔法"与〈红楼梦〉审美接受》，《吉首大学学报》（社会科学版）2008 年第 1 期。

刘丽、张剑光：《〈唐书直笔〉与〈新唐书〉的书法探究》，《郑州大学学报》（哲学社会科学版）2008 年第 1 期。

陈才训：《"春秋笔法"对古典小说审美接受的影响》，《信阳师范学院学报》（哲学社会科学版）2008 年第 3 期。

张金梅：《从"〈诗〉无达诂"到"诗无达诂"：中国阐释学的发展历程及其理论内涵》，《社会科学研究》2008 年第

4 期。

　　陈才训：《含蓄暗示与客观展示——论"春秋笔法"对〈红楼梦〉叙事艺术的影响》，《西华师范大学学报》（哲学社会科学版）2008 年第 4 期。

　　罗四鸰：《〈随想录〉的"春秋笔法"》，《文艺争鸣》2008 年第 4 期。

　　钟发远：《"郑伯克段于鄢"中的春秋笔法》，《时代文学》（下半月）2008 年第 5 期。

　　李洲良：《春秋笔法与中国小说叙事学》，《文学评论》2008 年第 6 期。

　　李洲良：《春秋笔法：中国古代小说的叙事技巧——春秋笔法与小说叙事》（下），《北方论丛》2008 年第 6 期。

　　张京华：《简论中国史学的"实录"与"春秋笔法"》，《大众文艺》（理论）2008 年第 11 期。

　　谭佳：《"春秋笔法"的文化溯源》，《西南民族大学学报》（人文社科版）2008 年第 11 期。

　　徐加萍：《试论"春秋笔法"在〈国语〉中的体现》，《边疆经济与文化》2008 年第 11 期。

　　李新：《论杜诗中的"春秋笔法"》，《殷都学刊》2009 年第 1 期。

　　刘宁：《杜预与〈春秋〉义例学的转型》，《长江学术》2009 年第 1 期。

　　金英娥：《〈史记〉对"春秋笔法"的继承》，《边疆经济与文化》2009 年第 1 期。

　　肖锋：《从"春秋书法"到"春秋笔法"名称之考察》，《北方论丛》2009 年第 2 期。

　　高娜：《春秋笔法与〈水浒传〉叙事》，《当代小说》（下半月）2009 年第 2 期。

　　肖锋：《论"〈春秋〉之'书法'，实即文章之修词"》，

《文学评论丛刊》2009 年第 2 期。

刘宁：《属辞比事：判例法与〈春秋〉义例学》，《北京大学学报》（哲学社会科学版）2009 年第 2 期。

李春艳、陈才训：《"春秋笔法"与唐代小说叙事谋略探微》，《海南大学学报》（人文社会科学版）2009 年第 3 期。

张金梅：《"诗史〈春秋〉笔，大名垂草堂"：以杜甫为例》，《杜甫研究学刊》2009 年第 3 期。

朱育戈：《春秋笔法与〈左传〉预言》，《边疆经济与文化》2009 年第 4 期。

李建军：《〈春秋〉义法内涵新探》，《孔子研究》2009 年第 5 期。

方志红：《明清小说评点虚实相生叙事笔法理论及其价值》，《长城》2009 年第 8 期。

刘娜：《浅谈"春秋笔法"在〈西游记〉中的运用》，《安徽文学》（下半月）2009 年第 9 期。

张晓利：《"春秋笔法"视野下的〈陋室铭〉》，《学理论》2009 年第 12 期。

党德强：《论刑事判决书制作中对"春秋笔法"的运用》，《法制与社会》2009 年第 17 期。

叶修成：《"春秋笔法"与〈国语〉书写》，《〈春秋〉三传与经学文化》，长春出版社 2009 年版。

肖锋：《试论"春秋笔法"的研究范围》，《萍乡高等专科学校学报》2010 年第 1 期。

王传明：《论清代文学之"为尊者讳"》，《求索》2010 年第 1 期。

张金梅：《春秋笔法与"史蕴诗心"——以刘知几、章学诚为例》，《湖北民族学院学报》（哲学社会科学版）2010 年第 1 期。

周远斌：《关于〈春秋〉叙事的几个问题》，《东岳论丛》

2010 年第 1 期。

李洲良：《论"春秋笔法"在六大古典小说叙事结构中的作用》，《中华文史论丛》2010 年第 1 期。

李良芳：《从胡注〈资治通鉴〉看司马光的著史精神》，《文教资料》2010 年第 1 期。

方志红：《小说评点"春秋笔法"理论与中国叙事学》，《语文知识》2010 年第 2 期。

尹冬梅：《从〈史记〉对汉武帝的批评看司马迁对秦文化率直求真精神的继承》，《西安财经学院学报》2010 年第 2 期。

徐君辉：《孔子诗学与春秋笔法》，《中央民族大学学报》(哲学社会科学版) 2010 年第 3 期。

池昌海：《从述谓差异看"春秋笔法"》，《当代修辞学》2010 年第 3 期。

单周尧：《杜预〈春秋经传集解序〉五情说补识》，《中国文哲研究通讯》2010 年第 4 期。

杨朝蕾：《论范晔〈后汉书〉帝后纪论中的"春秋笔法"》，《南京航空航天大学学报》(社会科学版) 2010 年第 4 期。

黄开国：《〈公羊传〉对〈春秋〉书法的发明》，《哲学研究》2010 年第 4 期。

刘丽：《领悟与实践：欧阳修、吕夏卿"春秋笔法"异同研究》，《史林》2010 年第 5 期。

张金梅：《"〈春秋〉五例"与"隐义以藏用"："〈春秋〉笔法"与中国文论话语的会通》，《盐城师范学院学报》(人文社会科学版) 2010 年第 5 期。

张金梅：《"属辞比事"：作为中国文章学创作方法论》，《阴山学刊》2010 年第 6 期。

翁礼明：《范长江新闻叙事中的春秋笔法》，《内江师范学院学报》2010 年第 9 期。

张金梅：《"〈春秋〉五例"、〈春秋〉笔法作为诗评话语——论〈春秋〉笔法与中国诗学话语的会通》，《兰州学刊》2010 年第 11 期。

孔昭琪：《〈红楼梦〉中的春秋笔法——话说"贾琏之俗，凤姐之威"》，《名作欣赏》2010 年第 13 期。

刘庆华：《论〈儒林外史〉对史家笔法的运用与超越》，《小说评论》2010 年第 S1 期。

张硕：《春秋笔法与二次表达》，《南京晓庄学院学报》2011 年第 1 期。

何悦玲：《章回小说叙事的〈春秋〉渊源》，《浙江学刊》2011 年第 1 期。

杨慧：《春秋笔法与孔子的"正名"思想》，《陕西社会科学论丛》2011 年第 2 期。

池昌海：《〈春秋〉笔法：句义成分关联与限定成分增添示褒贬》，《福建师范大学学报》（哲学社会科学版）2011 年第 2 期。

雷戈：《〈春秋〉观发微——以〈春秋〉经传为中心》，《史学月刊》2011 年第 3 期。

陈倩：《〈儒林外史〉杨宪益译本中"春秋笔法"的翻译策略》，《内蒙古农业大学学报》（社会科学版）2011 年第 4 期。

胡大海：《浅析"春秋笔法"在当下新闻报道中的应用》，《今传媒》2011 年第 6 期。

刘金凤：《浅论新闻写作中的"春秋笔法"》，《齐齐哈尔大学学报》（哲学社会科学版）2011 年第 6 期。

平先荣：《从春秋笔法看〈三国志〉的正统观》，《陕西社会科学论丛》2011 年第 6 期。

尹雪华：《浅论中国早期史传的叙事特征》，《前沿》2011 年第 8 期。

杨璐、张鹏：《翻译的环境操控与"春秋笔法"的巧用——

从福柯的话语权利分析》,《金田》2011 年第 9 期。

　　金英娥:《〈史记〉对"春秋笔法"的继承与发展》,《文艺评论》2011 年第 10 期。

　　张金梅:《"简言达旨":"〈春秋〉笔法"与中国文论话语的会通》,《兰州学刊》2011 年第 10 期。

　　张金梅:《刘勰"〈春秋〉笔法"论及其文论建构》,《江汉论坛》2011 年第 11 期。

　　邓锐:《〈春秋〉笔法对欧阳修史学求真的影响》,《历史文献研究》(总第 30 辑),华东师范大学出版社 2011 年版。

　　张金梅:《论〈春秋〉笔法对古典戏曲小说"惩劝"论的影响》,《经济与社会发展》2011 年第 11 期。

　　张金梅:《论〈春秋〉笔法对中国古典诗赋"惩劝"论的影响》,《韶关学院学报》2011 年第 11 期。

　　李洲良:《史迁笔法:藏美刺于互见》,《文艺评论》2011 年第 12 期。

　　张洪、管世献:《春秋笔法及其在〈左传〉中的运用——以"故仲子归于我"为例》,《华北水利水电学院学报》(社科版)2012 年第 1 期。

　　齐裕焜:《〈儒林外史〉的春秋笔法》,《乌鲁木齐职业大学学报》2012 年第 1 期。

　　张金梅:《史家笔法作为中国古代小说评点话语的建构》,《集美大学学报》(哲学社会科学版)2012 年第 2 期。

　　张金梅:《董仲舒"〈春秋〉笔法"论纲》,《广州大学学报》(社会科学版)2012 年第 2 期。

　　叶苙:《"春秋笔法"视角中的〈围城〉》,《世界文学评论》2012 年第 2 期。

　　王青:《"春秋笔法"与"书法不隐"——孔子史学观念的一个悖论》,《天津社会科学》2012 年第 2 期。

　　张金梅:《索隐批评的发展历程及其基本内涵》,《辽宁行政学院学报》2012 年第 2 期。

张金梅：《"〈春秋〉五例"与比兴》，《湖北民族学院学报》（哲学社会科学版）2012 年第 2 期。

常芳：《对话关系中的中西空白美学——从"春秋笔法"、"微言大义"与本文空白理论说起》，《宜春学院学报》2012 年第 3 期。

张金梅：《从〈左传〉到〈史记〉：〈春秋〉笔法的早期发展及其基本内涵》，《吉首大学学报》（社会科学版）2012 年第 3 期。

肖锋：《对"春秋笔法"进行修辞研究的学术价值及研究方法》，《广西社会科学》2012 年第 4 期。

郭明浩：《纵横开阖擘肌分理——评〈《春秋》笔法与中国文论〉》，《湖北民族学院学报》（哲学社会科学版）2012 年第 4 期。

李洲良：《史迁笔法：定褒贬于论赞》，《求是学刊》2012 年第 5 期。

王先霈：《善意误读的弊与功——从〈管锥编〉对〈春秋〉"五例"的解读与阐发说起》，《山东师范大学学报》（人文社会科学版）2012 年第 5 期。

陈宣红：《中国史籍的本质》，《华中科技大学学报》（社会科学版）2012 年第 6 期。

孔许友：《〈夏小正〉传文笔法论略》，《中华文化论坛》2012 年第 6 期。

李建军：《洞幽烛微，自出机杼——评张金梅〈《春秋》笔法与中国文论〉》，《宜春学院学报》2012 年第 11 期。

洪涛：《史家书法之古今——由〈史记·孔子世家〉之"孔子诛少正卯"谈起》，《复旦政治学评论》第 10 辑，上海人民出版社 2012 年版。

林素玫：《不写之写——脂批〈红楼梦〉"春秋笔法"的书

写策略》,《文学新钥》2012 年总第 15 期。

    刘亚男:《论传统春秋笔法对体育报道的影响》,《人民论坛》2012 年第 36 期。

    王基伦:《春秋笔法与桐城三祖方苞、刘大櫆、姚鼐的古文创作》,《国文学报》2012 年总第 51 期。

    马小龙、陈晓梅:《从"春秋五例"看杜甫诗歌含蓄的表现手法》,《西北民族大学学报》(哲学社会科学版) 2013 年第 1 期。

    魏颖、梅先亚:《春秋笔法与花袭人的形象塑造》,《中国文学研究》2013 年第 1 期。

    倪爱珍:《论"春秋笔法"的叙事策略及其内涵的变迁》,《南昌大学学报》(人文社会科学版) 2013 年第 2 期。

    叶莛:《中西方文学作品中的"春秋笔法"解读》,《世界文学评论》(高教版) 2013 年第 2 期。

    陆跃升:《古典小说对"〈春秋〉笔法"的接受及其文本意义的诠释》,《小说评论》2013 年第 S2 期。

    叶莛:《钱钟书对"春秋笔法"的修辞解读和运用》,《安徽农业大学学报》(社会科学版) 2013 年第 3 期。

    王晓军:《春秋笔法的框架语义观》,《外国语文》2013 年第 3 期。

    王锡荣:《日记中的春秋笔法》,《上海鲁迅研究》2013 年第 3 期。

    江永红:《"春秋笔法"·空间并置——试论〈世说新语〉之叙事艺术》,《名作欣赏》2013 年第 5 期。

    李洲良:《春秋笔法研究三题》,《北方论丛》2013 年第 6 期。

    李帅华:《春秋笔法刍议》,《淮北职业技术学院学报》2013 年第 6 期。

    肖锋:《属辞比事与〈春秋〉笔法》,《江海学刊》2013 年第6期。

侯春林:《〈旧约〉历史书中的"春秋笔法"》,《民族论坛》2013年第7期。

王洪军:《春秋笔法研究的新视界——读〈春秋笔法论〉》,《文艺评论》2013年第12期。

张高评:《从属辞比事论〈公羊传〉弑君之书法——〈春秋〉书法之修辞观》,《东华汉学》2013年总第18期。

张金梅:《〈春秋〉笔法与中国文论的会通化成》,《古代文学理论研究》(第37辑),华东师范大学2013年版。

张金梅:《〈春秋〉笔法与中国现当代文学》,《中国中外文艺理论研究》(2012),中国社会科学出版社2013年版。

刘凤强:《敦煌吐蕃历史文书的"春秋笔法"》,《中国藏学》2014年第1期。

张高评:《比事属辞与章学诚之〈春秋〉教:史学、叙事、古文辞与〈春秋〉书法》,《中山中文学报》2014年第1期。

张高评:《〈春秋〉曲笔直书与〈左传〉属辞比事——以〈春秋〉书薨、不手弑而书弑为例》,《高雄师大国文学报》2014年第1期。

边家珍:《论司马迁〈史记〉创作与〈春秋〉学之关系》,《浙江学刊》2014年第1期。

周国琴:《元儒程端学论〈春秋〉"属辞比事"》,《广播电视大学学报》(哲学社会科学版)2014年第2期。

张珊:《金圣叹文学评点背后的经学思维探析——以评点词"春秋笔法"为线索》,《明清小说研究》2014年第2期。

张高评:《比事属辞与方苞论古文义法:以〈文集〉之读史、序跋为核心》,《中国文化研究所学报》2015年第1期。

夏德靠:《孟子"〈春秋〉学"考论》,《西南民族大学学报》(社会科学版)2015年第1期。

党圣元:《"春秋笔法"研究的新创获》,《文艺报》2015年

3 月 11 日第 2 版。

单周尧：《香港大学"〈春秋〉、〈左传〉学"研究述要补》，《岭南学报》2015 年第 3 期。

李建：《赵汸〈春秋〉"策书之例"与"笔削之义"说论析》，《史学史研究》2015 年第 4 期。

孙晓琳：《〈红楼梦〉叙事艺术中的春秋笔法》，《文学教育》（下）2015 年第 5 期。

周远斌：《论〈金瓶梅〉的史家笔法》，《东方论坛》2015 年第 6 期。

高文强：《中国文论形式研究的进一步推进——评〈《春秋》笔法与中国文论〉》，《西部学刊》2014 年第 6 期。

李波、赵丽：《论司马迁对孔子撰史方法的继承和发展——以"春秋笔法"与"书法不隐"为中心》，《渭南师范学院学报》2014 年第 6 期。

肖锋：《再看〈春秋〉笔法——以清华简〈系年〉与〈春秋〉经传对国君死亡事件的记录为视角》，《西南交通大学学报》（社会科学版）2014 年第 6 期。

肖锋：《〈春秋〉与文学编年史》，《首都师范大学学报》（社会科学版）2014 年第 6 期。

周安琪：《〈春秋〉的"削则削"与"笔则笔"》，《北方文学》2014 年第 8 期。

李洲良：《约言示义：〈春秋〉的记事体例与文体特征》，《文艺评论》2014 年第 12 期。

孔见：《春秋笔法话〈春秋〉》，《中华魂》2014 年第 23 期。

张高评：《〈春秋〉书法与"义"在言外——比事见义与〈春秋〉学史研究》，《文与哲》2014 年总第 25 期。

张高评：《〈春秋〉曲笔书灭与〈左传〉属辞比事——以史传经与〈春秋〉书法》，《成大中文学报》2014 年总第 45 期。

张高评：《比事属辞与方苞之〈春秋〉学——"无传而著"法门之三》，《兴大中文学报》2015 年总第 37 期。

张高评：《属辞比事与〈春秋〉之微辞隐义——以章学诚之〈春秋〉学为讨论核心》，《中国典籍与文化论丛》2015 年刊。

张高评：《方苞古文义法与〈史记评语〉——比事属辞与叙事艺术》，《文与哲》2015 年总第 27 期。

邱诗雯：《〈史记〉表序与属辞比事》，《东吴中文学报》2015 年总第 30 期。

邱诗雯：《相映、相对、相发：属辞比事与〈史记〉叙事评点》，《淡江中文学报》2015 年总第 33 期。

单周尧：《香港大学"〈春秋〉、〈左传〉学"研究述要续补》，《岭南学报》2016 年第 1 期。

单周尧：《香港有关〈春秋〉"五情"之研究》，《人文中国学报》2016 年第 1 期。

王俊杰、赵金广：《司马迁与"春秋笔法"》，《西安石油大学学报》（社会科学版）2016 年第 2 期。

施译涵：《论司马迁笔下的卫青：以"互见"与"属辞比事"为探究方法》，《人文研究学报》2016 年第 2 期。

李亦凡：《从叙事技巧论"春秋笔法"的功能对等翻译策略——以〈儒林外史〉杨译本为例》，《河南广播电视大学学报》2016 年第 4 期。

杨恩慈：《"春秋笔法"与〈公羊传〉词义研究》，《苏州教育学院学报》2016 年第 4 期。

王艳梅：《论〈圆圆曲〉叙事艺术中的春秋笔法》，《广西科技师范学院学报》2016 年第 5 期。

王磊：《何休〈春秋公羊解诂〉"主书例"探微》，《孔子研究》2016 年第 5 期。

吴柱：《春秋诸侯会盟的"春秋笔法"析论》，《中山大学学报》（社会科学版）2016 年第 6 期。

刘云春：《历史叙事视角下的〈儒林外史〉》，《绵阳师范学院学报》2016年第7期。

黄绍丽、徐旭开：《"春秋笔法"对新闻写作的启示新探》，《写作》（上旬刊）2016年第11期。

张高评：《比事属辞与明清〈春秋〉诠释学》，《经学研究集刊》2016年总第20期。

张高评：《程发轫〈春秋要领〉发微——以属辞比事之〈春秋〉教为例》，《高雄师大国文学报》2017年第1期。

张高评：《书法、史学、叙事、古文与比事属辞：中国传统叙事学之理论基础》，《中国文化研究所学报》2017年第1期。

何亚菲：《〈天演论〉的"春秋笔法"翻译研究》，《淮海工学院学报》（人文社会科学版）2017年第1期。

刘金文：《论"春秋笔法"与〈史记〉人物形象的塑造》，《齐鲁学刊》2017年第1期。

成玮：《褒贬即从字面求——由〈于役志〉看欧阳修〈春秋〉学的特色》，《华东师范大学学报》（哲学社会科学版）2017年第2期。

李志远：《论"春秋笔法"思维对戏曲批评形态的影响》，《淮阴师范学院学报》（哲学社会科学版）2017年第2期。

蒋泽枫、李春祥：《〈三国史记〉与"春秋笔法"》，《湖南社会科学》2017年第3期。

王俊杰：《"春秋笔法"在〈史记〉中的五种表现形式》，《理论月刊》2017年第4期。

徐隆垚：《汉唐经学谱系中的诗史会通思想——以"〈春秋〉五例"为中心》，《湖北广播电视大学学报》2017年第4期。

何新楚、何顺畅：《〈三国志〉对"春秋笔法"的继承与创新》，《湖北职业技术学院学报》2017年第4期。

刘金文、单承彬：《建国以来"春秋笔法"研究述评》，

《古籍整理研究学刊》2017 年第 5 期。

李志远：《论戏曲批评中的"春秋笔法"》，《求索》2017
年第 7 期。

李轶天、冷露：《论费穆在左翼电影时代独特的春秋笔法》，
《戏剧之家》2017 年第 17 期。

肖英荃、李亦凡、刘智临：《略论春秋笔法在〈儒林外史〉
中的文学功用》，《语文建设》2017 年第 30 期。

刘德明：《吴澄〈春秋纂言〉中的"属辞比事"探析》，
《国文学报》2017 年总第 61 期。

郭丹：《〈左传〉叙事传人书法论略》，《海峡教育研究》
2018 年第 2 期。

张谦：《论春秋笔法及其在古代文化中的应用》，《牡丹江大
学学报》2018 年第 2 期。

吴志廉：《〈春秋〉笔法、〈公羊〉学说与晚清词学之建
构》，《清华学报》2018 年第 3 期。

刘春雪：《〈春秋〉讳弑君笔法试析》，《牡丹江师范学院学
报》（哲学社会科学版）2018 年第 3 期。

雷恩海、曹志坚：《微显阐幽：〈左传〉之叙述策略及其对
史传文学的影响》，《甘肃社会科学》2018 年第 3 期。

汲安庆：《春秋笔法：自由而审美地表现——巴金〈小狗包
弟〉的抒情艺术》，《中学语文教学》2018 年第 4 期。

刘敏：《论唐传奇中的"春秋笔法"》，《齐齐哈尔师范高
等专科学校学报》2018 年第 4 期。

高强：《论〈聊斋志异〉中的春秋笔法》，《牡丹》2018 年
第 6 期。

党德强：《"春秋笔法"在监狱执法文书制作中的借鉴与应
用》，《兰州教育学院学报》2018 年第 8 期。

杨玲：《文本细读、春秋笔法与〈史记·扁鹊仓公列传〉释
疑》，《渭南师范学院学报》2018 年第 13 期。

王帅：《〈新五代史·冯道传〉春秋笔法探析》，《神州》2018 年第 23 期。

张高评：《〈史记·淮阴侯列传〉与〈春秋〉书法——以比事见义为例》，《岭南学报》2018 年第 1 期。

殷虹刚：《春秋笔法 暗含不满——论〈我的母亲〉中胡适为何不用"教育"一词》，《教育教学论坛》2018 年第 34 期。

孙绍振：《〈烛之武退秦师〉和春秋笔法》，《语文建设》2018 年第 25 期。

张高评：《"赵盾弑其君"之书法与史笔》，《古典文学知识》2019 年第 2 期。

张高评：《属辞比事与〈春秋〉宋学之创造性诠释》，《杭州师范大学学报》（社会科学版）2019 年第 3 期。

杨庆云：《春秋笔法与讽语耦合之修辞滥觞》，《北京师范大学学报》（社会科学版）2020 年第 1 期。

张高评：《〈左传〉叙事见本末与〈春秋〉书法》，《中山大学学报》（社会科学版）2020 年第 1 期。

骆扬：《试论春秋笔法及其历史书写中的客观性》，《北京师范大学学报》（社会科学版）2020 年第 2 期。

张高评：《〈左传·齐连称管至父弑襄公〉的叙事义法》，《古典文学知识》2020 年第 3 期。

二　博士学位论文（以完成年代为序）

李振兴：《王肃之经学》，台湾政治大学，1976 年。

程南洲：《东汉时代之春秋左氏学》，台湾政治大学，1978 年。

李匡郎：《春秋大义研究——道德史观之探究》，辅仁大学，1982 年。

李新霖：《春秋公羊传要义》，台湾师范大学，1983 年。

张添丁：《司马迁春秋学》，台湾政治大学，1984 年。

吴莲庆：《春秋大义价值标准之研究》，中国文化大学，1985 年。

浦伟忠：《〈春秋〉三传之比较研究》，中国社会科学院，1990 年。

朱冠华：《〈春秋〉弑君史实与书法之研究》，珠海大学，1991 年。

金荣奇：《韩国春秋学研究》，台湾政治大学，1995 年。

简福兴：《元代春秋学研究》，高雄师范大学，1996 年。

张广庆：《刘逢禄及其春秋公羊学研究》，台湾师范大学，1996 年。

张素卿：《叙事与解释——左传经解研究》，台湾大学，1996 年。

黄志祥：《啖、赵、陆之春秋学》，高雄师范大学，1998 年。

刘丽文：《左传研究》，北京师范大学，1998 年。

李妍承：《董仲舒春秋学之研究》，台湾大学，1998 年。

赵生群：《春秋经传研究》，南京师范大学，1998 年。

冯晓庭：《宋人刘敞的经学述论》，东吴大学，1999 年。

杨济襄：《董仲舒春秋学义法思想研究》，台湾师范大学，2000 年。

王玉华：《清代公羊学之研究》，辅仁大学，2000 年。

周旻：《〈左传〉研究》，北京师范大学，2001 年。

［日］田中千寿：《〈春秋公羊疏〉研究》，北京大学，2002 年。

李凯：《儒家元典与中国诗学》，四川大学，2002 年。

黄启书：《春秋公羊灾异学说流变研究——以何休〈春秋公羊解诂〉为中心之考察》，台湾大学，2002 年。

刘德明：《孙觉〈春秋经解〉解经方法探究》，台湾"中央"大学，2003 年。

刘建臻：《清代扬州学派经学研究》，扬州大学，2003 年。

许雪涛：《公羊学解经方法》，中山大学，2003 年。

刘国民：《董仲舒的经学诠释及天的哲学》，首都师范大学，2003 年。

李洲良：《春秋笔法论》，哈尔滨师范大学，2003 年。

李索：《敦煌写卷〈春秋经传集解〉异文研究》，四川大学，2004 年。

曾圣益：《仪征刘氏春秋左传学研究》，台湾大学，2004 年。

黄翠芬：《章太炎春秋左传学研究》，东海大学，2004 年。

郑任钊：《公羊学平议》，中国社会科学院，2004 年。

文廷海：《清代春秋穀梁学研究》，华中师范大学，2005 年。

陈彦辉：《春秋辞令研究》，哈尔滨师范大学，2005 年。

肖锋：《“春秋笔法”的修辞学研究》，中国社会科学院，2006 年。

陈才训：《源远流长——论〈春秋〉、〈左传〉对古典小说的影响》，山东大学，2006 年。

张金梅：《“〈春秋〉笔法”与中国文论》，四川大学，2007 年。

邱锋：《〈春秋〉及“三传”历史观研究》，北京师范大学，2007 年。

江右瑜：《唐代〈春秋〉义疏之学研究——以诠解方法与态度为中心》，彰化师范大学，2007 年。

许松源：《经义与史论——王夫之〈春秋〉学研究》，台湾“清华大学”，2007 年。

宋惠如：《晚清民初经学思想的转变——以章太炎“春秋左传学”为中心》，辅仁大学，2008 年。

赵友林：《〈春秋〉三传及其注疏之书法义例研究》，南开大学，2008 年。

姜宁：《〈春秋〉义疏学研究（南北朝—唐初）》，南开大学，2010 年。

孙旭红：《居今与志古：宋代〈春秋〉学研究》，华东师范大学，2011 年。

张厚齐：《〈春秋〉义法模式考述》，东吴大学，2011 年。

林颖政：《明代春秋学研究》，台湾"中央"大学，2011 年。

康凯淋：《胡安国〈春秋传〉研究》，台湾"中央"大学，2011 年。

高方：《〈左传〉文学论》，哈尔滨师范大学，2011 年。

姜义泰：《北宋〈春秋〉学的诠释进路》，台湾大学，2012 年。

黄铭：《董仲舒春秋学研究》，复旦大学，2013 年。

施婧娴：《孔广森〈春秋〉学研究》，复旦大学，2013 年。

萧淑惠：《俞樾〈春秋〉经传研究》，高雄师范大学，2013 年。

欧修梅：《〈日讲春秋解义〉研究》，台湾"中山大学"，2013 年。

李孝仓：《杜预〈春秋经传集解〉注释研究》，陕西师范大学，2014 年。

周翔宇：《经典诠释的新发展——明代〈春秋〉学研究》，华中师范大学，2015 年。

林盈翔：《〈三国志〉"〈春秋〉书法"研究》，成功大学，2015 年。

朱供罗：《"依经立义"与〈文心雕龙〉理论建构》，云南大学，2015 年。

林佳慧：《〈新五代史〉之"〈春秋〉义法"研究》，高雄师范大学，2016 年。

李建:《赵汸〈春秋〉义例学研究》,曲阜师范大学,2016 年。

刘金文:《"春秋笔法"研究——以〈史记〉为例》,曲阜师范大学,2016 年。

李秋兰:《〈史记〉叙事之书法研究》,成功大学,2017 年。

张立恩:《元代春秋学研究》,华东师范大学,2018 年。

三 学位论文(硕士论文,以完成年代为序)

刘正浩:《太史公左氏春秋义例》,台湾师范大学,1962 年。

范姜星钏:《两汉春秋经学的传授源流》,辅仁大学,1979 年。

倪天蕙:《宋儒春秋尊王思想研究》,台湾政治大学,1980 年。

小林茂:《春秋左氏议考述》,台湾师范大学,1980 年。

曹在松:《孙复〈春秋尊王发微〉与北宋经史二学之演变》,台湾大学,1982 年。

廖秀珍:《春秋左氏传会盟研究》,台湾师范大学,1982 年。

耿志宏:《惠栋之经学研究》,台湾政治大学,1985 年。

张永伯:《春秋书卒研究》,台湾师范大学,1986 年。

卢心懋:《左传"君子曰"研究》,台湾政治大学,1986 年。

吴吉助:《孟子春秋说研究》,台湾师范大学,1987 年。

张广庆:《何休〈春秋公羊解诂〉研究》,台湾师范大学,1988 年。

金荣奇:《庄存与春秋公羊学研究》,台湾政治大学,1989 年。

成玲:《春秋公羊传称谓例释》,台湾师范大学,1989 年。

陈逢源：《毛西河及其〈春秋〉学之研究》，台湾政治大学，1990 年。

陈铭煌：《春秋三传性质之研究及其义例方法之商榷》，台湾大学，1990 年。

张惠贞：《刘文淇〈春秋左传旧注疏证〉体例之研究》，逢甲大学，1990 年。

陈正治：《春秋战事属辞研究》，东吴大学，1992 年。

林秀富：《论春秋的属辞比事》，辅仁大学，1992 年。

陈素华：《公羊学的一统论》，辅仁大学，1992 年。

陈登祥：《公羊传的正名思想》，辅仁大学，1992 年。

林伦安：《春秋公羊传会盟析例》，台湾师范大学，1994 年。

陈传芳：《〈春秋〉有关战伐书例研究》，台湾师范大学，1994 年。

洪碧穗：《董仲舒春秋学述》，辅仁大学，1994 年。

王淑蕙：《董仲舒〈春秋〉解经方法探究》，台湾"中央"大学，1994 年。

李绍阳：《〈春秋穀梁传〉时月日例研究》，台湾师范大学，1995 年。

宋惠如：《刘师培〈春秋左传〉学之研究》，台湾"中央"大学，1995 年。

翟淑君：《春秋时期的会盟问题研究》，西北大学，1995 年。

汪嘉玲：《胡安国〈春秋传〉研究》，东吴大学，1997 年。

吴龙川：《刘逢禄〈公羊〉学研究》，台湾"中央"大学，1997 年。

叶文信：《左传君子曰考述》，台湾师范大学，1998 年。

张稳苹：《啖、赵、陆三家之〈春秋〉学研究》，东吴大学，1999 年。

廖培璋：《董仲舒春秋学研究》，中国文化大学，2000年。

涂茂奇：《赵汸及其〈春秋〉学研究》，东吴大学，2000年。

张博成：《姚际恒〈春秋通论〉研究》，东吴大学，2000年。

黄智群：《张洽〈春秋集注〉研究》，成功大学，2000年。

贾承恩：《〈春秋师说〉考征》，台湾师范大学，2000年。

欧修梅：《〈春秋公羊传〉解经方法研究》，淡江大学，2000年。

陈仕侗：《魏了翁及其〈春秋左传要义〉研究》，台北市立师范学院，2000年。

谢明宪：《"经传集解"的形成——杜预春秋左氏学析论》，南华大学，2001年。

林玉婷：《孙复〈春秋尊王发微〉研究》，台湾师范大学，2001年。

简逸光：《〈穀梁传〉解经方法研究》，中国文化大学，2002年。

林珊湘：《〈史记〉"太史公曰"之义法研究》，成功大学，2002年。

张尚英：《刘敞〈春秋〉学术论》，四川大学，2002年。

孙运君：《刘逢禄的公羊学研究》，辽宁大学历史系，2003年。

姜义泰：《叶梦得〈春秋传〉研究》，中兴大学，2004年。

曾志伟：《〈春秋公羊传〉三科九旨发微》，东华大学，2004年。

张艳华：《春秋"出奔"探微》，南京师范大学，2004年。

胡艳惠：《〈史记〉之〈春秋〉书法研究》，成功大学，2004年。

印宁波：《宋代〈左传〉学三论》，四川大学，2004年。

卢可佳:《"述而不作"与"微言大义"——在"辞达而已"统摄下的原始儒家阐释学思想》,首都师范大学,2004年。

王巍:《〈春秋左传〉杜预注研究》,南京师范大学,2004年。

周悦:《〈春秋左传〉名、字关系与命名原则研究》,中国人民大学,2004年。

伍典彬:《杜预〈春秋左传〉义例学与魏晋"史家义例学"》,中山大学,2004年。

黄迎周:《〈春秋公羊传〉、〈穀梁传〉诠释方法比较研究》,山东大学,2005年。

陈致宏:《〈左传〉之叙事与历史解释》,成功大学,2005年。

王晓敏:《唐代〈左传〉学研究》,河南大学,2005年。

李卫军:《两汉〈左传〉学发微》,河南大学,2005年。

吴秉坤:《〈左传〉叙事与弑君凡例之关系》,清华大学,2006年。

孙峻旭:《文学与历史之间——从春秋笔法说起》,曲阜师范大学,2006年。

陆跃升:《〈春秋左氏传〉解释学研究》,贵州大学,2006年。

张金宏:《"忠实"与"变通"——试析〈儒林外史〉中春秋笔法的翻译》,中南大学,2007年。

谢霖生:《陆淳〈春秋集传纂例〉研究》,台湾师范大学,2007年。

刘丽:《吕夏卿与〈唐书直笔〉》,上海师范大学,2008年。

孙晓波:《〈水浒传〉叙事的文化渊源》,曲阜师范大学,2008年。

刘伟:《王鲁例:刘逢禄对经学诠释范式的新创立》,苏州大学，2008 年。

　　卢亦璇：《司马光〈资治通鉴〉之"春秋"书法研究——以中晚唐为例》，成功大学，2008 年。

　　杨棣娟：《张洽〈春秋〉学研究》，高雄师范大学，2009 年。

　　张春艳：《"春秋笔法"再解读——以列奥·施特劳斯"隐微式写作"为参照》，上海师范大学，2012 年。

　　宋淑华：《陆淳〈春秋〉三书研究》，山东师范大学，2012 年。

　　陈倩：《功能对等理论视角下论〈儒林外史〉杨宪益译本中"春秋笔法"的翻译》，赣南师范学院，2012 年。

　　陈义彬：《陈寿〈三国志·魏书〉之〈春秋〉书法研究》，成功大学，2012 年。

　　仇媛：《论尹洙〈春秋〉学与其文学创作的关系》，杭州师范大学，2013 年。

　　胡华喻：《以心代例：湛若水〈春秋正传〉之义理》，台湾政治大学，2014 年。

　　李荣基：《论欧阳修的"春秋笔法"》，广西师范大学，2015 年。

　　王圣雅：《〈春秋公羊传〉"正"思想研究》，高雄师范大学，2016 年。

　　李慎谦：《傅逊及其〈春秋左传属事〉研究》，台北市立大学，2016 年。

　　王德益：《〈资治通鉴纲目〉与〈春秋〉笔削》，成功大学，2016 年。

　　王斐然：《从"一字褒贬"到"推见至隐"——杜诗中的"春秋笔法"》，山东大学，2017 年。

　　杨恩慈：《〈春秋公羊传〉书法笔法与义例研究》，苏州大学文学院，2017 年。

刘坤鹏：《杜预〈春秋释例〉"诸例"研究》，河南大学，2018年。

刘懿慧：《〈春秋〉三传称贤事例探析》，台湾"中央"大学，2018年。

韩秋婵：《论钱锺书"春秋笔法"理论及实践》，扬州大学，2019年。

四 著作（以出版年份先后为序）

［美］王靖宇：《〈左传〉与传统小说论集》，北京大学出版社1989年版。

孙绿怡：《〈左传〉与中国古典小说》，北京大学出版社1992年版。

张素卿：《叙事与解释：〈左传〉经解研究》，书林出版有限公司1998年版。

李凯：《儒家元典与中国诗学》，中国社会科学出版社2002年版。

张高评：《春秋书法与左传学史》，上海古籍出版社2005年版。

周远斌：《儒家伦理与〈春秋〉叙事》，齐鲁书社2008年版。

陈才训：《源远流长：论〈春秋〉〈左传〉对古典小说的影响》，中国社会科学出版社2008年版。

晁岳佩：《春秋三传要义解读》，北京图书馆出版社2008年版。

陈槃：《左氏春秋义例辨》，上海古籍出版社2009年版。

谭佳：《断裂中的神圣重构：〈春秋〉的神话隐喻》，南方日报出版社2010年版。

赵友林：《〈春秋〉三传书法义例研究》，人民出版社2010年版。

赵生群：《〈左传〉疑义新证》，人民文学出版社 2010 年版。

张高评：《春秋书法与左传史笔》，里仁书局 2011 年版。

晁岳佩：《春秋三传义例研究》，线装书局 2011 年版。

程南洲：《东汉时代之春秋左氏学》，华东师范大学出版社 2011 年版。

张金梅：《〈春秋〉笔法与中国文论》，中国社会科学出版社 2012 年版。

陈致宏：《〈左传〉之叙事与历史解释》，花木兰文化出版社 2012 年版。

李洲良：《春秋笔法论》，中国社会科学出版社 2012 年版。

马楠：《比经推例——汉唐经学导论》，新世界出版社 2012 年版。

夏德靠：《〈国语〉叙事研究》，知识产权出版社 2015 年版。

许兆昌：《〈系年〉、〈春秋〉、〈竹书纪年〉的历史叙事》，中西书局 2015 年版。

侯文学等：《清华简〈系年〉与〈左传〉叙事比较研究》，中西书局 2015 年版。

单良：《〈左氏春秋〉叙事的礼乐文化阐述》，中国社会科学出版社 2015 年版。

后　记

从届而立之年研读《春秋》，从事"《春秋》笔法"研究开始，到本书付梓，其间经过了十五载，真有几多感慨在心间，岁月悠悠，几多恍惚，吾已过不惑之年。按理来讲，本书其实早该出版了，但我总是感觉时机不够成熟，内心惶恐，若贸然出版，必致贻笑大方，幸而党师圣元先生再三敦促鼓励，才得以重拾旧囊，进而有本书的问世，本书的出版也算是对自己阶段性学术生涯做一种总结。

本书是在博士学位论文的基础上修订而成，回想当初之所以选择"《春秋》笔法"作为博士论文的题目，源于阅读师公侯敏泽先生的《中国文学理论批评史》（吉林教育出版社1993年版）一书，敏泽先生在该书的序言中指出："此次增订，要而言之：一为修正了一些欠妥之处，二为增加了一些章节和大量的新的资料和观点。增加部分，从题材方面说，增加得最多的是小说理论；其次，戏曲理论、词论等等方面，都有较多的增订；从文论家说，过去被称为'禁区'的，如钱谦益、曾国藩等，都求实地做了补充和历史的叙述；而应写而未写及的，如李兆洛、潘德舆等，做了必要的补写；原有的文论家失之简略的，也都做了尽可能的补充；散见的、零星的，却属理论批评史上重要的问题，也都进一步做了钩稽和耙疏（如钱锺书先生指示我的'《春秋》笔法'对于后世文学理论的影响问题，以及意象问题等），并在一些方面增加了中西文论的比较。"在该序言的注释中，敏泽先生说："钱锺书先生在1981年曾指示我：

汉代对后世文学理论批评影响更大的，并非《诗大序》等等，而是'春秋笔法'问题。这一问题前人从未提及，我开始也不大理解，后经长期思考，终于醒悟，设专节做了论述。"（另外还可以参见《关于钱锺书先生二三事——与钱先生交往回忆之一》，见《钱锺书研究集刊》第 2 辑，生活·读书·新知三联书店 2000 年版。）

在该书中，敏泽先生在论述两汉时期的文论时专门设立一节即"'春秋笔法'对于后世文论的影响"，系统地探讨了"《春秋》笔法"与中国文学理论发展的关系问题。在该节中，敏泽先生先从"《春秋》笔法"的介绍入手，他认为"《春秋》笔法"就是孔子修鲁史《春秋》的原则，它本是属于史学领域的问题，但是由于早期《诗经》和史的特殊关系，于是逐渐从史学的范围扩充到文学和文学理论的范围，并逐渐演化为两汉时期对后世文论影响最大的理论问题之一（见该书 102 页），然后从"诗与史的关系问题""尚简用晦""修辞与风格"三方面对"《春秋》笔法"对后世文学理论的影响进行了充分的研究和探讨，读来使人深受启发。

后来按照书中的提示，又找来敏泽先生的《试论"春秋笔法"对于后世文学理论的影响》［该论文原载《社会科学战线》1985 年第 3 期，后来收入敏泽先生的专著《形象　意象　情感》（河北教育出版社 1987 年版）时文字有所增加］一文进行了仔细阅读，由此出发我觉得这是一个十分值得深入挖掘和研究的选题。

小子不敏，妄以初生牛犊之勇气研读千年《春秋》经学，心中自必诚惶诚恐。子曰："战战兢兢，如临深渊，如履薄冰。"遂在此种战战兢兢之中，开始了研讨之道，其艰苦程度，非个中人不能体味。不得不说，当时的所有想法都是很好的，但在实际操作层面上难度却相当大。《春秋》作为五经之一，有三传传世，在具体研究层面上涉及文学、史学、哲学、思想史等诸多学科，由此形成了绵延千年的《春秋》学，从什么角度或层面切入是一个值得深度思考的话题。但不管怎样，选题既定，当然只能踽踽前行，其中记忆尤其深刻的就是为了准备写作资料，我复印了大量的有关图书和资料，当时宿舍书架和书桌上放不下，就只能一层层堆在睡觉床铺的内侧，然后自己只能睡一半床铺，从床头到床尾，有一米多高，有一次半夜睡着的时候，大概由于书堆放得不甚整齐，一个翻身，全部复印的图书和资料都倒下来砸在全身，幸好本人当时年轻，皮糙肉厚，也没受什么伤，但现在回想起来还是心有戚戚焉。

　　当然以上故事仅仅是博士生涯中诸多故事之一。在此期间，我曾就此问题求教于敏泽先生，敏泽先生告诉我，研究"《春秋》笔法"对后世文学理论的影响等问题要十分注意"虚实"的问题，这点尤其体现在后世的戏曲和小说创作中。在《试论"春秋笔法"对于后世文学理论的影响》一文中，敏泽先生就指出："因为古代虽然有'左史记言''右史记事'之说，但史传之作，如《左传》这样文学性很强的史籍，记事、记言，为了遥体人情，曲尽其巧常有许多设想、虚构。""撰写史籍中代拟、虚构，对于后世的小说、戏曲创作和理论，都发生了直接的启示和影响。"这些指点都深刻影响了我对此选题的研究路数。惜尚未得更深入求教，先生竟于 2004 年冬季仙逝。经过多番深入思考，最终将研究范围确定在"《春秋》笔法"的修辞学研究方面，本书系统考察了"《春秋》笔法"的研究范围，百年"《春秋》笔法"研究、"《春秋》笔法"概念的演变、属辞比事与"《春秋》笔法"，并结合相关出土文献对"《春秋》笔法"进行了重新论证，在考察钱锺书"《春秋》之书法，实即文章之修词"的基础上，以杜预所言"三体五例"进行了系统佐证，由此算是形成了相对逻辑整体严密的体系。

　　事实上，《春秋》作为"五经之管钥"，集中体现了中国文化之精髓，而在《春秋》基础上形成的"《春秋》笔法"则成为一种中国传统儒家经学的经典阐释行为，涵盖了中国传统文化的诸多领域，涉及史学、哲学、文学、政治学等诸多学科，它曾支撑起传统社会的意识形态话语系统，与中国文化的建构和学术研究的发展有着极为密切的联系，是一个反复值得开掘和深耕的研究领域，由此亦能延伸出众多研究选题，本书在具体写作时也涉及上述所言诸多学科范围，但为了形成更为严整的体系，在具体出版的时候只能暂时舍弃相关内容，留待他书再做进一步交代。

2006 年夏，我博士毕业进入中国传媒大学工作，由于学校特殊的学科属性，在博士学位论文基础上的深入拓展研究只能放慢脚步，一点一滴去积累。2011 年，我以博士学位论文为基础申请了国家社会科学基金，在结项之后终究感觉需要做一个交代，由此就有了本书的出版。由于教学繁忙和院校学科属性等诸多原因，当初曾经设想的众多研究计划确实未能得到进一步开掘和实施，内心甚为愧惭，也只能留待后续再进一步深入了。

在我的学术道路上，有两位先生尤需提及，一位是我的硕士导师杨星映先生，一位是我的博士导师党圣元先生。杨师星映先生早年毕业于北京大学中文系，其学养及宽厚的长者之风深深影响了我，现今我指导学生的诸多方式就留有先生早年带我之痕迹。党师圣元先生来自陕北，其淳朴、善良之为人和严谨之为学让我时刻保持鉴戒之心，毕业多年之后，我至今仍然同二位先生保持着紧密联系，不时请益，此当为人生之宝贵财富，历久弥新。

2014 年，女儿出生，我为其取名"优游"，其源于《诗经·大雅·卷阿》"伴奂尔游矣，优游尔休矣"和《诗经·小雅·白驹》"慎尔优游，勉尔遁思"，王逸《楚辞章句序》亦言："引此比彼，屈原之词，优游婉顺，宁以其君不智之故，欲提携其耳乎？"陆机《文赋》中有"颂优游以彬蔚，论精微而朗畅"之语，大体都在言一种从容自得的心态，我希望她能快乐地成长，其实从事古代文论研究又何尝不是如此？但由于当下的学术评价体制，沉潜涵泳，优游自得，只能心向往之，努力践行！

本书中的部分内容在《文学评论》《文学评论丛刊》《江海学刊》《北方论丛》《广西社会科学》《阴山学刊》等刊物上发表过。为了保持原初的语境和话语形态，部分内容如"百年'《春秋》笔法'之研究"等内容未做更新，仅做了文字方面的修订，至于新的学术走向，也留待他书进行交代。另外还要感谢中国社会科学出版社的杨康女士，正是由于她严谨的编辑态度，本书才得以减少疏漏问世！

我未及弱冠即去蜀赴京，负笈北上，迄今超廿三载，父母为儿子学业的完成付出实在太多，谨在此向他们表示最真诚的谢意！我之师友，不必枚举，尤其是八间房的兄弟们，遥忆研院30亩地，踢球、喝酒、吃肉、打牌、神侃，何其慨慷，见此书，亦必能感知此中深意！其实还有很多话想说，但我想说："知我者其惟研读'《春秋》笔法'乎？罪我者其惟研读'《春秋》笔法'乎？"

受学识所限，本书必存疏漏和不足之处，恳请方家批评指正！

2018年岁末于通州